SCIENCE FICTION

Herausgegeben
von Wolfgang Jeschke

Der Lincoln-Zug

*Eine Auswahl
der besten Erzählungen*

aus

THE MAGAZINE
OF FANTASY AND SCIENCE FICTION

96. Folge

Zusammengestellt von
Ronald M. Hahn

Deutsche Erstveröffentlichung

WILHELM HEYNE VERLAG
MÜNCHEN

HEYNE SCIENCE FICTION & FANTASY
Band 06/5892

Besuchen Sie uns im Internet:
http://www.heyne.de

Deutsche Übersetzungen von
Markus Held, Cecilia Palinkas,
Horst Pukallus, Manfred Weinland

Das Umschlagbild malte Stefan Theurer

Umwelthinweis:
Dieses Buch wurde auf
chlor- und säurefreiem Papier gedruckt.

Redaktion: Werner Bauer
Copyright © 1994, 1995, 1996 by Mercury Press, Inc.
(Einzelrechte jeweils am Schluß der Erzählungen)
Copyright © 1997 der deutschen Übersetzungen
by Wilhelm Heyne Verlag GmbH & Co. KG, München
Printed in Germany 1997
Umschlaggestaltung: Atelier Ingrid Schütz, München
Technische Betreuung: M. Spinola
Satz: Rudolf Schaber Datentechnik, Wels
Druck und Bindung: Elsnerdruck, Berlin

ISBN 3-453-12673-4

INHALT

Maureen F. McHugh
DER LINCOLN-ZUG   7
(THE LINCOLN TRAIN)

Sheila Finch
GEISTIGE GEMEINSCHAFT   29
(COMMUNION OF THE MINDS)

John Crowley
FORT   65
(GONE)

James Patrick Kelly
WARUM DIE BRÜCKE NICHT MEHR SINGT   87
(WHY THE BRIDGE STOPPED SINGING)

Robert Reed
DAS TURNIER   100
(THE TOURNAMENT)

Bruce Holland Rogers
RETTUNGSBOOT AUF BRENNENDER SEE   135
(LIFEBOAT ON A BURNING SEA)

Ron Savage
CONNECTICUT-NAZI 173
(CONNECTICUT NAZI)

Felicity Savage
CYBERSCHICKSAL 193
(CYBERFATE)

Maureen F. McHugh

DER LINCOLN-ZUG

An den Gleisen stehen GAR-Soldaten; es sind General Dodges Soldaten, sie halten die Gleise für den Lincoln-Zug instand. Wenn ich mich genau nach vorn wende, haben die Seitenränder meines Häubchens die gleiche Wirkung wie Scheuklappen, so daß ich die Soldaten überhaupt nicht sehe. Es ist ein Frühlingsabend. Vor dem Haus blüht der Flieder. Meine Mutter hat am Kleid einen kleinen Fliederzweig unter ihre Edelsteinbrosche gesteckt. Selbst im Gedränge der vielen Leute, die auf den Zug warten, kann ich das Zweiglein riechen. Ich rieche den Flieder, den Geruch der zu großen Menge zusammengerückter Menschen und in der Luft einen schwachen Hauch von Asche. Ich möchte heim, doch das Haus gehört uns nicht mehr. Ich streiche mein schwarzes Kleid glatt. Alle auf dem Bahnsteig tragen Trauer.

Der Eisenbahnzug soll uns nach St. Louis bringen, und von dort aus sollen wir nach den Oklahoma-Territorien aufbrechen. Es heißt, wir müssen laufen, aber ich weiß nicht, wie meine Mutter das schaffen soll. Seit dem 62er Winter geht es ihr schlecht. Ich überprüfe noch einmal den Beutel mit unserer Verpflegung und dem Wasser.

»Julia Adelaide«, meint Mutter, »ich glaube, wir sollten nach Hause gehen.«

»Wir sind hier«, erwidere ich in reichlich spitzem Ton, »um den Zug zu nehmen.«

Ich bin Clara, meine Schwester Julia ist elf Jahre älter als ich. Julia ist verheiratet und lebt in Tennessee. Verunsichert blinzelt meine Mutter, betastet den Fliederzweig. Wenn ich nicht deutlich mit ihr rede, bleibt sie starrköpfig.

Ich warte. Als ich jünger war, versuchte ich meinen unruhigen Geist in christlicher Mildtätigkeit zu üben. Gott schickt uns nichts, was wir nicht zu ertragen vermöchten. Heute bemühe ich mich nur noch, eine ruhige Miene zu bewahren, durch Selbstzucht meinem Äußeren den Anschein der Gelassenheit zu verleihen. In meinem Innern jedoch tobt ein Gefühl, es ist Zorn, und ich darf kein Wort darüber verlieren. Etwas in mir wird gespannt, genau wie ein Bogen, gespannt und gespannt ...

»Wann gehen wir heim?« fragt Mutter.

»Bald«, sage ich, weil es am einfachsten ist.

Doch nach wenigen Augenblicken wird sie sich bereits nicht mehr erinnern und noch einmal fragen. Und immer wieder während der langen Fahrt nach St. Louis. Ich bin darauf bedacht, eine christliche Tochter zu sein, und ermahne mich: Es ist nicht ihre Schuld, daß der Krieg aus ihr eine alte Frau gemacht hat, oder daß ihr Gedächtnis lückenhaft geworden ist und sich darin nichts Neues mehr einprägt. Allerdings ist es ebensowenig meine Schuld. Ich gebe mir keine Mühe, um meine Gefühle zu verbergen, ich weiß, daß man sie meinem Gesicht ansieht. Ich strotze vor unchristlichen Empfindungen. Mutters Hinfälligkeit ist ihre, aber auch meine Bürde.

Ich wünsche mir, ich wäre irgendwo anders.

Der Eisenbahnzug kommt die Strecke herauf, die Lokomotive stampft, der Zug nähert sich langsam. Es ist ein alter, vielbenutzter Zug, doch ich sehe ihm an, er war einmal ein Muster schlichter Zweckmäßigkeit und schöner Handwerksleistung. Unter dem Staub hat er einen Anstrich in dunklem Weinrot. Man erzählt, die Lokomotive sei für Präsident Lincoln gebaut worden, seit dem Mordversuch soll er jedoch zu schwach sein zum Reisen. Die Leute schieben sich zur Bahnsteigkante, haben ihre Reisetaschen und weltlichen Habseligkeiten an sich genommen. Ich habe keine Ahnung, wie ich unseren Handkoffer in den Zug schaffen soll. Wäre Zeke da, hätte ich wenigstens die Gewißheit gehabt, daß der Koffer verladen wird, aber die Neger sind jetzt frei und brauchen uns nicht mehr zu helfen. In der Benachrichtigung stand, keine Negerfamilien dürften sich am Bahnhof einfinden, trotzdem sehe ich hier und da schwarze Gesichter in der Menge.

Vor der Einfahrt in den Bahnhof hält der Zug, um Wasser nachzufüllen.

»Ist dein Vater da?« erkundigt Mutter sich gleichgültig. »Siehst du ihn im Zug?«

»Nein, Mutter«, antworte ich. »*Wir* nehmen den Zug.«

»Fahren wir deinen Vater besuchen?« fragt sie.

Es ist einerlei, was ich ihr erkläre, nie dauert es lange, bis sie es vergißt, aber deshalb kann ich jetzt nicht ja sagen. Ich kann nicht behaupten, sie sähe in Kürze meinen Vater, nur um ihr ein paar Augenblicke der Freude zu bereiten.

»Fahren wir deinen Vater besuchen?« fragt sie ein zweites Mal.

»Nein«, sage ich.

»Und wohin fahren wir?«

Ich habe es ihr schon mehrere Male dargelegt, und jedesmal hat sie geweint. Menschen drängeln auf dem Bahnsteig dem Zug entgegen, und ich überlege, ob ich den Handkoffer an die Bahnsteigkante stellen soll. Warum haben diese Leute es so eilig, den Zug zu besteigen? Er bringt uns doch allesamt fort.

»Wohin fahren wir?« fragt Mutter. »Julia Adelaide, du wirst mir jetzt sofort meine Frage beantworten.« Ihre Worte quäken so stark, daß sie nicht mehr nach der altvertrauten Stimme meiner Mutter klingen.

»Ich bin Clara«, entgegne ich. »Wir fahren nach St. Louis.«

»St. Louis«, wiederholt Mutter. »Wir brauchen doch gar nicht nach St. Louis. Wir können nicht durch die Front, Julia, und ich ... Ich fühle mich sowieso ziemlich indisponiert. Das ist doch Unfug, laß uns nach Hause gehen.«

Wir können nicht nach Hause gehen. General Dodge hat unmißverständlich bekanntgegeben, daß er, falls wir heute morgen nicht auf dem Bahnsteig sind und auf dem Verzeichnis unsere Namen abhaken lassen, jeder Mann in der Stadt ergriffen und jeder zehnte Festgenommene erschossen wird. Die Stadt weiß, daß man ihm Glauben schenken kann, weil er ein Gleiches schon getan hat, sobald man ihn mit der Bewachung des Eisenbahnverkehrs nach Washington betraut hatte. Er befahl, Männer zu ergreifen und als Geiseln festzuhalten, und jedesmal, wenn jemand auf den Zug schoß, ließ er eine Geisel erhängen.

Ein Ruf erschallt, und ich gewahre eine gemeinsame Vorwärtsbewegung der Menge zur Bahnsteigkante. Alle haben Sorge, es könnte zu wenig Platz geben. Ich hebe den Handkoffer, fasse Mutters Arm und zerre an beidem. Der Handkoffer hat ein derartiges Gewicht, daß meine Finger schmerzen, das Gewicht der Verpflegung und des Wassers hängt mir zudem schwer an der Elle. Mutter hat eine zierliche Gestalt, wenn ich sie abends ins Bett lege, ist sie klein wie ein Kind, aber jetzt weigert sie sich zu folgen, sie stemmt sich gegen mich und sperrt weit den Mund auf, ihr Mund ist innen rosa und feucht, er steht weit offen, und ein Geheul dringt heraus, das ich durchs Geschrei der Menge gerade noch hören kann. Ich weiß nicht, ob ich den Handkoffer absetzen und sie mitziehen soll, kurz denke ich daran, sie auf dem Bahnsteig zurückzulassen, durch jemand anderes in den Zug schaffen zu lassen und sie nach der Abfahrt zu suchen.

Hinterrücks erhält sie von einem Mann einen wuchtigen Schubs. Erbitterung entstellt sein Gesicht. Warum ist er so wütend? Mutter fällt gegen mich, die Menge schiebt uns. Ich klammere mich an den Koffer, aber mein Handschuh ist rutschig, und ich kann den Koffer nur mit der Rechten halten, mit der anderen Hand stütze ich Mutter, damit sie auf den Beinen bleibt. Ringsum drängelt die Menge, drückt uns zur Bahnsteigkante.

Der Zug pfeift, als führe er schon ab. Rundherum herrscht Gebrüll. Mutter ist gegen mich gesunken, ihr Gesicht wird gegen meinen Busen gepreßt, sie blickt zu mir auf, sie hat Furcht. Ihr Gesicht ist in unschicklicher Enge gegen mich geschmiegt, als wäre sie mein Kind. Meine Mutter als mein Kind. Mich erfüllen Abscheu und Grausen. Allmählich mindert sich der gegen uns ausgeübte Druck ein wenig. Den Koffer habe ich noch in der Hand. Es wird alles gut. Sollen die anderen rempeln und knuffen, ich warte ab und schaffe den Koffer irgendwie in den Zug. Man läßt uns gewiß nicht mit leeren Händen abreisen.

Mutter schließt die Augen. Ihr runzliges Gesicht blickt himmelwärts, die Haut unter ihren Augen bildet kleine Säcke, als entstünde da ein zweites, überflüssiges Lid. Es ist alles ein Unding. Ich erleide einen Anfall von Trübsinn. Diese Anwandlungen der Schwermut habe ich, seit uns die Mitteilung zuging, daß mein Vater tot ist, und ich empfinde dann alles nur noch als fremd und greulich.

Hinter mir traktiert jemand meinen Rücken, und ich möchte den Leuten vor mir gerne zurufen, daß sie weiterrücken sollen, aber ich kann es nicht. Die Menschen ringsherum zetern zu laut. Ich sehe nichts als die Leute, die uns umringen. Sie drängen immer noch, aber jetzt nicht mehr zur Bahnsteigkante, sondern zum vorderen Ende des Bahnsteigs, wo der Zug steht, wenn wir einsteigen dürfen.

So wartet doch, rufe ich, kann aber eigentlich nicht unterscheiden, ob ich nun wirklich gerufen oder nicht gerufen habe. Ich kann nichts hören, bis die Lokomotive wieder einen Pfiff ausstößt. Ist der Zug eingefahren? Ich kann es nicht erkennen, ich müßte vom Koffer und von Mutter ablassen. Mutter wird von der Menschenmasse schier zerquetscht. Ich spüre, daß sie an mir hinabsinkt. Ihre Lider sind geschlossen. Sie gleicht einer großen Puppe, baumelt schlaff in meinem Arm. Sie bemüht sich überhaupt nicht mehr, sich aus eigener Kraft aufrechtzuhalten. In diesen Augenblicken hat sie sich endgültig aufgegeben.

Ich kann nicht den Handkoffer und gleichzeitig Mutter mitschleifen. Also lasse ich den Koffer meiner Hand entgleiten.

O barmherziger Gott.

Ich weiß nicht, wie ich diese Stunde überstehen soll.

Die Menge rundum zwängt mich ein, hebt mich an, zieht mich nieder. Inmitten des Drucks vermag ich nicht zu atmen. Ich sehe Flecken vor Augen, weiße Funken, zu hell, wie viel Metall und Licht. Meine Füße stehen nicht mehr auf dem Bahnsteig. Ich werde im Getümmel mitgetrieben, meine Füße hängen zurück. Weder kann ich mich aufrichten, noch kann ich fallen. Mutter lehnt, glaube ich, an mir, genau weiß ich es aber nicht, und es ist mir ein Rätsel, wie sie in diesem Gewühl atmen soll.

Ich denke daran, sterben zu müssen.

All das Getöse rundherum kommt mir plötzlich nicht mehr vor wie Gelärme. Es scheint etwas anderes zu sein, ein Element, wie Wasser oder etwas ähnliches, es umwogt und bezwingt mich.

So bleibt es lange Zeit, bis ich, gegen Fremde gestützt, endlich wieder Boden unter den Füßen spüre. Ich spüre, wie ich zusammensacke, kann es nicht verhindern. Der Bahnsteig ist hart. Mein ganzer Leib fühlt sich mißhandelt und geschunden an.

Mutter ist nicht mehr bei mir. Meine Mutter liegt wie ein schwarzes Kleiderbündel auf dem Boden, und ich krieche zu ihr. Ich wünschte, ich könnte behaupten, daß ich aus Besorgnis um ihre Verfassung zu ihr krieche, doch in diesem Augenblick handele ich eher unter dem Antrieb unbezähmbarer Angst, geradeso wie ein Tier, ich krabbele zu ihr, weil sie zu mir gehört, weit und breit außer ihr nichts mehr zu finden ist, das zu meinem Dasein gehört. Ihr Kleid ist hochgerutscht, so daß ihre Füße und Waden entblößt sind. Auch ihr Gesicht ist schwarz. Erst habe ich den Eindruck, daß ein Zipfel der Kleidung es verhüllt, aber es ist ihr Gesicht, so viel Blut hat sich darin gestaut, daß es schwarz geworden ist.

Noch immer stürmen Leute den Zug, aber auch auf dem Bahnsteig befinden sich Menschen, Zurückgebliebene. Und Gegenstände. Eine bemerkenswerte Anzahl von Schuhen, ausnahmslos sehr ausgetretene Schuhe. Schals. Beutel. Reisetaschen und Menschen.

Ich will Mutter die Arme über dem Kopf ausstrecken, um ihr Atem in die Lungen zu pressen. Ihre Arme sind dünn, trotzdem widerstreben sie meinen Bemühungen. In der Zeitung habe ich gelesen, daß Präsident Lincoln nicht mehr atmete, nachdem ihn die Kugel des Attentäters getroffen hatte, aber sein Leibarzt ihn wieder zum Atmen gebracht haben soll. Doch vielleicht ist die Tageszeitung einem Irrtum erlegen, oder es mag sein, es ist schwieriger als ich ahne, oder es besteht die Möglichkeit, daß es nicht immer gelingt. Mutter atmet nicht.

Ich kauere auf dem Bahnsteig und überlege, was ich als nächstes tun könnte. Mein Kopf ist bar jedes nützlichen Einfalls. Nicht einmal ein Gebet fällt mir ein.

»Gnä' Frollein?«

Ein GAR-Soldat spricht mich an.

»Ja, Sir?« antworte ich. Er ist schlecht zu erkennen, weil ich, wenn ich zu ihm aufblicke, in die Sonne schaue.

Er hockt sich nieder, aber berührt Mutter nicht. Wenigstens rührt er sie nicht an. »Hahm Se im Ort wen?«

Jemanden wie Verwandte oder dergleichen? Einen Menschen, der in der Behandlung der Neger nicht ›verstockt‹ ist? »Nicht im Ort«, sage ich.

»War se gläubig?« erkundigt sich der Soldat in seiner Nordstaaten-Mundart.

»Ja, Sir«, gebe ich Auskunft, »durchaus. Sie war Methodistin. Sie sollten den Prediger verständigen. Hochwürden Robert Ewald, Sir.«

»Ich kümmer mich da drum, gnä' Frollein. Sie müssen nu in 'n Zuch steigen.«

»Und sie hier liegen lassen?« frage ich.

»Ja, gnä' Frollein, so leid's mir tut. Der Zuch fährt gleich ab.«

»Aber ich kann nicht«, sage ich.

Er faßt mich am Arm und hilft mir beim Aufstehen. Und ich dulde es.

»Eigentlich sind wir gar nicht verstockt«, beteuere ich. »Wohin sollten Zeke und Rachel denn gehen? Hätten wir sie aus dem Haus werfen sollen?«

Er ist mir dabei behilflich, in den Zug zu steigen. Leute starren mich an, während ich zusteige, und ich denke mir, daß ich ganz unordentlich aussehen muß. Ich bin ihren Blicken ausgesetzt, versuche meine Haube zurechtzurücken, streiche mein Kleid glatt. Was ich mit meinen Händen anfangen, wohin ich schauen soll, weiß ich nicht.

Es sind keine Plätze frei. Muß ich bis St. Louis stehen? Ich stütze die Hand auf die Rücklehne einer Sitzbank und halte mich daran fest. Plötzlich ist mir warm, alles scheint weit fort zu sein, und ich befürchte, daß mir die Sinne schwinden. Mir stülpt sich nahezu der Magen um. Ich atme durch den Mund, bin mir nicht einmal sicher, ob ich meinen Halt an der Rücklehne bewahren kann.

Aber Gott sei Dank sinke ich nicht um.

»Es liegt nicht an Lincoln«, äußert sich jemand. Eine dunkle Männer-, eine Baritonstimme, ich hefte meine Aufmerksamkeit auf ihre Worte, als verhießen sie mir die Rettung, ich folge ihrem Klang zurück in den Eisenbahnwagen, in die Welt. »Es liegt an Seward. Lincoln kann nicht mehr regieren.«

Im Zug riecht es nach Menschenleibern und warmer, schweißiger Wolle. Infolge des Geruchs droht mich Ohnmacht zu umfangen, also richte ich meine ungeteilte Beachtung darauf, durch den Mund zu atmen. Ich hechele abgehackt, so wie ein Hund. Die Hitze umschließt mich bis auf die Haut. Kein Lüftchen kühlt.

»Natürlich ist Lincoln nicht mehr zum Regieren fähig«, sagt eine zweite Stimme, »aber dieser verdammte Schauspieler hat aus ihm einen Heiligen gemacht, als er auf ihn schoß. Jetzt wagt niemand ihm noch zu widersprechen. Da zählt's nicht, ob seine Politik vernünftig oder unsinnig ist.«

»Sie täuschen sich«, erwidert der erste Mann. »Seward regiert und benutzt ihn als Strohmann. Lincoln ist ein Schwachkopf. Er versteht einfach nichts vom Regieren. Berücksichtigen Sie doch nur, wie er den Krieg geführt hat.«

Der andere Mann schnaubt. »Er hat ihn gewonnen.«

»Nein«, räsoniert der erste Mann, »wir haben ihn *verloren*, das ist etwas gänzlich anderes. Wir haben verloren, obwohl der Norden keinen einzigen tüchtigen General ins Feld schicken konnte.« Mir ist vollauf klar, von welchem Schlag dieser Mann ist. Er ist ein Mensch, der sich für einen großen Geist hält, der immer genau Bescheid wußte, was Präsident Davis hätte tun sollen. Wenn jemand nach einem verstockten Südstaatler sucht, soll er sich an diesen Mann halten.

»Grant war ein tüchtiger General. Allerdings kein überragender Stratege. Jeder Militär, der weniger als Alexander der Große taugt, dürfte im Vergleich mit General Lee ungenügend abschneiden.«

»Grant war ein Trinker«, behauptet der erste Mann. »Den Erfolg hat er seinen Untergebenen zu verdanken. Sie hatten im Krieg schon jahrelang Erfahrungen gesammelt. Sie wußten, was es zu tun galt.«

Es ist so heiß im Zug. Ich frage mich, wann er wohl endlich abfährt.

Und ich frage mich, ob Hochwürden Ewald meiner Schwester in Tennessee schreiben und sie vom Tod unserer Mutter unterrichten wird. Ich wünsche mir, der Zug führe ostwärts, nach Tennessee, anstatt nach St. Louis im Nordwesten.

Mein Handkoffer. Darin ist alles, was ich habe. Er steht auf dem Bahnsteig. Ich drehe mich um und gehe zur Tür. Sie ist verschlossen, so daß ich versuche, den Griff zu betätigen, doch er widersteht mir. Ich schaue mich nach Hilfe um.

»Die Tür ist abgeschlossen«, sagt eine Dame in Grau. Sie wirkt nicht unfreundlich.

»Meine Habe«, sage ich. »Meine Sachen sind noch auf dem Bahnsteig.«

»Ach, Liebchen«, antwortet sie mir, »nun läßt man Sie nicht mehr hinaus. Sie lassen niemanden mehr aus dem Zug steigen.«

Ich blicke zum Fenster hinaus, kann aber den Koffer nicht sehen. Ich sehe ein paar Soldaten, darum klopfe ich ans Fenster. Ein Soldat sieht mich an, schneidet eine Miene des Mißmuts, dann jedoch beachtet er mich nicht weiter.

Mit einem dritten Pfiff kündet der Zug die Abfahrt an, und ich klopfe kräftiger an die Fensterscheibe. Könnte ich sie doch nur einschlagen. Die Soldaten begreifen nicht, um was es mir geht, wenn sie es wüßten, hülfen sie mir. Der Zug ruckt an, und ich taumele. Irgendwo draußen auf dem Bahnsteig steht mein Handkoffer. Er enthält Kleider für mich und Mutter, Decken, lauter Gegenstände, die man braucht. Lauter Dinge, die ich brauche.

Der Zug rollt zum Bahnhof hinaus, und mir ist höchst gräßlich zumute. Ich setze mich auf den Boden, in all den Dreck, den die Schuhe der Leute hineingetragen haben, und schluchze vor mich hin.

Anfangs tuckert der Zug langsam des Wegs, wird aber schließlich schneller. Das Klack-klack, klack-klack schüttelt mich durch. Zwar ist es würdelos, aber ich lasse mich davon wiegen. Mein Leben liegt jetzt in fremden Händen, und mir bleibt keine andere Wahl, als geduldig zu sein. Darin bin ich gut. Schon mein Lebtag lang ist es so gewesen. Immer war ich darauf besonnen, Pflichtbewußtsein zu entwickeln, doch irgend etwas in mir ist mißraten, ich bin nie dazu imstande gewesen, ein christliches Gemüt zu pflegen, vielmehr zog statt des Erhabenen – just wie bei einem Huhn im Hühnerhof – stets das Geringe mein Augenmerk an. Ich habe mich mit dem abgegeben, was mich gerade forderte, erst mit dem Haus, dann mit Mutter. Als wir keinen Zucker mehr erhielten, lernte ich mit Melasse und Honig zu kochen. Jetzt sitze ich da, lasse inwendig von allem ab und mich vom Zug schaukeln.

»Kind«, sagt irgend jemand. »Kind.«

Die Dame in Grau versucht, wohl schon seit einem Weilchen, meine Aufmerksamkeit zu erregen, aber ich habe nur dagesessen und geduldet, daß der Zug mich durchschaukelt.

»Kind«, wiederholt sie abermals. »Möchten Sie etwas Wasser?«

Ja, merke ich, ich möchte welches. Die Dame hat einen Krug und reicht ihn mir zum Trinken. »Ich bedanke mich vielmals«, sage ich. »Wir hatten Wasser dabei, aber in dem Gedränge auf dem Bahnsteig haben wir es verloren.«

»Sie hatten jemanden zur Begleitung?« fragt die Dame.

»Meine Mutter«, sage ich und fange wieder zu weinen an. »Sie war alt, und es war so ein Geschiebe auf dem Bahnsteig, daß sie gefallen und zertrampelt worden ist.«

»Wie ist Ihr Name?« erkundigt sich die Frau.

»Clara Corbett«, gebe ich zur Antwort.

»Ich bin Elisabeth Loudon«, stellt die Frau sich vor. »Sie dürfen gerne mit mir als Begleiterin reisen.« Etwas ist an ihr, eine schlichte Güte, wodurch mir Vertrauen eingeflößt wird. Sie ist eine kleine Frau mit zierlicher Nase und Augen, die so grau wie ihr Kleid sind. Jünger ist sie, als ich auf den ersten Blick dachte, vielleicht erst in den Dreißigern? »Wie alt sind Sie« fragt sie mich. »Haben Sie Familie?«

»Ich bin siebzehn. Eine Schwester habe ich. Aber sie wohnt nicht mehr in Mississippi.«

»Wo lebt sie jetzt?« fragt die Frau.

»In Beach Bluff bei Jackson in Tennessee.«

Sie schüttelt den Kopf. »Die Gegend kenne ich nicht. Ist das gutes Land?«

»Ich glaube ja«, antworte ich. »In ihren Briefen liest es sich so, als wäre es gutes Land. Aber ich habe sie seit sieben Jahren nicht mehr gesehen.« Während des Krieges hatte natürlich niemand reisen können. Meine Schwester hat in Tennessee drei Kinder. Sie ist achtundzwanzig, fast so alt wie diese Frau. Es fällt mir schwer, mir meine Schwester so alt vorzustellen.

»Standen Sie sich nah?« erkundigt sich die Frau.

Ich könnte nicht behaupten, daß wir uns nahegestanden hätten. Aber sie ist meine Schwester. Jetzt ist sie meine letzte Verwandte. Ich hoffe, daß Hochwürden Ewald ihr wegen des Ablebens unserer Mutter schreibt, allerdings weiß ich nicht, ob ihm bekannt ist, wo sie wohnt. Also muß ich ihr selbst schreiben. Sie wird denken, ich hätte sorgsamer auf Mutter achtgeben müssen.

»Reisen Sie allein?«

»Mein Begleiter sitzt weiter vorne im Wagen. Er und ich konnten keine Plätze nebeneinander finden.«

Sie reist mit einem Mann? Nicht ihrem Ehemann.

Vielleicht mit ihrem Bruder? Wäre er jedoch ihr Bruder, hätte sie ihn sicherlich als solchen bezeichnet. Eine Frau, die mit einem Mann reist. Eine Abenteurerin, denke ich mir. Es laufen Geschichten über Frauen um, die nach alleinstehenden Mädchen wie mir Umschau halten. Sie freunden sich mit den jungen Mädchen an und verschachern sie an die Bordelle in New Orleans.

Für eine Weile macht Elisabeth auf mich einen finsteren Eindruck. Doch ich sitze in einem Eisenbahnzug voller verstockter Südstaatler, in dem sich keinerlei Gelegenheit bietet, um irgendwen zu verschleppen. Elisabeth ist jemand wie ich, sehe ich ein, eine Frau, die ihr Zuhause verloren hat.

Es dauert noch den ganzen restlichen Tag und die ganze Nacht, bis der Zug in St. Louis eintrifft, deshalb führen Elisabeth und ich Gespräche. Es ist, als ob wir in Rätseln reden, wir sprechen über Gartenpflege anstatt über unser Zuhause, und ich sehe den Garten vor mir, wie er daheim am Haus liegt, mitsamt Bienen. Elisabeth ist Stickerin. Ich sticke nicht, habe mich aber mit *Petit point* beschäftigt, deshalb können wir uns übers Nähen unterhalten und darüber, wie schwierig es geworden ist, Farbe aufzutreiben. Und wir reden übers Flicken und Ausbessern, alle mußten wir uns lange mit Flicken und Ausbessern abgeben.

Als es dunkel wird, habe ich noch immer keinen Sitzplatz, ich bleibe, wo ich bin, hocke an der Einstiegstür des Waggons. Ich bin todmüde, doch kann ich im Dunkeln an nichts anderes denken als ans Gesicht meiner Mutter in der Menschenmenge und ihren hoffnungslos aufgesperrten Mund. Ich mag nicht an Mutter denken, aber ich befinde mich, umgeben von Dunkelheit, dem Rattern des Zugs und entferntem Stimmenraunen, in einem Delirium der Erschöpfung. Im Sitzen schlafe ich bei ständigem Rütteln unruhig an der Tür. Ich habe Träume, die Fieberträumen gleichen. Im Traum bin ich in einem fremden Haus, obwohl es mein Haus sein soll, nur ist nichts, wo es sein müßte, und allmählich glaube ich, tatsächlich in einem fremden Haus zu sein, und daß man kommen und mich finden wird. Nachdem ich aufgewacht und wieder eingeschlafen bin, halte ich mich noch einmal in dem fremden Haus auf und schaue mir Gegenstände an.

Kurz vor der Morgendämmerung erwache ich und fühle mich kaum ausgeruht. Meine Schultern, die Hüften und der Rücken schmerzen mir von der Art und Weise, wie ich an der Waggontür in der Ecke lehne, aber mir mangelt es an den Kräften zum Aufstehen. Mir fehlen die Kräfte zu allem, das übers bloße Durchhalten hinausgeht. Elisabeths Kopf nickt auf und ab, manchmal ist sie wach, bisweilen schläft sie, doch keiner von uns spricht ein Wort.

Schließlich fährt der Zug langsamer. Wir durchqueren einen Ort, der kein Ende zu haben scheint, überhaupt kein Ende. Es muß St. Louis sein. Der Zug hält und wartet. Die Sonne geht auf und erhitzt den Eisenbahnwagen wie einen Ofen. Vollkommen still bleibt die Luft. In St. Louis stehen so viele Gebäude, und viele sind so hoch, haben zwei Stockwerke, daß ich überlege, ob sie vielleicht den Wind fernhalten und sich deshalb die Luft nicht im geringsten regt. Endlich jedoch ruckt die Eisenbahn an und rollt langsam in den Bahnhof.

Meinem Platz an der Tür verdanke ich es, daß ich als erste den Zug verlasse. Ein Soldat entriegelt die Tür und schreit, daß wir alle aussteigen sollen, hätte sich allerdings die Mühe sparen können, denn sofort entsteht Gedränge. Ich werde an der Spitze des Gewimmels vorwärtsgeschoben, kann aber am Ende des Bahnsteigs stehen bleiben. Ich befürchte, Elisabeth unwiderruflich aus den Augen verloren zu haben, gleich darauf jedoch erspähe ich sie im Gewühl. Sie geht am Arm eines jüngeren Mannes mit Melone auf dem Kopf. Irgend etwas unterscheidet ihn von den anderen Leuten; sogar nach der langen Eisenbahnfahrt wirkt er noch frisch und munter.

Fast lasse ich sie vorübergehen, aber die Aussicht aufs Alleinsein stimmt mich um, ich strecke den Arm aus und berühre Elisabeths Schulter.

»Da sind Sie ja«, sagt sie.

Wir stellen uns am Schluß einer Warteschlange von Menschen an, die eine Latrine benutzen möchten. Der Geruch ist gräßlich, scharf wie Ammoniak, so daß er mir Tränen in die Augen treibt. Eine Holzwand trennt die Männer von den Frauen, aber die Frauen bleiben alle beisammen. Ich kauere mich nieder, versuche auf niemanden zu achten und meine Röcke aus dem Unrat zu halten. Es ist einfach grauenvoll. Viel schauriger ist es, als man es sich vorstellen kann. Mir ist ganz schrecklich zumute.

Was wäre, wenn sich jetzt Mutter hier befände? Was täte ich dann? Vielleicht ist es besser so, denke ich, es kann sein, daß Gottes barmherzige Hand eingegriffen hat. Aber auch dieser Gedanke ist mir gänzlich schauderhaft.

»Kind«, fragt Elisabeth, als ich mich zur Latrine hinausschleppe, »was ist Ihnen?«

»Es ist alles so scheußlich«, gebe ich zur Antwort. Ich sollte nicht weinen, aber ich wünsche mir so sehr, daheim und sauber zu sein. Ins Bett möchte ich mich legen und schlafen.

Sie bietet mir einen Keks an.

»Seien Sie mit Ihrem Proviant lieber sparsam«, empfehle ich ihr.

»Keine Sorge«, sagt Elisabeth. »Wir haben genug.«

Ich sollte den Keks nicht annehmen, habe aber solchen Hunger. Und sobald ich ein Häppchen zu essen habe, fühle ich mich ein wenig wohler.

Ich versuche mir auszumalen, wie das Fort sein wird, in das wir geschafft werden sollen. Werden wir dort

Gelegenheit zu ruhigem Schlafen haben, oder erwartet uns Massenunterbringung in Hütten? Oder noch Schlimmeres, nämlich Zelte? Obwohl ich mir im Anschluß an die Nacht im Zug kaum noch Ärgeres vorzustellen vermag. Für den Fall, daß ich für einige Zeit in einem Zelt hausen muß, fasse ich den Vorsatz, daß ich zurechtzukommen versuchen will, so gut es sich bewerkstelligen läßt.

»Ich glaube, was wir jetzt zwischendurch mitmachen, ist vielleicht viel übler als alles, was uns nun noch bevorsteht«, meine ich zu Elisabeth. Sie lächelt.

Sie stellt mir ihren Begleiter vor, Michael. Er weist genug Gleichartigkeit mit ihr auf, um ihr Bruder zu sein, nur bezweifle ich, daß die beiden Geschwister sind. Ich bin entschlossen, nicht danach zu fragen; wenn sie die Absicht hegen, mich über ihr Verhältnis in Kenntnis zu setzen, sollen sie es tun.

Während wir zusammen auf dem Bahnsteig stehen, ohne ein Wort zu sprechen, kommt es weiter hinten auf dem Bahnsteig zu Tumult. Eine Frau ist die Urheberin, sie trägt Kleider, so schwarz wie Lokomotivenqualm. Sie läuft den Bahnsteig entlang auf uns zu. Auf dem Bahnsteig sind zahlreiche Menschen, doch es scheint, als gäbe es für die Frau kein Hindernis. »NEIN-NEIN-NEIN-NEIN, RÜHRT MICH NICHT AN! DRECKSPFOTEN! LASST EUCH NICHT VON IHNEN ANRÜHREN! STEIGT NICHT IN DIE ZÜGE!«

Die Leute weichen ihr aus. Wo sind die Soldaten? Ihre Kleidung ist ganz fadenscheinig und an den Nähten aufgerissen, der Stoff morsch. Der speckigschwarze Rock ist filzig, völlig besudelt. Sie hat ein unglaublich dünnes Gesicht. »BESTIEN! ES IST NICHTS FÜR UNS VORHANDEN! DIE MENSCHEN HABEN NICHTS ZU ESSEN! DORT GIBT ES ÜBERHAUPT NICHTS, NUR INDIANER! WIR SIND IN DIE WILDNIS GESCHICKT WORDEN, UM UNS ANZUSIEDELN, ABER FÜR UNS WAR NICHTS DA!«

Ich erwarte, daß sie an mir vorbeiläuft, doch sie erhascht meinen Arm, bleibt stehen und starrt mir ins Gesicht. Sie hat helle Augen, helle Augen in einem dunklen Gesicht. Sie ist irrsinnig.

»ALLE HABEN WIR GEHUNGERT, DARUM SIND WIR ZUM FORT GEGANGEN, ABER IM FORT HAT MAN NICHTS FÜR UNS GEHABT! IHR MÜSST ALLE HUNGERN, SO WIE SIE DIE INDIANER AUSHUNGERN! MAN LÄSST UNS ALLESAMT VERRECKEN! EINERLEI IST ES IHNEN!« Sie schreit mir mitten ins Gesicht, besprüht mich mit Speichel, der so warm ist wie ihr Atem. Ihre Hände scheinen nur noch aus Knochen und Sehnen zu bestehen, und doch ist sie so stark, daß ich mich ihr nicht entwinden kann.

Soldaten packen sie und zerren sie von mir fort. Mein Arm schmerzt, wo sie ihn umklammert hat. Ich kann mich nicht aufrichten.

Elisabeth stemmt mich empor. »Halten Sie sich dicht bei mir«, sagt sie und geht in die andere Richtung des Bahnsteigs. Die Leute schauen der schreienden Frau nach.

Elisabeth zieht mich mit sich. Ich muß an die Faust und das Handgelenk der Frau denken, beides schwarz von Schmutz. Ich erinnere mich an Mutters Gesicht, das auch schwarz war, als sie auf dem Bahnsteig lag. Schwarz wie Verfaultes.

»Hier hinein«, flüstert Elisabeth vor einer alten, grün gestrichenen, inzwischen jedoch verwitterten Tür. Die Tür wird geöffnet, und wir huschen ins Gebäude.

»Was ...?« frage ich. Meine Augen sind noch an die morgendliche Helle gewöhnt, darum kann ich nichts sehen.

»Ihr Name ist Clara«, sagt Elisabeth. »Sie hat Verwandte in Tennessee.«

»Kommen Sie mit«, äußert eine andere Frau. Dem Klang ihrer Stimme zufolge muß sie älter sein. »Hier entlang. Wo sind ihre Sachen?«

Ich werde verschleppt. O grundgütigster Gott, ich sterbe. Mir entfährt ein Aufstöhnen.

»Ihr Gepäck hat sie verloren, und ihre Mutter ist im Gedränge auf dem Bahnsteig ums Leben gekommen.«

Zum Ausdruck des Mitgefühls schnalzt die Frau im Dunkeln mit der Zunge. »Armes Kindchen. Hat Michael auch schon seinen Passagier?«

»Es wird gleich soweit sein«, antwortet Elisabeth. »Der Tumult war für uns ein Glück.«

Allmählich kann ich etwas erkennen. Wir sind in einem Lager voller herrenlosen Gepäcks. Die Frau, die mich am Arm geführt hat, ist tatsächlich älter. Nahebei stehen ein Stuhl und ein paar schadhafte Sessel. Auf Veranlassung der Frau setze ich mich auf den Stuhl. Ist Elisabeth wirklich eine Abenteurerin?

»Wer sind Sie?« frage ich.

»Wir sind Freunde«, sagt Elisabeth. »Wir helfen Ihnen dabei, zu Ihrer Schwester zu gelangen.«

Ich schenke ihr keinen Glauben. In New Orleans werde ich enden. Elisabeth ist eine Abenteurerin.

Einige Augenblicke später wird die Tür ein zweites Mal geöffnet, und Michael tritt in Begleitung eines jungen Mannes ein. »Das ist Andrew«, sagt Michael.

Ein Mann? Was wollen sie mit einem Mann? Allein diese Frage ist es, die mich daran hindert, ihm »Fliehen Sie!« zuzuschreien. Auch Andrew ist durch den Wechsel der Lichtverhältnisse geblendet, ich sehe das Erstaunen in seiner Miene, ähnlich wie auch mein Gesicht Entgeisterung widerspiegeln muß. »Was soll das bedeuten?« fragt er.

»Sie sind bei Freunden«, erteilt Michael ihm Antwort, und es mag sein, daß er es anders spricht als zuvor Elisabeth, oder es ist so, daß ich es erst dieses Mal mit vollem Verstand höre.

»Quäker?« fragt Andrew. »Abolitionisten?«

Michael lächelt, ich kann im Dunkel seine weißen Zähne sehen. »Schlicht und einfach Freunde«, sagt er.

Abolitionisten. Verrückte, die Sklaven wegholen und freilassen. Haben sie uns in ihre Gewalt gebracht? Wir sind verstockte Südstaatler. Daß Quäker auf Rache sännen, habe ich noch nie vernommen, aber daß die Abolitionisten Verrückte und zu allem fähig sind, weiß jeder.

»Wir müssen hier warten, bis sie die Leute abbefördert haben«, erklärt die ältere Frau. »Bestimmt wird es Abend, bevor wir gehen können.«

Ich habe solche Furcht, ich möchte einfach nur zu Hause sein. Vielleicht sollte ich versuchen, aus dem Haus zu fliehen und auf den Bahnsteig zu rennen, draußen sind Nordstaatler-Soldaten. Würden sie mich beschützen? Und was wäre dann, soll ich mich zu einem Fort in Oklahoma bringen lassen?

Die ältere Frau erkundigt sich bei Michael, wie sie so rasch hätten an den Wachen vorübergelangen können, und er schildert ihr den Vorfall mit der Wahnsinnigen. Einen ›Flüchtling‹ nennt er sie.

»Man wird sie kurzerhand zurückschaffen«, sagt Elisabeth und seufzt.

Sie zurückschaffen. Soll das heißen, sie ist wahrhaftig aus Oklahoma gekommen? Elisabeth und Michael sprechen darüber, wie schlimm der Winter sein wird. Michael erzählt, daß Indianer aus Wisconsin dort angesiedelt werden, indessen mangelt es ihnen an Nahrung, sie leben schon seit mehreren Jahren von Almosen der Regierung und leiden Hunger. Nun sollen dort noch mehr Menschen leben. Sie sind nicht auf den Winter vorbereitet.

Viel kann es während des Krieges nicht an Almosen gegeben haben. Überall war es schwierig genug gewesen, die Armeen zu verpflegen.

Man erläutert Andrew und mir, daß wir am Abend, nach Anbruch der Dunkelheit, aus dem Bahnhof schleichen werden. Dann sollen wir für einen Tag bei einer Quäker-Familie in St. Louis bleiben, und am nächsten Tag bei einer anderen Familie. Und so will man uns von einer zur anderen Familie schicken, so wie eine Feuerwehrmannschaft die Löscheimer von Hand zu Hand reicht, bis wir bei unseren Verwandten eintreffen.

Als ›unsichtbare Eisenbahn‹ bezeichnen sie dies Verfahren.

Aber wir sind Sklavenhalter.

»Unrecht ist Unrecht«, stellt Elisabeth fest. »Es gibt so manche Menschen, die nicht untätig zuschauen können, wenn Mitmenschen hungern.«

»Aber wir sind nur zwei aus dem ganzen Eisenbahnzug«, sagt Andrew.

Michael stößt ein Aufseufzen aus.

Die ältere Frau nickt. »Es ist nicht recht.«

Elisabeth hat mich aufgrund des Hinscheidens meiner Mutter ausgesucht. Hätte Mutter nicht den Tod gefunden, befände ich mich noch bei den übrigen Leuten und auf dem Weg ins Hungerleiden.

Ich kann nicht anders, ich weine. Von Mutters Tod dürfte ich keinen Vorteil haben. Ich hätte auf sie achtgeben müssen.

»Scht, nur die Ruhe«, sagt Elisabeth. »Scht, es wird alles gut.«

»Es war nicht richtig«, wimmere ich. Ich bemühe mich, nicht laut zu sein, wir dürfen nicht entdeckt werden.

»Was denn, Kind?«

»Sie hätten nicht mich auswählen sollen«, sage ich. Aber ich weine derart heftig, ich bezweifle, daß man mich versteht. Elisabeth streicht mir übers Haar und wischt mir das Gesicht ab. Mag sein, es ist das letzte Mal, daß jemand so etwas für mich tut. Meine Schwester hat drei Sprößlinge und sicherlich kein Interesse an einem zugelaufenen vierten Kind. Um meinen Lebensunterhalt zu verdienen, werde ich tüchtig arbeiten müssen.

Es sind Decken vorhanden, und wir legen uns auf den harten Fußboden, ausgenommen Michael, der sich zum Schlafen in einen Sessel setzt. Diesmal schlummere ich mit weniger Fieberträumen. Doch als ich erwache, geschieht es mit dem Empfinden, unruhige Träume gehabt zu haben, obschon ich mich nicht auf sie besinnen kann.

Die Sterne scheinen hell, als wir uns endlich aus dem Bahnhof schleichen. Es ist eine sternenreiche Nacht. In Tennessee leuchten dieselben Sterne. Der Bahnsteig ist frei, der Eisenbahnzug abgefahren, und auch die Menschen sind fort. Während wir geschlafen haben, ist der Zug gen Süden zurückgekehrt, um noch mehr Leute aus Mississippi zu holen.

»Werden Sie wiederkommen und weitere Menschen retten?« frage ich Elisabeth.

Hinter ihrem reglosen Kopf gleichen die Sterne einem Banner. »Wir retten«, sagt sie, »wen wir können.«

Daß sie mich ausgesucht hat, war ungerecht. »Ich möchte helfen«, sage ich zu ihr.

Sie schweigt für etliche Augenblicke. »Wir wirken ausschließlich mit unseresgleichen zusammen«, entgegnet sie mir dann. In ihrem Tonfall klingt etwas an, das man ihr bisher nicht anhören konnte. Eine gewisse Schärfe.

»Wie meinen Sie das?« frage ich.

»In unseren Reihen gibt es keine Sklavenhalter«, sagt sie mit kalter Stimme.

Ich fühle mich, als hätte ich ein Fieber überstanden; ich bin müde, aber mein Geist ist klar. Noch nie bin ich so weit zu Fuß gelaufen, und schon gar nicht zu einer Stadt hinaus. St. Louis' Straßen sind leer. Nur ein paar Lichter brennen. Fernab singt eine Frau, doch ihre Stimme schallt deutlich weithin durch die Nacht. Eine schöne Stimme.

»Elisabeth«, sagt Michael, »sie ist noch ein Mädchen.«

»Sie muß Bescheid wissen«, lautet Elisabeths Erwiderung.

»Warum haben Sie mich dann trotz allem gerettet?« frage ich.

»Böses bekämpft man nicht mit Bösem«, sagt Elisabeth.

»Ich bin nicht böse«, beteuere ich.

Aber niemand gibt mir Antwort.

Originaltitel: ›The Lincoln Train‹ • Copyright © 1995 by Mercury Press, Inc. • Aus: ›The Magazine of Fantasy & Science Fiction‹, April 1995 • Aus dem Amerikanischen übersetzt von Horst Pukallus

Sheila Finch

GEISTIGE GEMEINSCHAFT

»Da unten ist jemand«, rief Jaez.

Greer Yancy beugte sich ans Bugfenster und schaute in die Richtung, in die der Shuttlepilot zeigte. »Wo?«

Dedrick schob Greer beiseite, ehe Jaez antworten konnte, und drängte sich an die Schulter des Piloten. Er hatte die Sicherheitsgurte – mit der Behauptung, die Gurte seien zu eng und schnitten ins Fleisch – schon geöffnet. Der Mann, ging es Greer durch den Kopf, nachdem sie sechs Wochen lang mit ihm am selben Tisch gegessen hatte, fraß die Bordrationen mit so wenig Vorbehalten wie ein Schwein.

»Ich sehe nichts«, nörgelte Dedrick.

»Auf vierzehn Uhr«, sagte der Pilot. »Direkt vor diesem niedrigen Zeug, das Sträucher sein könnten. Und irgendwas stimmt nicht. Er bewegte sich ganz komisch.«

Es gelang Greer, an Dedricks erhobenem Arm vorbei einen Blick hinabzuwerfen. Das Shuttle schwebte gegenwärtig knapp oberhalb der Wipfel langer, dünner, baumartiger Gewächse über der Planetenoberfläche, senkte sich einer Landebahn entgegen. Sie sah unten in einem Klecks grellen Sonnenscheins eine Gestalt winken. Oder vielleicht abwinken. Die Gebärden wirkten seltsam spastisch, ließen sich beliebig deuten. Dann verfiel die Gestalt in ungleichmäßiges Laufen, als hätte sie keine volle Gewalt über ihre Gliedmaßen, rannte über die Lichtung und verschwand zwischen Bäumen.

Mit den Augen suchte Greer die Umgebung nach Entis ab, friedlichen oder anderen. Die Kluft zwischen menschlichen und Alien-Sprachen zu überbrücken, war für die Xenolinguistin eines Sternenschiffs – selbst eines Frachters wie der *City of Sao Paulo* – eine Routineaufgabe. Greer mußte sich zuviel mit Routine abgeben. Dieser Rettungseinsatz, die Folge eines von der *Sao Paulo* verstümmelt aufgefangenen Notrufs, war die vielversprechendste Aktivität des bisher zweijährigen Flugs. Sie rückte sich in den Sicherheitsgurten zurecht und machte sich auf die Landung gefaßt.

Das Shuttle setzte auf, rollte zu der kurzen Baumreihe, die voraus den Rand der sandigen Lichtung säumte. Stengelhaft wie Besenstiele ragten die kahlen Baumstämme rund zwölf Meter hoch empor, wucherten jedoch oben plötzlich zu breiten, stachligen Kronen aus, die Fäusten mit so leuchtend-scharlachroten Dolchen ähnelten, daß die Farbe den Augen weh tat. Abgesehen von den spärlichen Hainen der neonroten Bäume und niedrigem, dornigem Gestrüpp, das purpurroten Rollen Stacheldraht ähnelte, präsentierte sich der gesamte Planet sandbraun. Auf seine öde Art, befand Greer, glich er ihrer heimatlichen Mojave-Wüste im August.

»Das ist ja 'n Graus«, sagte Dedrick. »Wer zum Teufel hat denn diesen Sandkasten als Kolonie ausgesucht?«

Dedrick war mittleren Alters und ein tüchtiger Ingenieur, der jeden Planeten danach beurteilte, wieviel er an Rohstoffen zum Bau von Brücken, Dämmen, Aquädukten und Wasserkraftwerken hergab. Jeden Abend prahlte er beim Essen mit früheren Unfällen und Katastrophen auf irgendwelchen Baustellen, die er angeblich nur dank einer Kombination von Geschicklichkeit und eisernen Nerven überlebt hatte.

»Eine Forschungsgruppe», erklärte Iversen. Das vierte Mitglied des Rettungstrupps war ein schmächtiger Med-Tech mit leiser Stimme, jünger als Greer, und stand jetzt, nachdem er bislang mit nichts Schlimmerem als den Magenbeschwerden der Crew der *Sao Paulo* zu tun gehabt hatte, vor seiner ersten ernsteren Herausforderung. »Laut Angaben der Bibliothek Astronomen und Astrophysiker.«

»Und was ist ihnen passiert?« fragte Dedrick mürrisch. »Ist ihnen das Sonnenöl ausgegangen?«

Jaez öffnet das Luk des Shuttles. Ein Schwall heißer, trockener Luft wehte herein, durchzogen von einem Eisen-Rost-Geruch, der an Blut erinnerte.

Der Mann, der vorhin gewinkt hatte, kam wieder zum Vorschein. Er war über eins achtzig groß und dürr bis an die Grenze der Ausgezehrtheit. Sein Haar und der Bart, beides dunkel, waren lang und ungepflegt, und seine Kleidung sah aus, als hätte sie einmal einem kleineren Mann gehört. Seine Bewegungen faszinierten Greer. Es schien, als versuchte er gleichzeitig vor- und rückwärts zu gehen, als gehorchte jedes Glied einem anderen Befehl des Gehirns und widerspräche das Hirn dann mitten in der Ausführung sämtlichen Weisungen, so wie bei jemandem, dessen automatische zerebrale Steuerungsfunktionen defekt sind und der deshalb jeden Körperteil nur noch durch bewußte gedankliche Beeinflussung benutzen kann.

»Offenbar Nervenbeeinträchtigung«, schlußfolgerte Iversen.

»Er ist völlig übergeschnappt«, behauptete Dedrick. »Mensch, hier ist's ja glutheißer als in der Hölle.«

Er zwängte sich an Jaez vorbei und stellte sich ans Oberende der Ausstiegsrampe. Unterdrückt murmelte Jaez etwas vor sich hin. Daß der erfahrene Pilot den Ingenieur nicht mochte, war von Anfang an unübersehbar gewesen. Dedrick hatte darauf bestanden, seine Fähigkeiten könnten der Crew auf diesem Flug dienlich sein. Zu Jaez' Mißmut hatte der Kapitän sich dieser Meinung angeschlossen.

»Ha-ha-ho-hallo«, sagte der Mann. Beim Sprechen

verzerrte sich sein Mund wie verrückt. »Go-ga-gott sssei Da-da-dank, daß Sie ge-ge-gekommen sind. Ich da-dachte schon, ma-mein No-ho-notruf käm nicht du-du ...«

Er erweckte den Eindruck, innerlich mit sich selbst im Widerstreit zu stehen. Aufgrund ihrer Ausbildung hatte Greer die Kenntnisse, um in Motorik und Gestik die Nuancen zu unterscheiden, die Worte unterstrichen oder ihnen widersprachen, einer Aussage eine veränderte Bedeutung verliehen, und anhand ihrer Erfahrungen gelangte sie zu dem Rückschluß, daß sein Körper widerlegen wollte, was sein Mund redete.

»Wir sind da, um Ihnen zu helfen, Kumpel.« Inzwischen war Dedrick ans Unterende der Ausstiegsrampe hinabgestapft und wischte sich mit dem Handrücken Schweiß von der Stirn. »Sagen Sie mir, was Sie brauchen.«

»Wo sind die anderen Leute?« erkundigte sich der junge Med-Tech.

»To-tot«, gab der Mann zur Antwort. »Alle tot. Da-da-dreißig Männer und Fra-fra-frauen. Ich bin de-der einzige Ü-ü-ü-überlebende ...«

Er verstummte, als wäre das Sprechen entschieden zu anstrengend.

»Ach du lieber Gott«, stieß Iversen hervor.

Jaez ging die Rampe hinunter und stellte sich absichtlich zwischen die Bohnenstange und Dedrick. »Meine Güte, Mann, was ist denn vorgefallen?«

Daraufhin schüttelte der Überlebende den Kopf mit dermaßen beunruhigender Heftigkeit, als müßte ihm gleich der Schädel von den Schultern fliegen. »Die Ernten si-sind alle verdorben. Nichts ist gewachsen. Und wir kö-ka-können nichts e-e-essen von der heimischen Ffff-ffff ...«

»Flora?« mutmaßte Jaez.

»Sind hiesige Viren ein Problem?« fragte Iversen.

Auch für Greer lag diese Vermutung nahe. Darum

verdutzte sie die übermäßige Reaktion auf die Frage des Med-Techs.

»Na-na-nein! Nein-nein! Keine Kra-ha-kra-krankheiten. Es ... es ist ... Ha-ha-ha ... Haben versucht, uns von Ra-ra-ratten zu e-e-ernähren. Wir wo-wollten ...«

Auf einmal unterbrach er sich mitten im Satz, seine Arme erstarrten beim Fuchteln, sein Mund erschlaffte. Erstaunt musterte die Shuttle-Besatzung ihn. Mehrere Sekunden verstrichen.

Dann rührte er sich wieder, und man hätte glauben können, einen völlig anderen Menschen vor sich zu sehen.

»Verzeihung«, bat er, legte die Hände locker an die Hüften. »Leider habe ich zwischendurch diese unseligen ... Phasen. Eine bessere Bezeichnung fällt mir dafür nicht ein. Ich heiße Jim Sharnov.«

Nach flüchtigem Zögern machte Jaez ihn mit dem Rest des Teams bekannt. Verlegen standen alle in der glühenden Sonne, keiner wußte so recht, was als erstes unternommen werden sollte. Die Unterhaltung wandte sich der in Schwierigkeiten geratenen Kolonie zu.

»Unsere Nahrung hat sich erschöpft«, erzählte Sharnov. »Nichts von allem, was wir mitgebracht hatten, wollte hier gedeihen. Und unser Verdauungssystem toleriert die heimische Vegetation nicht.«

»Sind hier auch feindlich gesonnene Entis?« fragte Iversen.

»Nein, Aliens gibt's überhaupt nicht.«

»Damit bleibt für Sie nichts zu tun«, sagte Dedrick zu Greer. »Schade, ich hatte gehofft, Sie zur Abwechslung mal beim Arbeiten zu sehen.«

Sie wußte, daß er die Tätigkeit der Xenolinguistik-Gilde geringschätzte. Allerdings galt das gleiche zur Zeit für sie. Sie hatte sich von ihrer Laufbahn erheblich mehr versprochen: Abenteuer, aufregende Erlebnisse, Gelegenheiten zu entscheidenden Aktivitäten. Heute stufte sie ihren damaligen Ehrgeiz als jugendlichen

Überschwang ein. Die Xenolinguistik-Gilde war ganz einfach zu erfolgreich; im Arm des Orion konnten Linguistinnen keine Abenteuer mehr erleben. Wenigstens keine so untalentierte Linguistin wie sie, die das Schlußlicht des Seminars gebildet hatte.

Etwas streifte ihr Schienbein; sie senkte den Blick. Ein großer Hund mit ausgedünntem, filzigem Fell und hervorstehenden Rippen guckte zu ihr auf. Das Tier sah krank aus. Greer wich ein wenig zurück.

»Wo kommt denn der Hund her?« wollte Jaez erfahren.

»Das ist Sammy«, sagte Sharnov. Er lächelte, als hätte er zwar die Mundwinkel zu heben gelernt, aber ohne jede begleitende Gefühlsregung. »Haustiere mitzunehmen war verboten, aber eine Frau hat ihn in ihrem Privatgepäck eingeschmuggelt. Da war er natürlich noch ein Welpe.«

»Also, ich mag Hunde«, beteuerte Iversen, faßte das Tier aber trotzdem nicht an.

Der Hund wälzte sich im rauhen Sand, die großen, bernsteinfarbenen Augen unablässig auf Greer gerichtet.

»Wir haben einiges an Lebensmittelvorräten mitgebracht«, sagte Jaez. »Viel ist es allerdings nicht. Wir wußten ja nicht, was Sie brauchen könnten. Aber Sie kriegen umgehend 'ne anständige Mahlzeit.«

»Mir geht's gut«, entgegnete Sharnov.

»Sie sehen aber aus, als ob ...«

»Mir geht's bestens, glauben Sie mir.«

Jaez öffnete den Mund zu einer Antwort, klappte ihn jedoch gleich wieder zu.

»Wie ist es Ihnen denn gelungen«, fragte Dedrick nach, »im Gegensatz zu den anderen am Leben zu bleiben?«

Sharnov verzog die Lippen zu einem sonderbaren Grinsen seitwärts. »Ich vermute, ich bin anpassungsfähiger.«

»Beim Landeanflug haben wir gar nicht Ihre Siedlung gesehen«, bemerkte Iversen.

»Sie liegt südlich von hier, ungefähr einen Kilometer entfernt. In einem etwas größeren Wäldchen. Wegen des Schattens.«

Leise winselte der Hund Greer an. Sie überwand ihren Widerwillen, streichelte ihm hinter den Ohren das Fell. Als Kind hatte sie eine ganze Anzahl von Hunden gehabt, meistens Mischlinge, Abkömmlinge läufiger Haushündinnen und geiler Kojoten, die sich in der Wüste, wo sie herangewachsen war, umhergetrieben hatten. Die Mischlinge hatten manche Vorzüge aufgewiesen, die reinrassigen Hunden abgingen. Dieser Mischlingshund hatte etwa die Statur eines Labradors, ein kurzes, scheckiges Fell, Hängeohren und große, glänzende Augen.

»Trotzdem müssen wir vorschriftshalber nach eventuellen Überlebenden suchen«, konstatierte Jaez. »Iversen, gehen Sie mit Dr. Sharnov vor. Dedrick ...«

Doch Dedrick entfernte sich bereits mit den zwei anderen Männern. Während der Ingenieur abzog, schimpfte Jaez gedämpft vor sich hin, dann öffnete er die Frachtluke und besah sich die knapp bemessenen Vorräte, die sie mitgenommen hatten. Seinetwegen war Greer die Situation peinlich, doch zählte es nicht zu ihren Aufgaben, Dedrick Rügen zu erteilen.

Sie schnallte sich die kleine Gürteltasche um, die die Ampullen mit den Neurotransmittern enthielt, deren jede Xenolinguistin für die Arbeit bedurfte. Offensichtlich waren sie hier überflüssig, doch sie hatte in der Ausbildung gelernt, sie nie irgendwo zurückzulassen.

Der Hund begleitete sie zu der Niederlassung, die versteckt in einem ausgedehnteren Hain der Besenstielbäume lag. Greer bezweifelte, daß das lückenhafte Laub der kleinen Ansammlung flacher Bauten viel Schatten spendete.

Sobald sie zu dem ersten Häuschen gelangten, lehnte

sich Sharnov zur Tür heraus und verbeugte sich, wieder das starre Grinsen im Gesicht.

»Willkommen in meinem bescheidenen Heim.«

Auch diesmal störte seine Absonderlichkeit Greer. An ihm vorbei betrat sie das Haus. Drinnen schauten Dedrick und Iversen sich gerade einen zerknitterten Computerausdruck an. In dem Bau gab es kaum mehr als einen Klapptisch, auf dem außer einem Stapel leerer Teller nur ein Computer stand. Wahrscheinlich war der Rechner zu alt, überlegte Greer, um die Leistungen zu erbringen, die eine Xenolinguistin fürs Interfacing brauchte. Nur gut, daß keine intelligenten Entitäten den Planeten bewohnten.

Im Gebäude war es kühler als im Freien, allerdings nicht viel; die Luft roch schal, miefte schwach nach Moder. Greer hob den Blick und sah im Dach Löcher klaffen, durch die der Sonnenschein warme Lichtkegel hereinwarf. Jaez folgte ihr ins Haus und setzte die kleine Kiste mit den Vorräten unmittelbar hinter der Tür ab.

»Sehen Sie sich einmal das hier an«, äußerte Iversen.

»Ich möchte, daß Sie die Siedlung gründlich absuchen«, sagte Jaez. »Überzeugen Sie sich davon, daß *bestimmt* kein zweiter Überlebender anwesend ist. Ich will nicht, daß jemand irrtümlich zurückgelassen wird.«

»Schauen Sie sich doch erst mal das da an.« Iversen deutete auf einen Eintrag.

»Verdamm-mm-hmm-ter Kö-köter!«

Erschrocken fuhr Greer herum und sah Sharnov den Hund in die Rippen treten. Das abgemagerte Tier kläffte scharf und entzog sich Sharnovs zuckenden Bein durch einen Sprung.

»Ha-ho-ha-hau ab! La-laß mi-mi-mich in Ruh!«

Offenbar hatte ein neuer Anfall Sharnov gepackt. Sein ganzer Körper wand sich in Spasmen; er riß den Mund auf, machte ihn zu, schnappte nach Luft, verdrehte die Augen. Den Schwanz eingeklemmt, sauste der Hund hinaus, rempelte fast Jaez um, der noch am Eingang stand.

Plötzlich endete das Gezucke wieder. Sharnov wandte sich von der fliehenden Töle ab. Nun klang seine Stimme fast, als wollte er sich entschuldigen.

»Er hat Flöhe eingeschleppt.«

Sharnov täuschte nur vor zu essen.

Greer beobachtete ihn; mangels interessanter Entis übte sie ihr Observationsvermögen an diesem merkwürdigen Menschen. Der Wissenschaftler hielt die Nutriwaffel an die Lippen, bewegte die Kiefer, aber Greer war sich sicher, daß er kein einziges Bröckchen in den Mund nahm. Sie hatte von Hungernden gehört, die zum Essen zu schwach waren, doch ein Mann, der dem Hund einen solchen Tritt gegeben hatte, konnte unmöglich schwach sein.

»Sie haben eben ›Ratten‹ erwähnt«, sagte sie zu ihm. »Meinen Sie damit diese kleinen Nager?«

Begriffsstutzig linste Sharnov sie an.

»Ja, richtig«, mischte sich Iversen ein. »Als wir eingetroffen sind. Da haben Sie von ›Ratten‹ gesprochen.«

»Sie haben mich offenbar mißverstanden«, erwiderte Sharnov.

Der Med-Tech wirkte, als läge ihm eine Bemerkung auf der Zunge, doch er verzichtete auf jeden Kommentar.

»Auf dieser Welt leben keine Tiere dieser Größenordnung«, erklärte Sharnov. »Nur ein paar Insekten, sonst kaum irgendwas.«

Das kann niemals wahr sein, dachte Greer. Ganz offensichtlich mußte der Hund, als die Nahrung ausging, irgendwo etwas zu futtern gefunden haben.

»Vielleicht woanders?« spekulierte Jaez. »In einer anderen Klimazone?«

»Wir hatten uns hier niedergelassen, um Astrophysik zu betreiben, keine Zoologie.«

Greer behielt Sharnov unter Beobachtung. Sie war sicher, daß sie recht hatte: in Wirklichkeit aß er überhaupt nichts. Aber er langte nach einem Becher Wasser und hob ihn an die Lippen. Als er ihn absetzte, begegneten sich sein und Greers Blick über den leeren Becher hinweg. Greer hatte diesen geistlos-fanatischen Ausdruck schon gesehen, und zwar in den Augen von Heiligen und Wahnsinnigen. Was von beidem, fragte sie sich, war Sharnov?

Obwohl die Sonne des Planeten inzwischen ziemlich tief am Horizont stand, glich das Innere der Hütte einem aufgeheizten Ofen. Es sei, erklärte Sharnov, kein Strom für die Klimaanlage und den Computer mehr vorhanden. Nach einem Weilchen entschuldigte er sich und ging hinaus.

Jaez und Iversen besprachen, was sie bisher entdeckt hatten. Jedes Gebäude der Siedlung, Sharnovs Behausung ausgenommen, war völlig verfallen. Ein paar Schritte entfernt hatte Sharnov ihnen die flachen Gräber Verhungerter gezeigt. Kolonistentagebücher, die sie in einigen Ruinen gefunden hatten, bestätigten Sharnovs Erzählung über unerwartete Mißernten, die man mit den von daheim mitgebrachten Pflanzen erlitten hatte, und über Experimente mit heimischen Gewächsen, die aussichtslos blieben, weil Menschen kein fremdes Protein verdauen konnten. Weitere Überlebende waren nicht angetroffen worden.

Am rätselhaftesten war jedoch in einem Tagebuch ein Eintrag, der andeutete, Siedler könnten durch eigene Hand umgekommen sein.

»Vielleicht dachten sie«, spekulierte Jaez, »das sei besser, als auf das Unvermeidliche zu warten.«

»Dieser Planet behagt mir ganz und gar nicht«, äußerte Iversen. »Ich bin an der Nordsee aufgewachsen. Schnee kann von mir aus jeden Tag fallen, aber das hier ...«

»Ich verstehe nicht«, bemerkte Dedrick, »warum sie sich nicht den Hund gebraten haben.«

»Halten Sie Ihr Maul«, sagte Jaez; der Blick seiner dunklen Augen verhieß Ärger.

»Das Tier hat doch sowieso nichts auf den Rippen«, griff Iversen rasch ein, zerstreute die Spannung zwischen den beiden anderen Männern. »Aber je früher wir abfliegen, um so besser. Ich find's hier auch schauderhaft.«

Jaez maß Dedrick noch immer bösen Blicks. »Um lange zu bleiben, führen wir allemal zuwenig Vorräte mit. Allerdings möchte ich keine relevanten Daten übersehen, die uns darüber Aufschluß geben könnten, was sich ereignet hat. Also los.«

»Was soll ich tun?« fragte Greer.

Jaez lächelte ihr zu. »Für eine Linguistin gibt's hier kaum Beschäftigung, Greer. Sie haben Glück.«

Die Männer verließen das Häuschen.

Das abendliche Zwielicht breitete über die kahle Gegend rötlich-düstere Schatten, die sich wie Blut in all den Furchen sammelten, welche die verwaisten Fahrzeuge und sonstige mobile Ausrüstung der Siedler hinterlassen hatten. Alles war defekt und rostete vor sich hin. In der Ferne sah man mehrere Radartrichterantennen aufgereiht; sie standen, weil sie seitwärts eingesunken waren, abartig schief, beschädigte Streben stachen gen Himmel. Nach wie vor lastete unbarmherzige Bruthitze auf der Landschaft.

Wenn eine Xenolinguistin keine aktive berufliche Betätigung auszuüben hatte, hieß es in den Gildenvorschriften, sollte sie den Leerlauf nutzen, indem sie das Kalamitätenmantra übte. Zu diesen Übungen hatte Greer mittlerweile überreichlich Zeit gehabt. Vielleicht war es jetzt soweit, daß sie sich eingestehen mußte, sich nicht zur Xenolinguistin zu eignen. Eine besondere Begabung hatte sie jedenfalls nicht. Deshalb war es mit ihr dahin gekommen, daß sie einen Posten auf einem Frachter annehmen mußte; niemand sonst wollte sie haben. Möglicherweise war der Zeitpunkt gekommen, aus der Gilde auszutreten.

Vor Sharnovs Bruchbude hockte geduldig der Hund, kratzte sich erst, leckte dann die wunden Stellen. Flöhe, hatte Sharnov gesagt. Ergab sich daraus, wenn er ihre Eier schluckte, der gleiche Kreislauf von Parasiten wie auf der Erde? Sie entsann sich an ein Poster, das sie vor langer Zeit, während eines Ausflugs, in einer Tierarztpraxis gesehen hatte; neben dem Bild eines Kojotenmischlings waren darauf sämtliche Phasen der Mutation vom Hautschmarotzer Floh bis zum Darmbewohner Wurm zu sehen gewesen. Die Magerkeit des Hundes legte die Vermutung nahe, daß er Würmer hatte. Noch ein Grund, weshalb es ihm widerstrebte, ihn anzufassen.

In der Nähe der Behausung krachte etwas in den Sand.

Einige Meter von der Hütte entfernt stand Sharnov mit einer Axt in den Fäusten vor dem Wassertank. Es schien, als hätte er ernstlich mit sich selbst zu kämpfen. Er schwang die Axt mit wildem Gefuchtel, ihr Blatt streifte manchmal die Kante des Tanks, verfehlte bisweilen nur Sharnovs knapp eigene Beine. Mehrere Rohre, die aus dem Tank geragt hatten, lagen jetzt zerbrochen rings um sein Untergestell verstreut.

»He!« Greer lief auf ihn zu. »Was machen Sie denn da?«

Sharnov drosch nochmals zu. Die Axt klirrte auf Metall. Dann drehte er sich ruckartig um.

Greer verlangsamte das Tempo, weil sie sich plötzlich dessen bewußt wurde, daß ihre dünne Kleidung keinerlei Schutz bot. Sharnovs Körper schlotterte, als ob er eine schwere Schüttellähmung hätte. Tollwut und Qual wechselten sich in seinem Mienenspiel ab.

»Alles in Ordnung?«

Dumme Frage. Zum Glück hatte sie von ihm noch genug Abstand, um wegrennen zu können, sollte er auf die üble Idee verfallen, sie mit der Axt zu attackieren. Der Hund knurrte.

Sharnov erbebte und sackte auf die Knie. Greer dachte daran, Iversen zu rufen. Doch ehe sie den Namen des Med-Techs ausstoßen konnte, rappelte Sharnov sich hoch. Verdutzt schaute Greer zu, während er sich den Staub von den Klamotten klopfte.

Anschließend schenkte er ihr erneut ein gefühlloses Lächeln. »Wird wohl an der Hitze liegen.«

»Ist etwas ... Ich meine, es *muß* doch irgend etwas nicht stimmen, oder?«

»Wie kommen Sie darauf?«

»Wegen der Art und Weise, wie Sie sich verhalten. Es ist offensichtlich, daß das nicht normal ist.«

Ein Mundwinkel Sharnovs zuckte. »Davon kann keine Rede sein.«

Iversen und Jaez eilten herbei.

»Was ist Sache?« wollte Jaez erfahren.

»Wir haben etwas gehört«, sagte Iversen. »Ist irgend was passiert?«

»Sie si-sind ein Ri-ra-risiko einge-ga-gangen, als sie ge-gelandet sind«, sagte Sharnov. Seine Gesichtsmuskeln zuckten.

»Na ja, schon, aber ...«, setzte Iversen zu einer Entgegnung an.

»Hier ka-ka-kann alles mö-mög-mögliche passieren. Einfach ah-ah-alles.«

»Zum Beispiel?« fragte Jaez.

Sharnov gab keine Antwort, obwohl Spasmen seine Lippen verzerrten. Greer war völlig klar, daß sein verkrampfter Mund das Stottern zurückhielt, um etwas zu verschweigen, das nicht bekannt werden sollte.

»Soll ich mir Sie mal lieber ansehen?« erkundigte sich der Med-Tech.

Sharnov wandte sich ab und entfernte sich zwischen die Ruinen der Siedlung, vor sich seinen langgestreckten, schmalen Schatten.

»Was zum Teufel mag es bloß mit dem Burschen auf sich haben?« murrte Jaez.

»Für meine Begriffe ist er krank«, meinte Iversen. Seine Stimme wurde lauter. »Vielleicht sollten wir ihn nicht so schnell mit an Bord nehmen, sondern erst, wenn wir wissen, wie es um ihn steht? Wenn er nun was Ansteckendes hat? Mit außerirdischen Viren habe ich kaum Erfahrung.«

Jaez schüttelte den Kopf. »Sprechen Sie leiser.«

Tatsächlich drohte hier Gefahr, aber Greer konnte ihre Natur nicht erkennen. Noch hatte es keinen Sinn, darüber mit Jaez zu reden. Sammy winselte gedämpft und trottete Greer hinterher.

Als sie die Kuppe einer kleinen Anhöhe erreichte, lagen die Baumstämme im Dunkeln, nur die Gipfel leuchteten noch karmesinrot im Sonnenuntergang. Ein flüchtiger, rascher Wechsel in den Schattierungen der Düsternis erregte ihre Aufmerksamkeit. Vor einem Baumstamm trippelte ein winziges, glänzendschwarzes Geschöpf außer Sicht. Greer setzte sich in den warmen Sand, lehnte den Rücken an einen Baumstamm. Mit einem Aufschnaufen legte sich Sammy neben sie.

Die Ironie war, daß ihr die xenolinguistische Ausbildung vom Anfang bis zum Ende Freude gemacht hatte; nur besonders gut war sie nicht gewesen. Sie hatte Vergnügen am stets gegenwärtigen Gefahrenelement gehabt, wenn zwischen zwei verschiedenen Sprachen ein Interface-Kontakt entstand. *Laß niemals Emotionen den Interface-Kontakt beeinflussen,* lehrte die Gilde. Dergleichen konnte mit einem Nervenzusammenbruch enden. Und gelegentlich stürzte der Ansturm des ungefilterten Universums durch den Interface-Kontakt die unachtsame Xenolinguistin in den Irrsinn. Zu den ersten Lektionen des Unterrichts zählte das Kalamitätenmantra. Die meisten Linguistinnen hofften, es nie benutzen zu müssen. Greer hatte immer das Gegenteil erhofft.

Sie schloß die Lider. *Erste Stufe: Laß ab. Laß ab von der Furcht, laß ab vom Zorn ...*

Nach einer Weile öffnete sie entspannt und erfrischt

die Augen. Ähnlich wie Meditation festigte und beruhigte das Kalamitätenmantra den Geist.

Jetzt war das Land in grauen Mondschein getaucht, den der nähere der zwei Satelliten des Planeten verstrahlte. Von der Stelle aus, wo Greer saß, konnte sie die schattenhaften Buckelumrisse der Siedlung und – etwas weiter fort – das Shuttle unterscheiden. Dämmerlicht erhellte seine Konturen.

Sie setzte sich auf; im Innern des Shuttles hatte Helligkeit geschimmert. Vielleicht war Jaez hingegangen, um etwas zu holen. Egal was es gewesen sein mochte, jetzt war das Licht erloschen. Geistesabwesend tätschelte Greer dem Hund den Kopf.

Während ihr nach der Ankunft die oberflächliche Vergleichbarkeit des Planeten mit ihrer heimatlichen Wüste aufgefallen war, präsentierte er sich nachts auf unheimliche Weise anders. In der Mojave erlauschten ihre empfindsamen Ohren das kaum vernehmliche Flattern von Nachtvögeln, das Quieken kleiner, in der Dunkelheit auf Pirsch ausgezogener Nager sowie das Pfotenschleichen von Raubtieren, die wiederum ihnen auflauerten. Hier hingegen blieb die Nacht vollkommen still.

Greer fuhr zusammen, als sie ein Rumoren hörte. Das Geräusch kam aus der Richtung des geparkten Shuttles. Sie sprang auf und starrte verwirrt hinüber, während der Flugapparat plötzlich anrollte, Geschwindigkeit aufnahm und zuletzt in den Nachthimmel schoß. Den Hund an den Fersen, stolperte sie den flachen Hügel hinab und auf die Ruinensiedlung zu. Dornige Sträucher umpeitschten ihre Fußknöchel, zerstachen ihr die Hände.

Jaez, Iversen und Dedrick standen offenen Munds an der Schwelle von Sharnovs Hütte, stierten dem Leuchtpunkt des Shuttles nach, das am Himmel entschwand.

»Er hat uns hier sitzen lassen«, rief Iversen. »Gottverdammt noch mal, er ist ohne uns verduftet.«

»Weit kommt er nicht«, sagte Jaez grimmig. »Ich habe den Nav-Computer codegeschützt. Nur so, aus alter Gewohnheit.«

Vor ihren Augen explodierte das Lichtpünktchen zur Nova.

Das Funkgerät, mit dem der Notruf zur *City of Sao Paulo* abgeschickt worden war, bestand nur noch aus Schrott. Bei Sonnenaufgang hatten sie alle vier die dachfreie Funkhütte betreten und besahen sich jetzt die chaotischen Trümmer der Anlagen.

»Sie sind doch Ingenieur«, sagte Jaez zu Dedrick. »Reparieren Sie den Apparat.«

»Scheiße noch mal, wie denn? Der Drecksack hat ja kein einziges intaktes Teil übriggelassen.«

»Versuchen Sie's wenigstens!«

»Wären Sie nicht so gottverflucht schlau gewesen, den Nav-Computer codezusichern, *bräuchten* wir kein Funkgerät.«

»Heutzutage weiß doch jeder mit Shuttles Bescheid, kein normaler Mensch hätte die Idee gehabt, die Kiste zu klauen. Wie sollte ich ahnen, daß ...«

»Der Kapitän hätte gemerkt, daß was oberfaul ist, kaum daß das Arschloch aus 'm Shuttle gestiegen wär. Jetzt denkt er, wir hätten uns selber in die Luft gesprengt.«

»Vorbei ist vorbei«, schnauzte Jaez. »Wir müssen uns was anderes überlegen.«

Der Tag verhieß unerträglich heiß zu werden, und den einzigen Unterschlupf bot Sharnovs Behausung. Während die Sonne höher stieg und sich das Verzweifelte der Lage immer deutlicher zeigte, verschlechterte sich die Laune zusehends. Greer fragte sich, wie lange es dauern mochte, bis sie sich prügelten.

»Ich verstehe nicht, warum er so einen Blödsinn angestellt hat«, lamentierte Iversen. »Warum konnte er nicht warten?«

»Vielleicht aus Furcht, wir finden raus, er hat alle anderen ermordet«, mutmaßte Jaez voller Erbitterung.

»Auf jeden Fall hat er dagegen vorgesorgt«, grummelte Dedrick, »daß wir allzubald irgendwelche Mitteilungen ans Schiff durchgeben.«

»Es könnte sein, daß irgendwo 'n Lager mit Ersatzteilen ist«, sagte Jaez. »Oder eventuell können Sie andere Geräte ausschlachten.«

»Ich tu, was ich kann.« Gereizt stapfte Dedrick durch die Funkhütte, verbreitete rund um sich eine Wolke seines säuerlichen Schweißgeruchs. »Ich hab auch keine Lust, hier rumzuhängen und diese beschissenen Nutriwaffeln zu futtern.«

»Uns dürfte verdammt nichts anders übrig bleiben«, entgegnete Jaez, »wenn uns nichts einfällt, bevor die *Sao Paulo* den Orbit verläßt.«

»Ich habe echte Bedenken«, gestand Iversen. »Wenn Sie mich fragen, hier ist irgendwie ein Haken an der ganzen Geschichte. Und er wollte nicht dabei sein, wenn wir aufdecken, was 's ist.«

Dedrick heftete einen miesepetrigen Blick auf den jungen Med-Tech. »Wenn wir überleben wollen, müssen wir alles vernünftig organisieren. Iversen, Sie ...«

»Moment mal«, unterbrach Jaez ihn. »Ich habe das Kommando.«

Dedrick drehte ihm den Rücken zu. »Arbeiten Sie einen Plan zur Rationierung von Nahrung und Trinkwasser aus, Iversen. Berechnen Sie alles äußerst knapp. Ich weiß nicht, wie lang's dauern kann, bis ich einen neuen Sender zurechtgebastelt habe.«

Verstimmt schüttelte Iversen den Kopf; trotzdem verließ er die Ruine.

»Yancy, Sie ...«

Jaez packte Dedricks Arm. »Haben Sie 'n Hörschaden, Dedrick?«

Der hünenhafte Ingenieur strich sich die Hand des Piloten vom Arm wie eine lästige Fliege, ohne den Blick von Greer zu wenden. »Sie gehen auf Ersatzteilsuche. Tragen Sie alles zusammen – absolut alles –, was aussieht, als könnten wir's gebrauchen. Zerbrechen Sie sich nicht den hübschen, blonden Kopf mit Nachdenken. Schaffen Sie einfach alles zu mir her.«

»Kümmern Sie sich nicht um sein Gewäsch, Greer«, befahl Jaez. »Ich gebe hier die Befehle.«

»Wie steht's denn um Ihre handwerklichen Fähigkeiten, Jaez? Kann ein Pilot ein Dach ausbessern? Möglicherweise müssen wir für längere Zeit bleiben. Wir benötigen mehr Sonnenschutz.«

Jaez holte aus, um ihm eine reinzuhauen, doch weil der Ingenieur zur Seite trat, verfehlte ihn der Hieb.

Greer fiel Jaez in den Arm, als er zum zweitenmal die Faust hob. »Arturo, wir sollten uns vielleicht aufs Überleben konzentrieren, bis irgend jemand vorbeikommt.«

Jaez schnitt eine böse Miene, befolgte jedoch ihren Rat und ließ sie mit Dedrick in der Funkhütte allein.

Greer maß Dedrick festen Blicks. »Sie teilen die Leute nicht auf die zweckmäßigste Weise ein, Dedrick.«

»Wieso nicht?«

»Jemand müßte sich nach neuer Wasserversorgung umschauen.«

»Falls Sie's noch nicht geschnallt haben sollten, Nancy, wir sind hier in der Wüste.«

»Mir ist klar, daß jemand, der *Hydrotechnik* studiert hat, so etwas für aussichtslos halten muß. Aber die Pflanzen in der Umgebung saugen irgendwoher Wasser auf. Wahrscheinlich Grundwasser.«

Dedrick glotzte sie an. »Glauben Sie, Sie können Wasser finden?«

Sie nickte.

»Worauf warten Sie dann noch? *Ich* gehe *selbst* auf Ersatzteilsuche. Kann sein, ich treibe einiges an Nützlichem auf.«

Im Freien wartete wieder Sammy. Er begleitete Greer zu einer Baumgruppe.

Obwohl Iverson die Rationen sorgsam gestreckt hatte, ging am vierten Tag die Nahrung aus. Greer hegte den Verdacht, Dedrick könnte daran nicht ganz unschuldig sein.

Mittlerweile hatte Dedrick seine Bemühungen aufgegeben, das Funkgerät und den Generator zu reparieren, die gemeinsam mit dem Inventar der Behausungen und Teilen der Bauten selbst demoliert worden waren. *»Man könnte meinen, hier hätte ein Krieg getobt«*, hatte Jaez' Kommentar gelautet. *»Ich kapiere nicht, wie Verhungernde die Kräfte aufgebracht haben, um derartige Schäden anzurichten.«*

»Oder warum«, hatte Iversen angemerkt. Im gräulich gewordenen Gesicht des jungen Med-Techs spannte sich die Haut straff über die Knochen.

Greer saß im spärlichen mittäglichen Schatten des durchlöcherten Wassertanks, ein Versuch, Dedrick so weit wie möglich aus dem Weg zu gehen. Sammy lag am Rande des Schattens. Anscheinend litt er unter den sengendheißen Sonnenstrahlen weniger als Greer. Zerstreut sah sie ihn sich am Ohr kratzen. Ihr fiel etwas wieder ein, das ihr schon Anlaß zum Grübeln lieferte, als sie den nahezu zum Skelett abgemagerten Hund das erste Mal erblickt hatte. Während die Siedler starben, hatte er weitergelebt.

»Fängst du dir Ratten, Sammy?« Wenn es auf diesem Planeten etwas gab, das er fressen konnte, war es vielleicht auch ihnen möglich, es zu verzehren.

Der Hund drehte ihr ein langes Ohr zu und lauschte, aber seine Augen blieben in die Ferne gerichtet.

»Yancy ...!«

Dedrick stand vor ihr, schwitzte wie ein Schwein. Er hielt ihre Arbeitsmappe in der Hand.

»Ist das was ähnliches wie Vitamine? Ich muß irgend was essen.«

»Rücken Sie sie raus, Dedrick! Das sind keine Lebensmittel.«

»So? Na, wir haben alle schon davon gehört, was Linguistinnen einnehmen, wenn sie arbeiten. Kann ja sein, 'n paar Psychedelika erleichtern den Zeitvertreib.«

»Sie haben einen Knall. Davon würden Sie nur krepieren.«

»Soll ich lieber den Hund aufessen? Nicht mehr lange, und er ist sowieso dran.«

Als hätte er Dedricks Ankündigung verstanden, knurrte Sammy.

»Vielleicht sollten Sie einige Fallen bauen, um Ratten zu fangen. Sammy frißt offenbar Ratten.«

»Was für Ratten? Hier gibt's keine Ratten. Sharnov hat's deutlich genug gesagt.«

»Er muß im Irrtum gewesen sein. Sammy ernährt sich von *irgend etwas* ...«

»Solche Köter brauchen kaum Futter. als Junge hatte ich selbst Hunde. Manchmal hab ich tagelang vergessen, sie zu füttern. Hat ihnen nie geschadet.«

Bleib ruhig, ermahnte sich Greer. Ärger erschöpfte nur um so schneller ihre begrenzte Kraft. »Sie könnten es doch zumindest *versuchen*.«

»Und wenn sie fertig sind, was soll ich als Köder hineinstecken? Käse?« Er schmiß die Mappe hin und schlurfte davon.

Greer hörte Glas zerklirren, als der Inhalt der Mappe auf den Boden klatschte.

Die Fallen, die Dedrick aus verwendbarem Schrott bastelte und mit Insekten- und Pflanzenködern versah, blieben leer.

Auf Iversens Empfehlung sparten die Gestrandeten Kraft, indem sie möglichst wenig in der Gegend herumliefen. Wenn sie am Tag ins Freie mußten, behingen sie sich Kopf und Körper mit aus den verlassenen Hütten zusammengetragenen Decken und Kleidungsstücken. Am Mittag des achten Tages lagen sie in Sharnovs Haus und konnten infolge der drückenden, mit menschlichen

Ausdünstungen erfüllten Hitze kaum atmen, waren aber trotzdem froh, Schutz vor der glühenden Sonne zu haben. Dedrick hatte seine Buschjacke eingerollt und sich als Kissen unter den Nacken geschoben; man sah dunkle Schweißflecken in den Achselhöhlen.

»Verdammt noch mal«, schimpfte Dedrick. »Ich schmecke Rostbraten auf der Zunge.«

»Eine Enchilada«, sagte Jaez. »Das ist es, was ich jetzt gerne hätte ...«

»Oder gebackene Kartoffel mit Butter, saurer Sahne und Schnittlauch.«

»Oder vielleicht Spaghetti mit Tomatensoße ...«

Die geringe Menge Wasser, die Greer gefunden hatte, war bald verbraucht worden. Falls sie genügend Kraft aufbrachte, sollte sie wohl ein zweites Mal in die Wüste gehen und welches suchen. Die Sandoberfläche mochte hartgebacken sein, aber geradeso wie in der Mojave gab es Grundwasser, von dem sich die Besenstielbäume und Stacheldrahtsträucher nährten. Greers Vater hatte sie schon in jungen Jahren die elementaren Kenntnisse der Überlebensstrategie gelehrt, eine notwendige Befähigung für ein Kind, dem praktisch eine Wüste als Spielplatz offenstand.

Jaez wurde unruhig. »Wo ist Iversen?«

»Wen interessiert's?« brummte Dedrick.

Die Besorgnis des Piloten steckte Greer an. Sie versuchte sich zu erinnern, wann sie Iversen das letzte Mal gesehen hatte. Kurz nach Sonnenaufgang, überlegte sie, nachdem sie aus einem Traum erwacht war, in dem sie im Refektorium des Xenolinguistik-Gilde-Mutterhauses auf der Erde gegessen hatte: Berge krustigen Brots, köstliche Butter, cremiger Käse, Äpfel und Birnen in einer polierten Holzschale. Da hatte der junge Med-Tech noch neben ihr gekauert, zur Tür hinaus in den rotgestreiften Morgenhimmel gestarrt. »*Sie holen uns nicht*«, hatte er gesagt. »*Der Kapitän nimmt an, wir seien bei der Shuttle-Explosion getötet worden.*«

Angestrengt setzte Jaez sich auf, weckte dadurch den Hund. Sammy hatte es sich angewöhnt, bei den Menschen in der Behausung zu schlafen, den Kopf zu Greers Füßen.

»Wir sollten den Köter schlachten und grillen«, murmelte Dedrick. Sein Blick folgte dem Tier aus der Hütte in den grellen Sonnenschein. »Viele Leute halten Hund für 'ne Delikatesse.«

»Quatschen Sie nicht so dumm rum«, erwiderte Jaez. »Bestimmt päppelt das Knochenmark uns gehörig auf.«

Jaez kam mit Mühe auf die Knie. »Ich muß Iversen suchen.«

»Warten Sie, bis die Sonne sinkt, Arturo«, riet Greer.

»Dann ist's vielleicht zu spät. Er könnte umkommen ...«

»Sie auch.«

»Lassen Sie ihn doch abhauen«, sagte Dedrick. »Ein Fresser weniger.«

Der Pilot warf ihm einen Blick zu, aus dem nackter Haß sprach; dann jedoch streckte er sich wieder neben Greer aus, und beide dösten von neuem ein. Diesmal träumte Greer von Gänsebraten und Bratäpfeln: Winterfestfeier im verschneiten Mutterhaus.

Am Abend fanden sie Iversens Leiche mit aufgeschnittenen Handgelenken dicht vor der Ruine der Funkhütte. Wo sie lag, ein Skalpell in den Fingern, verkrustete geronnenes Blut den Sand. Dedrick entwand es der Faust des Toten.

Nach der Rückkehr in Sharnovs Haus stritten Jaez und Dedrick über das Erfordernis, Iverson zu begraben. Insekten würden sich um die Leiche kümmern, behauptete Dedrick. Ein paar Stunden später stand er auf und ging hinaus.

Greer lag mit dem Kopf nah an der Schwelle der Behausung, sah am Horizont die ersten blutroten Finger der Morgenfrühe den Himmel emportasten. Um sich von dem Tod abzulenken, der sie erwartete, dachte sie über den Planeten und die gescheiterte Siedlung nach. Hier existierte irgendein Rätsel, dessen Lösung – falls es gelang, die Teile des Puzzles zusammenzufügen – ihnen einen Ausweg böte. Allerdings fühlte sie sich so schwach und erschöpft, daß es ihr schwerfiel, sich zu konzentrieren.

Der Hund leckte ihr die Hand. Daß er die Aufgabe des Freunds und Beschützers übernommen hatte, wie Hunde es seit Anbeginn der Menschheitsgeschichte taten, bedeutete einen gewissen Trost. Heftig kratzte sich Sammy. Flöhe, dachte Greer. Und Ratten. Ratten schleppten Flöhe mit, und Flöhe verbreiteten die Pest. War das die Lösung? Hatte eine unbekannte Seuche die Siedler ausgerottet? Aber Sharnov hatte bestritten, daß Krankheit die Menschen dahingerafft haben könnte.

In irgendeiner Beziehung hing das Geheimnis mit dem Hund zusammen. Er verkörperte einen Teil des Puzzles. Schon als sie ihn zum erstenmal gesehen hatte, war er kaum mehr als Haut und Knochen gewesen. Aber allem Anschein nach hatte sich sein Befinden seitdem nicht verschlechtert. Wie schaffte er es, am Leben zu bleiben?

»Arturo«, fragte sie, »haben Sie den Hund schon einmal beim Jagen beobachtet?«

Jaez nuschelte etwas. Erschrocken blickte Greer den Piloten an. Er befand sich in erheblich beeinträchtigter Verfassung; sein braunes Gesicht war gelb geworden. Aber er rang sich ein mattes Lächeln ab, als Greer ihre Wasserflasche an seine Lippen hob.

»Er muß irgendwo was Eßbares herkriegen, nur hab ich nie gesehen, was und woher.«

Als verstünde er ihre Worte, peitschte Sammys Rute den staubigen Boden der Hütte.

Ein Schatten fiel auf Greers Kopf. Sie schaute auf und sah Dedrick am Eingang stehen. Unverzüglich sträubten sich dem Hund die Nackenhaare, und er duckte sich an Greers Seite, als sei er dem Mann an die Gurgel zu springen bereit.

»Die Insekten sind längst dran«, sagte Dedrick. »Es wimmelt nur so davon. Ist kaum noch was zu gebrauchen.«

»Wovon ... reden ... Sie?« fragte Jaez. Seine Stimme drang ihm als mühsames Röcheln aus der ausgedörrten Kehle.

»Verschwendung wär jetzt doch blöd.«

Da sah Greer, was er in der Linken hatte. Ihr entfuhr ein Aufschrei.

Der Ingenieur senkte den Blick auf Iversens abgetrennte Hand, die er am Daumen hielt. Am Handgelenk zeigte sich klumpiges Blut, ansonsten jedoch war der Schnitt sauber ausgeführt worden. Aus der Brusttasche von Dedricks Buschjacke lugte das Skalpell und blinkte.

»Ein langes Glied wär besser gewesen.« Beim Sprechen wankte Dedrick aus Ermattung hin und her. »Der Geschmack soll wie Schwein sein. Das Stück hier ist ziemlich trocken. Aber vom Rest konnte ich nicht das Viehzeug verscheuchen.«

Jaez richtete sich mühevoll auf. »Sie ... abartiger Schuft!«

Dedrick warf Iversens Hand beiseite. »Er hat schon gestunken. Frisches Fleisch ist besser.«

Plötzlich gewahrte Greer, daß er die ganze Zeit den rechten Arm hinterm Rücken versteckte. Gerade hatte sie sich auf die Knie erhoben, da schwang er den Arm langsam herum, zitterte vor Anstrengung. In der Rechten hatte Dedrick eine Laserpistole.

»Woher ... haben Sie ... die Waffe?« krächzte Jaez, die Augen weit aufgesperrt.

»Gefunden. Unterm Fußboden in einem der Häuser. Hab's Ihnen bloß nicht erzählt.«

»Stecken Sie ... sie weg«, befahl Jaez.

»Und noch was hab ich gefunden. Einen unbeschädigten Transponder. Er funktioniert. Früher oder später wird jemand das Signal auffangen. Man muß nur bis dahin lebendig bleiben.«

»Und wie ... wollen Sie ... das schaffen?«

»Indem ich esse«, antwortete Dedrick.

Das Aufzucken eines hellen Lichtstrahls blendete Greers Augen. Der Hund heulte. Als Greer wieder etwas erkennen konnte, sah sie Jaez der Länge nach zu Dedricks Füßen liegen. Jetzt hatte der Ingenieur das Skalpell in der Hand.

»Arturo!«

»Veranstalten Sie keinen Wirbel.« Dedrick zerriß den dünnen Stoff der Pilotenuniform. »Er war sowieso am Abkratzen. Jeder konnt's ihm ansehen.« Mit dem Skalpell machte er sich an die Arbeit. »Die Leber gibt am schnellsten neue Kraft.«

Greer wandte sich gerade noch schnell genug ab, um zu vermeiden, daß sie sich auf Jaez' Leichnam erbrach.

»Ich muß Feuer machen und das Fleisch kochen, eh's verdirbt«, erklärte Dedrick später. »Sobald der Tag etwas abgekühlt ist.«

Greer verweigerte ihm jede Antwort. Sie hockte in einer Ecke auf dem Fußboden, die Knie ans Kinn gezogen, und fühlte sich völlig benommen; mal schlief sie, mal dämmerte sie halb wach vor sich hin. Der widerlich süße Geruch blutigen Fleischs durchzog noch die Luft.

Sammy lag neben Greer, seine Augen verfolgten jede Bewegung Dedricks.

Offensichtlich hatte die Mahlzeit die Kräfte des Ingenieurs erneuert. »Ich weiß nicht, weshalb Sie so zimperlich sind. Die Inkas haben Leber und Herz ihrer Feinde gegessen. Oder waren es die Azteken? Es hat nicht übel geschmeckt. Ein bißchen würziger als gewohnt. Mehr wie von 'ner alten Milchkuh als von 'm Schlachtrind.«

Greer bedeckte ihre Ohren.

»Um zu überleben, muß man tun, was man kann.«

»Lieber sterbe ich.«

»Dann haben Sie keine andere Wahl. Ich versuche ja nur, Ihnen behilflich zu sein.«

Er setzte sich Greer gegenüber auf den Boden. Sammy knurrte, und sie klammerte ihre Finger in sein verfilztes Fell.

»Von mir aus hätten wir mit dem Köter anfangen können«, sinnierte Dedrick. »Aber er hat ja kaum Fleisch auf den Rippen.«

Greers Finger spürten, wie sich in den Schultern des Tiers Sehnen spannten, sich erneut das Nackenfell sträubte.

»Also wäre es sowieso irgendwann soweit gewesen.«

»Warum halten Sie nicht endlich die Klappe?«

Mit ratloser Miene sah Dedrick sie an. »Ich verstehe nicht, welches Problem Sie haben, meine Liebe. Ich ziele darauf ab, uns beide lebend durchzubringen. Allerdings braucht's Zeit, und wir müssen bis dahin essen. Jaez lag doch praktisch schon im Sterben. Oder hatten Sie vielleicht 'ne gescheitere Idee?«

Der Hund bebte unter Greers Fingern, jeder Muskel war aufs äußerste angespannt. Sie schaute ihn an, und seine gelbbraunen Augen erwiderten ihren Blick.

Sie hätte schwören können, daß sie ihn sagen hörte: *Warte.*

Inzwischen ruft der Hunger bei mir Halluzinationen hervor, schlußfolgerte sie verstört. Sie mußte klaren Verstand behalten. Tief bohrte sie die Fingernägel in die Handteller, und der Schmerz schreckte sie aus dem traumähnlichen Zustand, in den sie gesunken war; mehrmals atmete sie gründlich durch und dachte über die Situation nach.

Dedrick hatte einen funktionierenden Transponder entdeckt. Für einen Moment empfand Greer beinahe Hoffnung, dann holte die Realität sie ein. Mittlerweile war sie stark geschwächt. Aber sie konnte sich nicht dazu durchringen, Menschenfleisch zu verzehren. Also würde sie tot sein, wenn ein Sternenschiff eintraf.

Falls überhaupt jemals eines kam.

Dedrick stand auf, beugte sich zu ihr herab. »Ich gehe Holz fürs Feuer sammeln. Sollten Sie's sich anders überlegen, da liegt zurechtgeschnittenes Fleisch.«

Sammy sprang gleichfalls auf und knurrte, als wollte er ihn davor warnen, Greer anzurühren.

»Meinetwegen verrecken Sie doch, Sie Zicke.« Flüchtig betrachtete er Greer. »Aus Nonnen hab ich mir noch nie was gemacht.«

Der Hund knurrte.

»Ich sollte das Vieh lieber sofort erschießen.« Dedricks Hand langte nach der Waffe, die er am Gürtel trug.

Sammy tat einen Satz und fuhr ihm an die Kehle.

Dedrick schrie und brach unter dem Anprall des Hunds zusammen. Die Pistole entglitt seiner Faust und klapperte auf den Fußboden. Dedrick und der Hund wälzten sich um- und übereinander, als ob sie nur balgten. Greer riß sich aus ihrer Duseligkeit und grapschte nach der Waffe, die nicht weit entfernt von ihrer Hand lag.

»Rufen Sie den Scheißköter zu ...!«

Das Zetern erstickte in einem Gurgeln. Greer raffte sich hoch, die Pistole in beiden Händen. Der Ingenieur und der Hund rempelten gegen Jaez' teils verstümmelte Leiche. Der Hund schüttelte den Mann wie ein Terrier eine Ratte.

Greer schloß die Augen. Zwang sich dazu, sie zu öffnen. Zielte ...

Bevor sie abdrücken konnte, ertönte ein unterdrücktes Ächzen – und mit gebrochenem Hals kippte Dedricks Kopf nach hinten. Reglos blieb er neben dem Leichnam seines Opfers liegen. Der Hund wich zurück und schüttelte sich; Blutstropfen spitzten von seinem Maul und sprenkelten die Wand.

Greer befürchtete, sich nochmals übergeben zu müssen, aber sie hatte nichts mehr im Magen, das sie hätte herauswürgen können.

Sie erwachte aus einem Traum, in dem sie nacherlebt hatte, wie sie einmal – damals zehn Jahre alt – auf einer Campingtour mit ihrem Vater Forelle aß. Auf der Zunge hatte sie Fischgeschmack. Ihr war, als röche sie noch den Rauch des Holzfeuers, fühlte die Wärme des Lagerfeuers.

Sie lehnte im Sitzen an der Wand, die Beine vor sich hingestreckt. Neben ihr lag Sammy, sie spürte, als sie die Augen aufschlug, seinen warmen Atem auf der Wange.

»Iß mich«, sagte der Hund. Sein Maul bewegte sich nicht.

Es stand mit ihr schlimmer, schlußfolgerte Greer, als daß sie lediglich Halluzinationen hatte. Sie mußte dem Tode nahe sein.

Der Hund neigte den Kopf zur Seite, stellte die Ohren auf, als hätte sie laut gesprochen. »Zu sterben ist unnötig«, sagte er. »Iß mich. Gewinne Kraft. Warte auf Rettung.«

»Was ... bist du?« Greers Stimme krächzte in der ausgedörrten Kehle.

Der große Mischling entblößte die Zähne zu einem Hundelächeln. »Ein Freund.«

Greer stöhnte auf und schloß die Augen. Fast im gleichen Augenblick überwältigte sie erneut der Schlaf, zog sie zurück ins Reich des Bratfischs.

Als sie von neuem erwachte, herrschte in dem Haus abendliche Düsternis, und der Hund war ein wenig von Greer abgerückt. Er hockte aufrecht da, die Pfoten adrett nebeneinander, und guckte ihr ins Gesicht. Im Zwielicht schimmerte etwas auf dem Boden, und sie senkte den Kopf, um es anzusehen.

An ihrem Fuß glänzte das Skalpell.

Ruckartig zog sie ihren Fuß weg und die Knie an den Leib, als könnte das Instrument ihr weh tun.

»Ich zeige dir eine Lösung.«

»Hunde können nicht sprechen.«

Geruhsam blinzelte der Hund sie an, aber sagte nichts mehr.

»Ich bin im Delirium ... weil ich verhungere.«

Eine eingebildete Unterhaltung mit einem Hund war anstrengender, als sie gedacht hätte. Der Hund ist ein Alien, dachte sie. Nein. Der Alien war ein Hund ...

Beides blieb einerlei. Abermals überkam sie der Schlaf.

Beim nächsten Aufwachen hatte sie keine Ahnung, wieviel Zeit verstrichen sein mochte. Sie fühlte sich, als wäre ihr Kopf mit etwas gräulichem Klebrigem ausgestopft worden. Sogar ihre Gedankengänge liefen langsam ab. Es kostete sie äußerste Mühe, nur den Blick zu senken. Jetzt lag das Skalpell direkt an ihren Fingerspitzen. Ohne zu überlegen ergriff sie es. Dann schaute sie Sammy an. Ruhig erwiderte er ihren Blick.

An der Wand gegenüber krochen längliche, metallgraue Käfer über den Leichnam des Piloten. Greer vermied es, Dedricks Leiche anzusehen; sie wollte gar nicht wissen, ob damit das gleiche geschah. Die bloße Vorstellung genügte, um ihr Übelkeit zu verursachen.

Sie mußte irgend etwas tun, um bei Verstand zu bleiben. *Denk nach!* ermahnte sie sich. *Denk nach, wenn du das Leben behalten willst!*

Der hiesigen Forscherkolonie war ein Unheil zugestoßen. Die Siedler waren verrückt geworden, hatten in ihrer Umgebung alles zertrümmert, zum Schluß sich gegenseitig massakriert. Auch Sharnov hatte sich wie ein Irrer benommen, war aber nicht ums Leben gekommen. Irgendwo fehlte ein Stück des Puzzles.

Das Denken ermüdete sie. Sie stützte den Hinterkopf an die Wand und starrte hinauf ans geflickte Dach der

Behausung. Das Fleckenmuster des Zwielichts und der finsteren Schatten ähnelte einem schwer mit Trauben behangenen Rebstock und rief in ihrer Erinnerung den Geschmack dicken, süßen Safts wach, quälte sie zusätzlich.

Etwas regte sich in einem dunklen Winkel der Bruchbude. Verharrte. Wieselte davon. Greer erhaschte einen Blick auf einen Leib mit grauem, stoppeligem Fell, langer Schnauze und einem dritten Paar Beine. Ohne sichtbare Ohren. Ohne Schwanz. Sammy knurrte.

Inzwischen verpestete der beklemmende Geruch zweier rasch verwesender Leichen in der Hütte die Luft. Greer mußte etwas unternehmen, ehe die Ratten darüber herfielen.

Doch gleich darauf gingen ihre Gedanken wieder in eine andere Richtung. Aliens repoduzierten sich auf jeder mögliche Art und Weise. Greer hatte einige Spezies kennengelernt, die Wirte benötigten, um ihren Nachwuchs zu ernähren, zu vergleichen mit der terranischen Spinne, die ihre Eier in eine lebende, aber gelähmte Wespe legte. Falls die Siedler ähnlich wie Wespen benutzt worden waren – nur ohne immobilisiert zu werden –, konnte darin die Erklärung des Drangs zur Gewalttätigkeit zu sehen sein, dem sie vor dem Tod verfielen.

Es wäre so leicht, nun einzuschlummern ... still hinwegzudämmern ...

Der Duft geschmorten Specks erfüllte das Haus ... Greer rüttelte sich selbst wach. Sie dachte an die Gesichter Hungernder auf einem durch Krieg verwüsteten Planeten, die apathisch am Rand einer staubigen Straße kauerten; Rippen zeichneten sich unter der Haut ab, die eingesunkenen Augen stierten glasig. Ihr war nie klar gewesen, daß solche Menschen vielleicht von Essen phantasierten.

Sammy leckte ihr das Gesicht. Greer zwang sich dazu, sich aufrechter hinzusetzen. Es mußte einen Ausweg geben. Sie mußte überleben, bis ein Sternenschiff den Planeten anflog.

Ihre Hand hielt noch das Skalpell.

Sie blickte Sammy an. Nachdrücklich kratzte er sich einen Moment lang, dann hockte er sich reglos hin; in der schwachen Helligkeit wirkten seine Augen groß wie Monde. Nochmals entsann sich Greer an das Poster: Flöhe verzehrten Bandwurmeier, Hunde schluckten Floheier, Larven wuchsen in ihrem Körper, in den Därmen entstanden Bandwürmer, Flöhe fraßen ausgeschiedene Eier, und der Kreislauf fing von vorn an. In diesem Parasitenreigen gaben Hunde die unfreiwilligen Wirte ab.

Falls ein besonders bösartiger Schmarotzer sich in den Siedlern eingenistet hatte, war Wahnsinn als Folge durchaus denkbar, der Wunsch, alles ringsherum zu zerstören – bis der Tod eintrat.

Aber Sharnov war nicht ums Leben gekommen ... Irgendwie hatte er sich lange genug ein Fetzchen geistiger Klarheit bewahrt, um seine Flucht zu planen. *Und er hatte nicht essen müssen ...*

Es spielte alles keine Rolle. Sie würde nicht mehr so lange leben, daß sie irgendwem von den Ereignissen erzählen könnte. Sie lag längst im Sterben.

Sammy winselte leise. In den Fingern spürte Greer das kühle Skalpell. Sie hatte halluziniert, daß Sammy zu ihr *Iß mich* sagte. Bereitwillig bot der beste Freund des Menschen sein Leben dar, damit ein Mensch am Leben bleiben durfte. Tiefer Kummer grämte Greer.

Langsam stemmte sie sich auf die Knie hoch, nötigte die Muskeln zum Gehorsam. Die Beine schlotterten ihr unterm Leib. Sie hatte sich zu entscheiden: Entweder mußte sie verhungern, ehe ein Sternenschiff das Transpondersignal auffing und kam, um der Sache nachzugehen, oder das Unsägliche tun.

Der Hund beobachtete sie, während sie auf ihn zukroch; keine Furcht und keine Neugier widerspiegelten sich in seinen Augen.

»Tut mir leid ... es muß sein ...«

Doch sobald das Skalpell das Fell berührte, war sie nicht zum Handeln fähig. Sie setzte sich auf den Fußboden und weinte schwächlich vor sich hin, die Arme um Sammys Schultern geschlungen. Sammy stupste mit der Schnauze ihre Wange.

Hatten Sie vielleicht 'ne gescheitere Idee? hatte Dedrick gefragt.

Vielleicht morgen.

Morgen wäre sie zu schwach, um überhaupt noch das Skalpell heben zu können.

Bedächtig kniete sie sich vor Sammy. »Eigentlich mag ich dich ganz gern«, sagte sie. »Verzeih mir.«

Er bellte nicht, heulte nicht auf, als sie zustach, ihm das Skalpell tief zwischen die Rippen bohrte. Indem er auf den Boden sank, stieß er lediglich einen Seufzlaut aus, als wäre ein zermartertes Wesen erlöst worden ...

Den ersten Bissen noch warmen Fleischs zu schlucken, fiel schwer; es war schwierig, den ehernen Gestank des Bluts zu ignorieren. Aber Greer schaffte es. Ihre Kiefer schmerzten beim Kauen, und beim Schlucken wollte ihre trockene Kehle sich dagegen sperren. Das Fleisch war zäh und sehnig, hatte einen stark eigentümlichen Geschmack. Nach dem ersten Happen bäumte Greers Magen sich heftig auf, erbrach die Nahrung, doch sie bestand auf der Einverleibung, und schließlich blieb einiges unten.

Sie konzentrierte sich auf die Vorstellung, daß Sammy es so gewünscht, sie nicht halluziniert, er sich wirklich irgendwie als Opfer angeboten hatte, damit sie das Leben behielt. Als Gegenleistung aß sie so andächtig, als verzehrte sie ein Sakrament.

Sie spürte die fremde Präsenz in ihrem Bauch fast augenblicklich. Etwas Lebendes schlüpfte in ihr aus, wuchs ...

Aus Grauen lief sie Amok, trampelte auf den Überresten des Hundekadavers herum und schrie, bis ihr die wunde Gurgel schmerzte, drosch Fäuste und Schädel gegen die Wand, bis sie ein Loch hineingerammt hatte. So mußte auch den Kolonisten zumute gewesen sein, darum hatten sie vor Wut und Entsetzen ihre Ausrüstung zerschlagen, ihr gesamtes Hab und Gut. Deshalb hatten sie Krieg gegen sich selbst geführt. Sich gegenseitig hingemetzelt, statt mit den Konsequenzen dessen zu leben, was sie getan hatten.

Sharnov hatte zu erklären versucht – oder zumindest der Teil seiner selbst, der noch ein wenig bei Verstand gewesen war –, die Siedler hätten ›Ratten‹ verzehrt. Und natürlich waren auch von dem Hund welche gefressen worden. Die Vergleiche mit der Spinne und mit den Flöhen waren falsch gewesen. Hier gab es einen Symbionten, der mit seinem Wirt in Koexistenz leben mußte, anstatt ihn zu töten, er bewegte sich, wenn er gegessen wurde, in der Nahrungskette aufwärts und übernahm zu guter Letzt den Wirt.

Ihre anfängliche Überlegung war richtig gewesen. Eine fremde Macht konnte sowohl im Wahnsinnigen wie auch im Heiligen wohnen. Doch Menschen grauste es vor dem Besessenwerden. Noch einmal überwältigte das Gräßliche der Situation Greer.

Schließlich kam ihr ein neuer Gedanke. Der Hund hatte den Alien verschlungen und war nicht verrückt geworden. Greer rang um Ruhe und versuchte darüber nachzusinnen.

Ein Vorteil wurde nach der Mahlzeit spürbar: ihre Kräfte kehrten wieder. Das Überlegen strengte sie nicht mehr so unverhältnismäßig stark an. Still saß sie da, Schaudern und Schrecken wichen angesichts des Unwiderruflichen und Unabwendbaren allmählich von ihr. Was sie getan hatte, ließ sich nicht ungeschehen machen, doch jetzt wußte sie, sie würde nicht sterben, es sei denn durch eigene Hand.

Und wenn ihr Verdacht, daß der Alien irgendwie die

Körperchemie des Wirts auf Photosynthese umstellte, den Tatsachen entsprach, brauchte sie nicht mehr von Sammys Kadaver zu essen. Dann mußte sie nie wieder etwas essen.

Bei diffizilen Interface-Kontakten gerieten Linguistinnen bisweilen in ähnlich schlimme Situationen. Greer hatte gelernt, sich den ungefilterten Einflüssen des Universums auszuliefern und dabei zu überleben. Bisher hatte allerdings keine Notwendigkeit bestanden, das Erlernte anzuwenden. Jetzt flößte die Entschlossenheit, am Leben zu bleiben, ihr Ruhe ein. Nach und nach schwand die Furcht.

Doch auf das Vordringen des Aliens in ihren Geist war sie nicht vorbereitet.

Panik packte sie bei der ersten Regung völliger Andersartigkeit, die sich in ihre Gedanken schlich.

Ihr Ego verknäuelte sich, glättete sich... Greer rang um Eigenständigkeit... etwas kroch langsam durch jede ihrer Körperzellen... entrollte sich längs der Nervenstränge...

Der Alien war intelligent. Auf so etwas war Greer nicht gefaßt. Sie mußte irrsinnig werden.

Laß niemals Emotionen den Interface-Kontakt beeinflussen.

Sie prallte vom Abgrund des Entsetzens zurück. Jetzt ohne weiteres zu kapitulieren, war ausgeschlossen. Sie wollte noch am Leben sein, wenn ein Sternenschiff im Vorbeifliegen das Transpondersignal auffing. Es mußte eine Möglichkeit vorhanden sein, um mit dem Alien im Innern zu überleben, ohne sich selbst aufzugeben. Das schlichtere Bewußtsein des Hundes hatte es ihm erlaubt, dem Alien als Wirt zu dienen, ohne überzuschnappen.

Die Gilde hatte Greer einen Rettungsanker verfügbar gemacht. Nun beabsichtigte sie ihn zu benutzen.

Sie rezitierte das Kalamitätenmantra.

Erste Stufe: Laß ab vom Zorn. Kläre den Geist, damit der Alien im Gestrüpp der Emotionen keine Falle stellen kann. Und damit in der Klarheit sich eine Lösung findet, eine Gelegenheit zur Koexistenz, eine Chance zum Überleben.

Laß ab vom Zorn. Laß ab von der Furcht.

Schmerz durchraste ihren Kopf ... Chaos drohte ... Leere ...

Zweite Stufe: Laß ab vom Denken.

Kaltes schlängelte sich durch Greer ... umfing sie ... etwas riß ... barst ...

Erhebe dich über dich selbst.

Laß ab vom Ich.

Der Boden klaffte ... verschlang sie ... Ersticken ... Brausen ... sie streckte die Arme aufwärts ... schoß empor ans Licht ...

Dritte Stufe: Halte das Bild.

Die Schockwelle brandete gegen sie. Neonfarben gleißten in ihren Augäpfeln ... sie sah Bilder, für die jegliche menschlichen Begriffe fehlten ...

Die Wogen verliefen sich. Das Chaos verebbte.

Halte das Bild fest.

Mit der Zeit entwirrte sich das alptraumhafte Tohuwabohu, der Schmerz ließ nach, der Sturm schwoll ab, neue Stille kehrte ein. Greers Herz schlug wieder normal. Sie konnte die Herausforderung durchstehen. Tag für Tag gedachte sie sich gegen die Konfusion zu wehren und sich zu behaupten. Als Mensch und Alien.

Als Hybridin.

Sie entsann sich der Mischlingshunde, die sie in ihrer Kindheit gekannt hatte. Sie waren starke Tiere gewesen, hatten von beiden Elternteilen die besten Eigenschaften geerbt gehabt.

Greer saß auf dem Fußboden der Hütte, blickte hinaus an den rosaroten, von schwefelgelben Strahlen der aufgehenden Sonne durchflimmerten Morgenhimmel. Auch der Alien war ein Überlebenstyp. Ihn zu bekämpfen, hätte für sie beide – so wie es den Siedlern ergangen war – den Tod zur Folge.

Nun konnten sie zusammen überleben, bis ein Sternenschiff Kurs auf diesen Planeten nahm, egal wie lange es bis dahin dauern mochte. Jeden Tag mußten sie sich Kompromisse abverlangen. Greer hatte zu lernen, wie sie das Alien-Bewußtsein in ihre menschliche Psyche integrierte, bis daraus etwas Neues entstand, das ihr vorheriges, einzelnes Ego übertraf. Zu zweit würden sie eine geistige Gemeinschaft schmieden.

Und schließlich zur Gilde heimkehren.

Originaltitel: ›Communion of the Minds‹ • Copyright © 1996 by Mercury Press, Inc. • Aus: ›The Magazine of Fantasy & Science Fiction‹, September 1996 • Aus dem Amerikanischen übersetzt von Horst Pukallus

John Crowley

FORT

Neue Elmers kamen.

Man hatte mit einer Art von gereizter Belustigung auf seinen Elmer gewartet und sich dabei gedacht, wenn man das letzte Mal übergangen wurde, gehörte man wahrscheinlich diesmal zu den ausgewählten Haushalten, obwohl niemand etwas über das Auswahlverfahren sagen konnte, es war nur bekannt, daß man eine neue Kapsel beim Einflug in die Atmosphäre geortet hatte (erfaßt durch einen von tausend Spionagesatelliten sowie sonstigen Lausch- und Beobachtungsinstrumenten, die im Laufe des vergangenen Jahrs auf das große Mutterschiff justiert worden waren, das den Mond umkreiste), und wenngleich die Kapsel anscheinmäßig auch dieses Mal in der Atmosphäre verglühte, wußte man ja, daß es genauso auch beim vorherigen Mal aussah, und trotzdem waren plötzlich überall Elmers gewesen. Man konnte hoffen, daß man ausgelassen oder übersprungen wurde; es gab Leute, deren gesamte Nachbarn und Bekanntschaft besucht beziehungsweise heimgesucht worden waren, nur sie nicht, und deshalb interviewte man sie gelegentlich in den Nachrichten, obschon sie eigentlich überhaupt nichts zu erzählen hatten, wir anderen waren es, die Anekdoten hätten auftischen können. Auf alle Fälle, man fing wieder an, zum Fenster hinauszuschauen, die Zufahrt hinab, lauschte auf die Türklingel, ob sie nicht mitten am Tag läutete.

Pat Poynton brauchte nicht erst aus dem Fenster des Kinderzimmers zu schauen, in dem sie gerade die Betten frisch bezog – es war das einzige Fenster, durch das sie die Haustür sehen konnte –, als mitten am hellichten Tag ihre Türklingel läutete. Sie konnte nämlich unterschwellig beinahe hören, wie in genau diesem Moment jede zweite Türglocke auf dem Ponader Drive, jede zweite Türglocke in ganz South Bend klingelte. Ach, dachte sie, jetzt bin also ich dran.

Daß man sie – wenigstens hierzulande – Elmers nannte (oder Elmer), lag an einer Geschichte, die David Brinkley während einer Talkshow über die große 1989er Weltausstellung in New York verbreitet hatte. Weil man glaubte, daß die Landeier in der Pampa beziehungsweise Bewohner von Käffern wie Dubuque, Rapid City oder South Bend wohl nicht von sich aus auf die Idee kämen, nach Osten zu reisen, fünf Dollar zu bezahlen, um all die Wunder bestaunen zu dürfen, vielmehr dächten, der Riesenrummel sei nichts für Leutchen wie sie, heuerten die Veranstalter der Weltausstellung eine Horde Männer an, die konservative Kleidung, konservative Brillen und konservative Schlipse anziehen mußten und in Nester wie Vincennes, Austin und Brattleboro auszuschwärmen hatten, um die Einwohner zu einem Besuch der New Yorker Weltausstellung weichzuklopfen. Sie taten so, als wären sie irgendwelche Normalbürger, die schon dort gewesen wären, und sie laberten auf die Leute ein: I wo, kein bißchen überspannt ist's da, nein, Söhr, wir haben uns prächtig amüsiert, meine Frau auch, Mann, wir haben DIE ZUKUNFT gesehen, und's ist die fünf Dollar Eintritt wert, es ist sogar billig, im Preis der Eintrittskarte sind alle Besichtigungen, Darbietungen und das Mittagessen inbegriffen. Und alle diese Männer, egal wie ihr wahrer Name lautete, hatten von den Veranstaltern, die sie ausschickten, ausnahmslos den Namen Elmer erhalten gehabt.

Pat fragte sich, was wohl geschah, wenn sie die Tür einfach nicht öffnete. Zog der Elmer dann irgendwann Leine? Bestimmt drang er – freundlich und wabbelig, wie er war – nicht gewaltsam ein (durch das im Obergeschoß gelegene Fenster konnte sie erkennen, daß er genauso aussah wie die letzten Elmers); und während sie darüber nachdachte, verfiel sie auf die Frage, wie sie eigentlich überhaupt Einlaß erhielten – schließlich kam es kaum vor, daß man einem von ihnen nicht zumindest erst einmal zuhörte. Vielleicht sonderten sie etwas ähnliches wie ein chemisches Hypnotikum ab, das die Furcht der Menschen zerstreute. Was Pat fühlte, als sie gleich darauf am oberen Treppenabsatz zögerte und die Türklingel ein zweites Mal geläutet werden hörte (auf schüchterne, zaghafte, hoffnungsvolle Weise, hatte sie das Empfinden), war gereizte Belustigung, genau wie jeder und jede andere in dieser Situation: O-Gott-nein, begleitet von einer Aufwallung des Staunens, ja sogar einiger Erwartung. Und wem würde die Aussicht, einen eigenen Rasenpfleger, Schneeschaufler, Holzhacker und Eimerschlepper zu haben, solange es ging, nicht mindestens ein wenig schmeicheln?

»Darf ich Ihren Rasen mähen, Mrs. Poynton?« erkundigte sich der Elmer, sobald Pat die Haustür aufmachte. »Darf ich Ihren Müll wegbringen?«

Sobald Pat vor ihm stand, ihn durchs Eingangsgitter betrachtete, erlebte sie ziemlich stark eine weitere Komponente des Elmer-Kontakts: eine Anwandlung mulmigen Widerwillens, mit dem sie nicht gerechnet hatte. So ein Elmer war eben doch nicht sonderlich menschlich. Er erweckte den Eindruck, von völlig andersartigen, nichtmenschlichen Wesen nach menschlichen Vorbild geschaffen worden zu sein, die allerdings nicht allzugut verstanden, was bei echten Menschen als menschliche Eigenschaft galt. Wenn er sprach, bewegte sich sein Mund (nach dem Motto: Beim Sprechvorgang muß sich das Mundloch bewegen), aber die Stimme schien von ganz woanders herzukommen, vielleicht sogar aus dem Nichts.

»Darf ich Ihr Geschirr spülen, Mrs. Poynton?«

»Nein«, antwortete sie, so wie man es allen Bürgern empfohlen hatte. »Bitte gehen Sie. Vielen herzlichen Dank.«

Natürlich entfernte sich der Elmer nicht, blieb vielmehr auf der Schwelle stehen und wippte wie ein Schulkind, dessen Losangebote der Samariterbund-Lotterie oder Schulfest-Tombola auf Ablehnung stießen.

»Vielen herzlichen Dank«, entgegnete der Elmer im gleichen Tonfall wie Pat. »Darf ich Holz hacken? Darf ich Wasser holen?«

»Tja, ich weiß nicht ...«, sagte Pat und lächelte unentschlossen.

Außer der richtigen Antwort, die man den Elmers zu geben hatte – und die jeder gab, aber an der dann kaum jemand festhielt –, wußte jeder, daß sie nicht die Wesen oder Kreaturen waren, die das Mutterschiff flogen (so riesig war es, daß man es mit bloßem Auge in Stecknadelkopfgröße vor der Mondscheibe sehen konnte), sondern lediglich so etwas wie deren Geschöpfe, die gewissermaßen als Vorhut dienten. Ein Kunstprodukt, hieß die offizielle Bezeichnung; fabriziert aus einem Protein, vermutete man; irgendein chemischer Prozeß liefe im Korpus oder im Kopf ab, vielleicht die Tätigkeit eines DNA-Computers oder einer ähnlich fremdartigen Erfindung; genau wußte allerdings niemand Bescheid, weil die Elmers der ersten Welle, nachdem sie ungefähr ein, zwei Wochen lang Rasen gemäht und Geschirr gespült hatten und zudem den Leuten mit ihren Glückskärtchen auf den Geist gefallen waren, ganz plötzlich, eventuell infolge eines Herstellungsfehlers, recht schnell zerfielen, so schnell schrumpften und schmolzen wie Schneemänner (denen sie ohnehin irgendwie glichen); sie waren zu einer Art von trockener, flockiger Materie zerstäubt, von der zuletzt, wie von Zuckerwatte im Mund, nichts übrig blieb.

»Glückskärtchen?« fragte der Elmer vor Pat Poyntons Tür und hielt ihr eine kleine Karte aus etwas entgegen, das kein Papier war, bedruckt, beschrieben oder sonstwie versehen mit einer kurzen Mitteilung. Pat las sie nicht, sie brauchte sie nicht zu lesen, man hatte die Mitteilung im Kopf, sobald man einem Elmer der zweiten Welle – und so einer stand vor Pat – die Tür öffnete. Wenn Pat morgens, in der schweren Stunde, bevor die Kinder aufstehen und zur Schule gehen mußten, im Bett lag, wiederholte sie manchmal bei sich die kurze Mitteilung, die anscheinend früher oder später bei jedem auf der Welt eintreffen sollte, sagte sie sich auf, als wäre sie ein Stoßgebet.

GLÜCKSKÄRTCHEN

WUNSCH UNTEN ANGEBEN
DANN WIRD IN DER LIEBE ALLES, ALLES GUT
WARUM NICHT JA ZUM GUTEN WILLEN SAGEN?

JA

Die Option NEIN bot das Glückskärtchen nicht an, und das hieß, man gab damit gewissermaßen ein Votum ab (und die Experten und Offiziellen mutmaßten, obwohl Pat nicht wußte, wie man so etwas feststellen können wollte, daß genau das zutraf), eine Ja-Stimme, die den Einflug oder die Landung des Mutterschiffs und seiner unvorstellbaren Besatzung beziehungsweise Passagiere befürwortete oder immerhin für die Duldung sprach; man vermutete, daß man nur nein sagen konnte, indem man es ablehnte, das Glückskärtchen überhaupt von dem Elmer anzunehmen, denn schon das Entgegennehmen eines Glückskärtchens mochte als *Ja* ausgelegt werden, und auch wenn niemand richtig zu erklären verstand, *wofür* so ein Ja gelten sollte, war man in den

Denkfabriken tendenziell der Meinung, es könnte bedeuten, daß man dem Antritt der Weltherrschaft durch die Unbekannten zustimmte oder wenigstens zu verstehen gab, daß man nicht zu widerstreben beabsichtigte.

Allerdings riet man davon ab, auf den Elmer zu schießen. In Gegenden wie Idaho und Sibirien war dergleichen geschehen, hatte sich herumgesprochen, nur machten ein paar Kugeln einem Elmer nicht viel aus, die Beschossenen liefen durchsiebt herum, ähnlich wie gelegentlich der Terminator in TERMINATOR II, lächelten in durchlöcherter Verfassung scheu zum Fenster herein: Darf ich das Laub harken? Darf ich die Hecke schneiden? Pat Poynton war sicher, daß Lloyd nicht zaudern würde zu schießen, er wäre regelrecht froh, daß ihm endlich etwas Lebendiges oder Sichbewegendes, das man offiziell als Bedrohung für die Freiheit verschrie, vors Schießeisen kam, auf das er ballern durfte. In der Garderobenschublade im Flur lag noch Lloyds 9-mm-Glock-Pistole; er hatte Pat mitgeteilt, daß er vorhabe, sie irgendwann abzuholen, aber sie hatte keine Neigung, ihn je wieder ins Haus zu lassen, vielmehr große Lust, die Pistole auf ihn zu richten, falls er sich nahe genug heranwagte.

Eigentlich nicht, nein. Aber vielleicht doch.

»Darf ich die Fenster putzten?« lautete die nächste Frage des Elmers.

»Die Fenster?« wiederholte Pat, empfand dabei etwas von der dumpfen Beklommenheit, die Leute befällt, die von Moderatoren oder Bauchrednern dazu beschwatzt werden, sich mit Marionetten oder Puppen zu unterhalten, und sie verspürte auch den gleichen Argwohn, als sähe sie Anlaß zu der Befürchtung, daß ein bevorstehender Ulk auf ihre Kosten ging. »Sie putzen Fenster?«

Der Elmer wabbelte statt einer Antwort nur wie ein wassergefüllter Luftballon.

»Na gut«, sagte Pat, indem ihr Herz überfloß. »Also schön. Kommen Sie rein.«

Sie mußte darüber staunen, wie anmutig der Elmer in Wirklichkeit war; er bewegte sich durchs Haus und zwischen dem Mobiliar umher, als wäre es gegen ihn negativ geladen, jedenfalls hätte man es meinen können, wenn man sah, wie er sich dem Herd oder dem Kühlschrank näherte und dann sanft davon abgestoßen wurde, so daß ein Zusammenprall ausblieb. Außerdem hatte er anscheinend die Fähigkeit, sich auszudehnen oder zusammenzuziehen, in räumlicher Enge klein zu werden, bei genügend Platz wieder zur normalen Größe anzuschwellen.

Pat setzte sich im Wohnzimmer auf die Couch und schaute dem Elmer zu. Irgend etwas anderes zu tun als zuzusehen war schlichtweg unmöglich. Man mußte einfach gesehen haben, wie er einen Eimer trug; die Flaschen mit den Reinigungsmitteln aufschraubte, am Inhalt zu riechen schien, als wollte er ihn erst identifizieren; den Gummischrubber und die Putztücher benutzte, die Pat für ihn herausgesucht hatte. Die Welt, dachte Pat, das Universum (das war der Gedanke, den so gut wie jeder Mensch hatte, wenn er oder sie auf dem Diwan, der Wohnzimmercouch, im Garten, im Schuppen oder wer weiß wo saß und einem Zweite-Welle-Elmer zuschaute, während er zupackte und die Arbeit erledigte): Wie groß war die Welt, das Universum, und wie bemerkenswert, und was für ein Glück ich habe, jetzt hier zu sitzen und es mit eigenen Augen zu sehen.

So wurde auf der Welt die Arbeit getan, zumindest die unliebsame Arbeit, und die Menschen, die sich sonst damit abplagten, saßen dabei und schauten zu, empfanden alle das gleiche Gefühl der Dankbarkeit und Freude, und nicht nur, weil ihnen die Elmers etwas Unangenehmes abnahmen: es war ein Gefühl des Wunderns, der ehrfürchtigen Andacht, ein universales Mitschwingen auf gemeinsamer Wellenlänge, das man nie zuvor gekannt hatte, nicht bei dieser Spezies, oder wenigstens nicht mehr seit den alten Zeiten, als ihre Angehörigen noch allesamt in ein und demselben Buschland hausten, noch alle über dieselben Scherze lachten, alle die gleiche Morgendämmerung erlebten, über die gleichen Vorkommnisse staunten. Und während Pat Poynton auf der Couch hockte und ihrem Elmer zuschaute, überhörte sie das Bööp-bööp der Schulbushupe.

An den meisten Tagen guckte sie schon abwechselnd auf die Wand- und auf die Armbanduhr, eine halbe Stunde, bevor man mit dem Bus rechnen konnte, ungefähr wie jemand, der frühmorgens im Bett liegt und besorgt ständig auf den Wecker linst, um zu sehen, wie lange es noch dauert, bis er losschrillt. Sie hatte mit dem Fahrer abgesprochen, daß er die Kinder nicht aussteigen ließ, ehe er hupte. Er hatte es ihr versprochen. Erklärt hatte sie ihm ihren Wunsch nicht.

Aber heute war das Geräusch der Hupe irgendwo weit im Hintergrund ihres Bewußtseins verhallt, und erst fast drei Minuten später hörte sie es endlich, oder erinnerte sich vielleicht, es gehört und unbeachtet gelassen zu haben. Sie sprang auf, gepackt von einer schrecklichen Gewißheit; so schnell sich ihr Herzschlag beschleunigte, rannte sie aus dem Haus und lief gerade rechtzeitig die Eingangsstufen hinab, um am Ende des Wohnblocks die Kinder in Lloyds klassisch-zeitlosen Camaro steigen (dessen machohaftes Motorgebrumm Pat, wie ihr jetzt auffiel, ebenfalls schon seit mehreren Minuten hörte) und darin verschwinden zu sehen. Das kirschrote Angeberauto, Lloyds zweite und geliebtere Frau, verstob aus einem Doppelauspuff Abgase, die im Rinnstein das Laub aufwirbelten, und rollte so ruckartig an, als wäre es getreten worden.

Pat stieß ein Aufkreischen aus und fuhr herum, suchte Hilfe; doch außer ihr befand sich keine Menschenseele auf der Straße. Indem sie mit jedem Schritt zwei Stufen auf einmal hinaufeilte und immerzu laut schrie, raste Pat – noch völlig außer sich – die Treppe hoch und ins Haus zurück, grapschte nach dem hübschen, zierlichen Hitchcock-Telefontisch, das Telefon krachte zu Boden, sie kippte den Tisch um, die Schublade rutschte heraus, so daß fast die 9-mm-Glock herausfiel: Pat erhaschte sie, war im nächsten Moment wieder zur Tür hinaus und auf der Straße, schrie den vollen Namen ihres Ex-Manns sowie jede Menge Schmähungen und Unflätigkeiten, die die Nachbarn noch nie aus ihrem Mund gehört hatten, aber natürlich war der Camaro längst außer Sicht- und Hörweite.

Fort. Fort fort fort. Rings um Pat verfinsterte sich die Welt, der Bürgersteig schien ihr entgegenzusausen, als wollte er ihr mitten ins Gesicht schlagen. Plötzlich kauerte sie auf den Knien, ohne zu wissen, wie es dazu gekommen war, und ebensowenig wußte sie, ob sie in Ohnmacht sinken oder sich übergeben sollte.

Weder das eine noch das andere geschah; vielmehr rappelte sie sich nach einem Weilchen auf. Wie war diese Pistole, schwer wie ein Hammer, in ihre Hand gelangt? Sie ging ins Haus, legte sie zurück in den ramponierten kleinen Tisch und bückte sich, um das Telefon aufzuheben, das nervig vor sich hinschrillte.

Die Polizei konnte sie nicht rufen. Lloyd hatte angekündigt – in dem leisen Tonfall, den er benutzte, wenn er unbeeindruckbar und gefährlich klingen wollte, als hätte er sich nur noch mit knapper Not in der Gewalt, während seine Augen sie bedrohten wie Gewehrmündungen –, er würde, sollte seine Familie die Polizei an den Hals kriegen, alle umbringen. Ganz glaubte Pat es ihm nicht, sie glaubte ihm überhaupt nichts so recht, aber gesagt hatte er es. Sie nahm ihm den gesamten christlichen Überlebens- und Erlösungsstuß nicht ab, in den er sich angeblich verrannt hatte, sie vermutete, daß er sich wohl kaum mit den Kindern in eine Berghütte verdrückte, um dort mit ihnen von Elchbraten zu leben, wie er angedroht oder versprochen hatte, sondern wahrscheinlich nicht weiter als bis zum Haus seiner Mutter fuhr.

Daß es sich so verhielt, hoffte Pat bei Gott.

Der Elmer blieb ständig am Rand ihres Blickfelds und grinste wie ein Gast, der zufällig Zeuge einer kritischen Situation wird, während sie von Zimmer zu Zimmer stürmte, den Mantel anzog und wieder von sich warf, am Küchentisch hockte und vor sich hinschluchzte, unter hysterischen Schreien nach dem schnurlosen Telefon suchte. Wo zum Teufel hatte sie es diesmal hingelegt? Sie rief ihre Mutter an und weinte sich aus. Danach rief sie klopfenden Herzens Lloyds Mutter an. Eines wußte man nicht über Elmers, überlegte Pat (während sie wartete, daß die ewig lange Anrufbeantworter-Ansage ihrer Ex-Schwiegermutter endete), nämlich ob man ihnen gegenüber dieselbe Anstandspflicht wie bei Putzfrauen und Handwerkern hatte, in ihrer Gegenwart keine Gefühle zu zeigen, oder ob es erlaubt war, sich gehen zu lassen, so wie in Gegenwart eines Haustiers. Inzwischen war diese Frage allerdings rein akademischer Natur, weil sie sich von ihren Empfindungen längst hatte mitreißen lassen.

Der Anrufbeantworter piepste und zeichnete Pats Schweigen auf. Sie legte den Telefonhörer auf, ohne ein Wort gesprochen zu haben.

Gegen Abend holte sie endlich das Auto aus der Garage und fuhr durch den Ort nach Mishiwaka. Im Haus ihrer Ex-Schwiegermutter brannte kein Licht, und in der Garage stand kein Wagen. Pat beobachtete das Haus für geraume Zeit, beinahe bis zur völligen Dunkelheit, dann kehrte sie um. Überall hätten Elmers an der Arbeit sein müssen, beschäftigt mit Rasenmähen, zwecks Ausbesserungsarbeiten am Hämmern, beim

Ziehen von Handkarren voller Kinder. Sie sah jedoch keinen einzigen Elmer.

Ihr Elmer lungerte noch, wo sie ihn gelassen hatte. Die Fensterscheiben glänzten, als wären sie mit Silber beschichtet worden.

»Was ist?« fragte sie ihn. »Möchtest du noch was zu tun?« In deutlicher Bereitschaft wippte der Elmer auf der Stelle, warf sich in die Brust – sozusagen, dachte Pat – und lächelte unentwegt. »Dann bring mir meine Kinder wieder«, sagte sie. »Geh sie suchen und schaff sie nach Hause.«

Es hatte den Anschein, als könnte der Elmer sich nicht so richtig zu dem gewünschten Vorgehen entschließen, wäre er zwischen sofortigem Handeln und einer Ablehnung des Ansinnens oder der Erwartung einer genaueren Erklärung hin- und hergerissen; er streckte Pat seine formlos-wulstige, dreifingerige Zeichentrickfilm-Hand entgegen. Über Elmers war bekannt, daß sie niemandes Rachegelüste erfüllten, kein Unrecht wiedergutmachten. Etliche Leute hatten darum gebeten; natürlich war dergleichen geschehen. Menschen hatten sich Engel gewünscht, Racheengel, weil sie die Ansicht hegten, es verdient zu haben. In dieser Hinsicht bildete Pat keine Ausnahme: jetzt merkte sie, daß sie sich einen Racheengel wünschte, und zwar augenblicklich.

Für einen langen Moment betrachtete sie den Elmer mürrisch; schließlich sagte sie: Laß es gut sein, Entschuldigung, war bloß so was wie ein Späßchen, es gibt nichts mehr zu tun, laß es sein, du brauchst nichts mehr zu tun. Sie strebte an ihm vorbei, trat erst zur einen Seite, dummerweise derselben Seite wie er, umquerte ihn dann auf der anderen Seite; sobald sie im Bad war, drehte sie den Wasserhahn voll auf, und in der nächsten Sekunde übergab sie sich endlich, würgte heftig, aber es kam nichts heraus als heller Magensaft.

Kurz vor Mitternacht schluckte sie zwei Pillen und schaltete den Fernsehapparat ein.

Als erstes sah sie zwei Fallschirmspringer, die sich mitten in der Luft mit gespreizten Gliedmaßen umkreisten, ihre orangefarbenen Sprunganzüge flatterten heftig im Flugwind ihres freien Falls. Sie schwebten aufeinander zu, faßten sich gegenseitig mit handschuhumhüllter Faust an der Schulter. Tief unter ihnen breitete sich die Erde wie eine Landkarte aus. Der Sprecher erklärte, niemand wüßte, was eigentlich passiert sei oder welche Streitigkeiten die beiden gehabt hätten, und im gleichen Moment boxte der eine den anderen Fallschirmspringer ins Gesicht. Dann krallte sich der andere an den einen. Anschließend überschlugen sie sich am Himmel, jeder hatte aus Haß oder Liebe einen Arm um den Hals des anderen geschlungen, ihre freien Arme rangen gegeneinander, es sah wie ein Tanz aus, sie hinderten sich wechselseitig daran, den Fallschirm zu öffnen. Auf der Erde hätten Tausende voller Entsetzen alles mitangesehen, sagte der Sprecher, und tatsächlich hörte Pat sie jetzt, hörte ein gräßliches Stöhnen oder Johlen von tausend oder mehr Menschen, einen Laut, der geradeso auf zufriedener Anerkennung hätte beruhen können, während die zwei Fallschirmspringer – in mörderischem Kampf aneinandergeklammert, erläuterte der Sprecher – zum Erdboden hinabstürzten. Die Kamera des Hubschraubers verlor sie aus dem Aufnahmebereich, und man schaltete die Übertragung auf die am Boden stationierte Kamera um, sie zeigte die beiden Fallschirmspringer, als wären sie ein einziges Wesen, das mit vier Beinen zappelte; sie verfolgte das Fallschirmspringerpaar bis fast zur Erde, bis zu dem Moment, als plötzlich vor der Linse Zuschauer hochfuhren und den Blick versperrten; doch man hörte die Menschenmenge schreien, und irgendwer dicht neben der Kamera sagte: »Ach du Scheiße.«

Pat Poynton hatte diese Reportage schon gesehen,

sogar schon mehrmals. Man hatte dafür extra die Seifenopern des Vorabendprogramms unterbrochen. Sie drückte eine Taste der Fernbedienung. Dämonische Schwarze in Straßenklamotten und mit Sonnenbrillen schienen sie anzufallen, zuckten im Takt eines Wummerrhythmus und drohten ihr mit dem Zeigefinger. Sie zappte ein zweites Mal. Polizei auf einer innerstädtischen Straße – in ihrem Wohnort, erfuhr Pat gleich darauf – senkte eine Decke auf einen Erschossenen. Ein dunkler Blutfleck auf der mit Unrat übersäten Straße. Pat dachte an Lloyd. Ihr war, als sähe sie am entfernten Ende der Straße einen Elmer auf Botengang um die Ecke wabbeln.

Noch einmal gezappt.

Der Sender mit dem beruhigenden Programm, dessen Pressekonferenzen oder Redner Pat sich häufig zu Gemüte führte, dabei bisweilen aus dem Halbschlaf erwachte und feststellte, daß die Veranstaltung aus war und eine andere angefangen hatte, die bedeutenden Gäste gegangen oder noch nicht eingetroffen waren, man nur noch die Rücken von Reportern und Regierungsmitarbeitern sehen konnte, die durcheinanderdrängelten und sich mit gedämpften Stimmen unterhielten. Momentan wandte sich ein Senator mit weißem Haar und einer Miene feingeistigen Kummers an das Senatsplenum. »Ich entschuldige mich bei dem Gentleman«, sagte er. »Ich nehme den Vorwurf der *Schnoddrigkeit* zurück. Das Wort hätte ich nicht verwenden dürfen. Eigentlich habe ich damit folgendes gemeint: Er ist arrogant, gefühllos, selbstsüchtig und oberflächlich. In gemeinem Stil weidet er sich an den Mißgeschicken seiner politischen Gegner und den Widrigkeiten aller Menschen, denen seine Erfolge schaden. Aber von *Schnoddrigkeit* hätte ich nicht reden sollen. Ich nehme das Wort *Schnoddrigkeit* zurück.«

Pat drückte die Taste ein weiteres Mal und sah wieder die zwei Fallschirmspringer zur Erde stürzen.

Was ist nur mit uns los? fragte sich Pat Poynton.

Die schwarze Fernbedienung in der Hand, stand sie auf und erlitt sofort einen neuen Schwindelanfall. Was ist bloß in uns gefahren? Ihr war zumute, als versänke sie unaufhaltsam in einer Flut kalten Schlamms. Hier mochte sie nicht mehr sein, nicht mehr inmitten all dieser Vorgänge. Sie erkannte, daß sie eigentlich nie hier hingehört hatte. Hier zu sein war in irgendeiner Hinsicht ein fürchterlicher, grauenhafter Irrtum.

»Glückskärtchen?«

Pat drehte sich zu dem großen Elmer-Knautschi um, der im Flimmern des Fernsehers grau aussah. Wieder hielt er ihr das kleine Kärtchen oder Plättchen hin. *Dann wird in der Liebe alles, alles gut.* Wahrhaftig sah Pat an sich absolut keinen Grund zur Ablehnung.

»Na gut«, sagte sie. »Also gut.«

Der Elmer hob das Kärtchen an und ihr fast unter die Nase. Es schien, als wäre es kein separater Gegenstand, sondern ein Auswuchs seines Körpers. Pat setzte den Daumen auf das Kästchen neben dem JA. Das kleine Rechteck gab unter ihrem Druck leicht nach, ähnlich wie die schicken Bedienungstasten an neuen Haushaltsgeräten, die sich auch wie nachgiebiges Fleisch anfühlten. Vielleicht erfolgte eine Registrierung ihres Votums.

An dem Elmer änderte sich nichts, man merkte ihm keine Genugtuung und keine Dankbarkeit an, seine Haltung brachte nichts anderes zum Ausdruck als den diffusen Frohsinn, falls man es so nennen konnte, den Pat von Anfang an bei ihm bemerkt hatte. Pat setzte sich wieder auf die Couch und schaltete den Fernseher ab. Sie zog die Wolldecke (eine Handarbeit von Lloyds Mutter) von der Rücklehne der Couch und schlang sie sich um die Schultern. Die gelassene Euphorie eines Menschen erfüllte Pat, der etwas Unwiderrufliches getan hatte, obwohl sie nicht wußte, was es gewesen sein könnte. Eine Zeitlang schlief sie, nachdem die Pillen zu guter Letzt in ihrem Blut ihre Wirkung getan hatten; lag im gleichmäßigen Schein der Straßenbeleuchtung, die das Wohnzimmer wie einen Tiger streifte, bewacht von dem unausgelasteten Elmer, bis gräuliche Morgendämmerung anbrach.

Mit ihrer Entscheidung, der Spontaneität des Zustandekommens, die fast als Sorglosigkeit hätte bezeichnet werden müssen, hätte sie den Entschluß nicht in der Erregung einer Ausnahmesituation gefällt, stand Pat Poynton nicht allein da, hatte sie nichts Abwegiges angestellt; wie Umfragen bewiesen, kehrte sich das Votum weltweit stark gegen das Leben auf der Erde, wie wir es kennen, und zugunsten dessen, das man mit dem JA befürwortete, auch wenn die Meinungen darüber, was es sein mochte, geteilt blieben. Die TV-Klugscheißer der Rhabarber- und anderer Labersendungen diskutierten und erläuterten die wachsende Zahl der JA-Stimmen und hatten anscheinend mittlerweile ein einheitliches Resümee gezogen, und die Regierungsvertreter sowie Leitartikelschreiber der Zeitungen sich ihrer Auffassung angeschlossen: alle stimmten in der Beurteilung überein, eine so feige Abneigung gegen das Widerstandleisten sei ein Anzeichen des Verfalls, ein gesellschaftliches Entartungssymptom, widerwärtig menschenunwürdiges Betragen; die Journalisten, die über den stummen Trend zur Kapitulation und Unterordnung berichteten, taten es mit der gleichen Miene, die sie schnitten, wenn sie über Frauen sprachen, die ihre Kinder ertränkten, oder über Männer, die wegen eines Liebchens ihre Ehefrau erschossen, oder über Heckenschützen in fernen Gegenden der Welt, die alte Mütterchen beim Holzsammeln umnieteten; und trotzdem boten sie eigentlich einen komischen Anblick (komisch für Pat und sämtliche Zeitgenossen, die die seelische Aufwühlung und die tiefe Mattigkeit durchlebten, an denen man die Leute erkannte, die die Entscheidung schon hinter sich hatten), weil in ihren aalglatten, sonnenstudiogebräunten Gesichtern ein Ausdruck stand, der bei ihnen sonst nie zu sehen gewesen war, ein Ausdruck, den man bisher ausschließlich in unseren Gesichtern, bei uns anderen hatte sehen können, ein Gesichtsausdruck, für den Pat Poynton keine Bezeichnung einfiel, den sie aber jetzt gut kannte, und der von einer Art beklommener Sehnsucht zeugte. Er hatte Ähnlichkeit, dachte sich Pat, mit dem Blick der Ratlosigkeit, den man in Kindergesichtern sah, wenn sie mit einem Hilfeersuchen an Erwachsene herantraten.

Es stimmte, daß sich allmählich eine gewisse Störung der globalen Arbeitstätigkeit bemerkbar machte, eine spürbare Tendenz zum Schlendrian, zum Liegenlassen, zum Erlahmen. Die Leute verbrachten weniger Zeit mit dem Arbeiten und mehr damit, an den Himmel zu gucken. Allerdings fühlten sich ebenso viele jetzt dazu veranlaßt, sich um so stärker ins Zeug zu legen – nach dem gleichen Prinzip, wonach man sich aufrafft und das Haus putzt, bevor die Putzfrau kommt. Sicherlich waren die Elmers, lautete die Schlußfolgerung dieser Menschen, geschickt worden, um die Menschheit mit der Nase darauf zu stoßen, daß Friede und Zusammenwirken mehr taugten als Zwist und Eigensucht, statt zu dulden, daß Aufgaben sich anhäuften, bis jemand anders sie erledigte.

Denn bald verschwanden die Elmers. Pat Poyntons Elmer wurde etwas lasch, nachdem sie sein Glückskärtchen angenommen beziehungsweise markiert oder gegengezeichnet hatte, und am Abend des nächsten Tages war er, allerdings erst nach zwischenzeitlicher Bewältigung einer ganzen Anzahl von häuslichen Arbeiten, von denen Pat immer der Ansicht gewesen war, sie fände nie Zeit zu ihrer Durchführung, erheblich langsamer geworden. Weiterhin lächelte und nickte er, als wäre er ein greiser Mensch in den Klauen der Demenz, immer öfter entfielen ihm Werkzeuge und stieß er gegen die Wand, und zum Schluß erklärte Pat ihm, da sie keine Lust hatte, Augenzeugin seiner Auflösung zu werden und sich auch nicht dazu verpflichtet fühlte (sie sprach zu ihm mit der leicht übertriebenen Deutlichkeit, um die wir uns bei einer nicht allzu hellen, jugendlichen Babysitterin bemühen, oder einer neueingestellten Hausgehilfin, die gerade von sonstwoher angelangt ist und kein sonderlich gutes Englisch beherrscht), daß sie dies und jenes zu besorgen hätte und bald zurückkäme; dann fuhr sie mit dem Auto zum Ort hinaus und in die Richtung nach Michigan, blieb ein paar Stunden lang außer Haus.

Für eine Weile stand sie am Ufer des Sees, in den Dünen, wo sie und Lloyd das erste Mal ... Aber er war nicht der erste gewesen, vielmehr der letzte einer ganzen Reihe, die auf sie im Rückblick für ein Momentchen genauso lang wie traurig wirkte. Alles Dussel. Und sie selbst auch, sie war oft genug hereingefallen, nicht nur ein-, zweimal.

In der Ferne, wo sich das andere Ufer des silbernen Gewässers am Horizont entlangkurvte, konnte sie einen Streifen dunkler Kiefern erkennen und die nördlichen Berge ansteigen sehen. Dorthin hatte sich Lloyd verdünnisiert; oder jedenfalls hatte er es angedroht. Lloyd war Nutznießer einer erfolgreichen Belegschaftsklage gegen die Firma gewesen, bei der er gearbeitet hatte und wo wegen schlechten Betriebsklimas das Personal samt und sonders von Dystonie betroffen worden war; es hatte Llody immerhin so stark erwischt (obschon es ihn, soweit Pat feststellen konnte, nie wirklich schwer in Mitleidenschaft zog), daß er mit einem harten Kern der Belegschaft auf einer besonders hohen Entschädigung beharrte, die sie auch erhielten, und davon hatte er sich den gediegenen Camaro und ein Bergwald-Grundstück von zwanzig Morgen Größe leisten können. Und seitdem hatte er viel Zeit zum Nachdenken.

Gib sie mir zurück, du Lump, dachte Pat. Gleichzeitig dachte sie, daß es vielleicht an ihr lag, sie nicht hatte tun sollen, was sie getan, oder hätte machen müssen, was sie unterlassen hatte; daß sie ihre Kinder zu sehr liebte, oder eventuell doch zuwenig.

Sie brachten ihr die Kinder zurück; das hatte sie sich mittlerweile fest eingeredet, sie wehrte sich gegen jede vernünftige Überlegung, die diese Überzeugung in Frage stellte. Pat hatte für eine ungewisse Zukunft votiert, jedoch allein aus einem Grund: damit sie ihr alles zurückgab – ihr zurückgeben mußte –, was sie verloren hatte. Alles, was sie sich wünschte. Das war es, was sie von den Elmers erwartete.

Im Laufe des Abends traf sie daheim ein und fand die seltsamen, eingesunkenen Überreste des Elmers im Flur sowie auf der halben Treppe (warum dort?) zum Aufenthaltsraum vor, die Überbleibsel sahen aus wie alter Schaum, als wäre vor längerer Zeit versehentlich ein Feuerlöscher losgegangen, und rochen nach butterbestrichenem Toast (fand Pat, wogegen andere Leute den Geruch gänzlich abweichend beschrieben); und sie rief die 800er Nummer an, die wir uns alle gemerkt hatten.

Und dann kam nichts mehr. Es erschienen keine weiteren Elmers. Wer ausgelassen worden war, hoffte jetzt vergeblich auf ein Erlebnis, das nahezu jeder andere Bürger gehabt hatte, blieb darüber im unklaren, weshalb er ausgenommen wurde, konnte aber nun zumindest behaupten, man wäre ihren Verlockungen sowieso nie erlegen; und bald stand fest, daß keine Elmers mehr aufkreuzten, egal wie freundlich man sie das nächste Mal empfinge, denn das Mutterschiff – oder was es in Wahrheit sein mochte –, von dem aus sie unzweifelhaft die Erde besucht hatten, verschwand gleichfalls; nicht, daß es sich auf irgendeine erkennbare Weise in eine feststellbare Richtung entfernt hätte, statt dessen verschwand es einfach, die diversen Ortungs- und Observationsinstrumente unterschieden es immer schwächer, lieferten zusehends weniger Daten, es wurde stets fadenscheiniger, zuletzt quasi durchsichtig und am Ende unsichtbar. Fort war es. Fort fort fort.

Was war es dann überhaupt, zu dem wir alle unser Einverständnis erteilt, für das wir an uns selbst und unseren Oberhäuptern Verrat verübt, unsere Alltagspflichten versäumt, auf das wir uns so unbesonnen eingelassen hatten? Rund um die Welt beschäftigten wir uns mit dieser Frage, einer Art von Frage, deren Ergebnis aus Entwurzelten besteht, aus religiösen Kulten der Verlassenen und Vergessenen, mit Anhängern, die sich gewaltige göttliche Ereignisse versprochen haben und letzten Endes nichts anderem mehr entgegenblicken als lebenslangem Warten und hoch oben einem leeren Himmel. Wäre es nur das Ziel der Besucher gewesen, uns Unzufriedenheit, Ruhelosigkeit einzuflößen, dafür zu sorgen, daß wir nur noch dazu imstande wären, darauf zu lauern, was aus uns werden sollte, hätte man vielleicht von einem Erfolg reden können; doch Pat Poynton hegte die Überzeugung, daß sie ein Versprechen abgelegt hatten und es irgendwann wahrmachten: das Universum konnte unmöglich so sonderbar sein, dermaßen unwahrscheinlich abartig, daß ein solcher Besuch der Erde stattfand und zu gar nichts führte. Wie zahlreiche andere Menschen lag sie nachts wach und schaute an den Himmel empor (gewissermaßen, denn tatsächlich blickte sie in ihrem Haus auf dem Ponader Drive an die Decke des Schlafzimmers auf, über oder oberhalb derselben sich der Nachthimmel wölbte) und rezitierte den kurzen Text, in den sie eingewilligt oder den sie gebilligt hatte. *Glückskärtchen. Wunsch unten angeben. Dann wird in der Liebe alles, alles gut. Warum nicht ja zum guten Willen sagen?*

Nach einer Weile stand sie auf und schlüpfte in den Morgenmantel; sie stieg die Treppe hinunter (es war so still im Haus, zwar war es schon still gewesen, als sie noch, während die Kinder und Lloyd in den Betten schliefen, früh um fünf Uhr aus den Federn kriechen, Pulverkaffee aufbrühen, sich waschen, anziehen und zur Arbeit gehen mußte, aber jetzt war es viel stiller) und streifte den Parka über den Morgenmantel; barfuß ging sie in den rückwärtigen Garten.

Inzwischen herrschte keine Nacht mehr, ein klarer Oktobermorgen war angebrochen, so klar, daß der Himmel einen schwachen Grünstich hatte, und die Luft blieb vollkommen reglos; dennoch fiel ringsum Laub, einzeln oder paarweise lösten sich Blätter, nachdem sie bis jetzt durchgehalten hatten, von den Ästen.

Mein Gott, wie schön, dachte Pat. Es war viel schöner als früher, seit sie zu der Einsicht gelangt war, an sich überhaupt nicht hier hinzugehören; vielleicht hatte sie sich immer zu verbissen bemüht, hier hinzupassen, um all die Schönheit zur Kenntnis zu nehmen.

Dann wird in der Liebe alles, alles gut. Dann? Ab wann galt das? Wann war ›dann‹?

Während sie im Garten hinter dem Haus stand, drangen mit einem Mal von fern und aus der Höhe absonderliche Laute an ihr Ohr, an das Bellen eines Hunderudels erinnernde Laute, oder an das Geschrei von Kindern, die zur Schule hinausstürmten, allerdings war es keines von beidem; im ersten Moment gab sie sich dem Glauben hin (aufgrund einer Stimmung, in der sich verständlicherweise viele Menschen befanden), jetzt wäre es soweit, nun bräche herein oder herab, was man der Menschheit, egal was, verheißen hatte. Gleich darauf zeigte sich im Norden so etwas wie ein schwarzer Strich oder ein dunkles Kräuseln am Himmel, und Pat sah, daß ein großer Gänseschwarm die Landschaft überflog, die Rufe stammten von den Gänsen, obwohl sie den Eindruck erregten, zu laut zu sein, von ganz woanders oder überall gleichzeitig zu erschallen.

Die Gänse flogen in den Süden. Sie bildeten an der Hälfte des Himmels ein riesiges, unregelmäßiges V.

»Ihr habt 'n weiten Weg vor euch«, sagte Pat laut, beneidete die Gänse um den Flug, die Flucht. Nein, dachte sie anschließend, sie flohen nicht, flüchteten nicht von der Erde, sie waren Geschöpfe der Erde, hier geboren und aufgewachsen, und hier würden sie sterben, sie taten nichts als ihre Pflicht zu erfüllen, stießen Rufe aus, vielleicht, um guten Mut zu bewahren. Eine Gans war und blieb ein Geschöpf der Erde, geradeso wie Pat Poynton.

Und da, während über ihr die Gänse gen Süden zogen, fiel bei ihr, als wäre diese Einsicht irgendwie ein begleitendes Geschenk des Gänsezugs, der Groschen, aber wie, das gelang ihr nachher nicht mehr zu rekonstruieren, jedoch mußte sie später immer, wenn sie sich daran erinnerte, auch an die Gänse denken, ihre Rufe der Ermunterung oder Freude, welcher Art sie eben gewesen sein mochten. Sie kam auf den Trichter; als sie den Daumen auf das Glückskärtchen drückte (sie konnte es, in der Hand des armen, toten Elmers, vor Augen sehen), hatte sie keine Blanko-Zustimmung erteilt, nichts gutgeheißen, weder kapituliert noch sich unterworfen, niemand von uns hatte es, obwohl wir es glaubten und sogar hofften: nein, sie selbst hatte ein Versprechen gegeben.

»Ja klar«, sagte sie, indem in ihrem Hinterhirn gewissermaßen ein Licht aufging, und das gleiche geschah zur gleichen Zeit an vielen Orten in weiteren Hirnen, in so zahlreichen Köpfen, daß es ausgesehen haben könnte – für jemanden oder etwas, der/das dafür die Wahrnehmung hatte, auf uns und unsere Erde von sehr hoch oben herabblickt und doch auch jeden Einzelnen sieht –, als glömmen in einem nächtlichen Land Lichter auf, oder wie die Leuchtpünktchen, die in der Fernsehreklame auf einer Karte *unsere Filialen* markieren, nur waren ›wir‹ in Wirklichkeit unsere Gehirne, die einer nach dem anderen die *Erleuchtung* hatten, dabei kurz erstrahlten, während die Dämmerung westwärts wanderte.

Die Elmers hatten *kein* glücksverheißendes Versprechen gemacht, *sie* hatte ein Versprechen abgelegt: das Versprechen guten Willens. Sie hatte ja gesagt. Und wenn sie das Versprechen einhielt, dann sollte in der Liebe alles, alles gut werden. So gut, wie es werden konnte.

»Ja klar«, wiederholte Pat und hob den Blick an den Himmel, der jetzt so leer war, leerer als je zuvor. Sie hatte keinen Verrat verübt, sondern war ein Versprechen eingegangen; nichts aufgegeben, sondern eine Sache angepackt. Gutgehen konnte es aber nur, solange wir alle hier uns an das Versprechen hielten. Dann würde in der Liebe alles, alles gut.

Weshalb waren sie gekommen, warum hatten sie derartigen Aufwand betrieben, um uns etwas mitzuteilen, das wir längst wußten? Wer machte sich solche Sorgen um uns, daß er uns besucht hatte, um es uns in Erinnerung zu rufen? Kamen sie je zurück, um nachzuschauen, wie wir uns bewährt hatten?

Eisigen Tau an den Füßen, kehrte sie ins Haus zurück. Für ein längeres Weilchen zögerte sie, stand in der Küche (die Haustür hinter sich unverschlossen); dann nahm sie das Telefon zur Hand.

Er meldete sich nach dem zweiten Klingeln. Er sagte hallo. Alle unvergossenen Tränen der letzten Wochen, wahrscheinlich ihres ganzen Lebens, ballten sich in ihrer Kehle zu einem furchtbaren Kloß; aber sie wollte nicht weinen, jetzt noch nicht.

»Lloyd«, sagte sie, »hör zu, Lloyd. Wir müssen uns aussprechen, ja?«

Originaltitel: ›Gone‹ • Copyright © 1996 by Mercury Press, Inc. • Aus: ›The Magazine of Fantasy & Science Fiction‹, September 1996 • Aus dem Amerikanischen übersetzt von Horst Pukallus

James Patrick Kelly

WARUM DIE BRÜCKE NICHT MEHR SINGT

»Nee, mit Joe-Joey-oey sind's sechs. Sechs Tote seit dem Sommer.«

»Vielleicht nimmt der Bunker in der Gibson Street uns auf.«

»Toter als tot, unser Joey. Und sein Versprechen hat er auch gebrochen.«

»Ich brauch verdammt dringender was zu saufen als 'n Bett.«

»Ich muß was hinter die Kiemen kriegen. Mein Magen ist schon total geschrumpft.«

»Stocher mal wer im Feuer. Ist ja scheißkalt.«

»Is noch gar nich richtig kalt, Joe. *Weihnachten* isses kalt.«

»Meinst du, wir sollten mal bei der Heilsarmee anklopfen?«

»Dönerburger mit Krautsalat, das wär jetzt was.«

»Am Valentinstag, Joey-oey ...«

»Was is da?«

»*Da* isses kalt.«

»Woll.«

Ich stehe neben ihnen und lausche stumm. Solang ich nichts sage, können sie mich nicht sehen. Wenn ich spreche, bin ich da. Aber ihre Unterhaltung ähnelt dem Feuer, flackert zusehends seltener auf, und das Schweigen zwischendurch wird immer gruseliger und unheimlicher, also wanke ich zum Fluß, zu der Betonböschung, um erst einmal zu pinkeln. Die Brücke singt, während ein Lastwagen sie überquert, singt *Nimmste 'nen Hut und schwingst 'n, dann is Pfingsten*. Meine Pisse prasselt laut ins eisige Wasser. Der Umweltschutzbehörde zum Hohn schüttele ich den Lümmel aus, ratsche den Reißverschluß herauf und wende mich nach links, zu einem Himmel voller Sternchen. Im Winter leuchten sie heller, wirken größer. Durch die Kälte hat die Luft den Effekt einer Linse. Zehn Uhr abends können tiefstehende Sterne durch die Augen eines Menschen direkt in sein Gehirn brennen. So etwas ist mir schon zugestoßen. Flußabwärts ist der Kamm eines Riesen ans Ufer gespült worden. Ich schlurfe darauf zu, versuche mich davon zu überzeugen, daß es nur eine Leiter ist, der eine Seitenlatte fehlt, die Fußabdrücke bloß Schmierstreifen im Schlick sind. Wenn ich nicht an den Riesen glaube, gibt es ihn nicht. Das Holz ist weitgehend trocken, darum beschließe ich, ein guter Mitbürger zu sein, und schleife es zu der Feuerstelle.

»Du hast dein Versprechen gebrochen, Joey-oey-oey-oh.« Er verballhornt den Namen des Toten, verwandelt ihn in einen Jodler. »*Ja, Joey-jaui-aui-aui-oh*.« Die Stimme dafür hat er, aber er kann keine Melodie halten. Er ist völlig verblödet und quasselt mit Halluzinationen. Das ist ein Luxus, den ich mir wegen des Fluchs nicht erlauben darf. Ich reiße dem Kamm ein paar Zähne aus und ramme sie in den brennenden Schlund der Tonne.

»*Jau, Joey-oey-oey-jaui-aui-oooh*.«

»Ey, Gene Autry, halt doch endlich mal deine Schnauze.«

Während neue Flammen aus der Tonne lodern, schaue ich mir die Jungs an. Gene Autry kauert, eingewickelt in eine Plane, unter einem dieser Einkaufswagen mit breitem, flachem Korb, die sich leicht beladen und schieben lassen. Zwei andere Burschen hocken zusammen in einem Pappkarton, auf dem man die Abbildung eines Computertischs sieht. Damit es darin wärmer ist, haben sie ihn mit Zeitungen ausgestopft. Wenn man den Karton zuklebt und mit einer Zweihundert-Dollar-Briefmarke frankiert, wäre es möglich, sie nach Florida zu verschicken. Oder nach Nord-Dakota. In den Schatten, die wie Krähen an den Brückenpfeilern hinaufhüpfen, liegt ein Schwarzer ausgestreckt. Er schläft oder ist besinnungslos, aber nicht tot. Er ist nicht so eingefallen, wie es Tote sind.

»Gene Autry?« wiederholt einer der Kartoninsassen. »Hast du ihn so genannt? Wie alt bist du eigentlich?«

»Alt genug, um verdammt wahrhaftig der Präsident zu sein.«

»Joey-jaui-oey-oey-oh.«

»Hör mal, ich muß was spachteln.«

»Dann tu's.« Der Pappkarton wackelt.

»Und zu schlappen habt ihr auch nix.«

»Stimmt.«

Wenn das wahr ist, kann ich nicht bei ihnen bleiben. Heize ich meine Imagination nicht mit etwas Alkohol an, könnte sich der Fluß zu Blut verdicken. Frösche könnten an meiner Hose hochkrabbeln.

»Aber Mags hat sicher 'ne Pulle für uns übrig. Hat sie immer.«

»Klar, jederzeit doch«, bestätigt Gene Autry, »auch wenn Joey mausetot ist und 'n andrer Kumpel als nächster dran. Zum Beispiel er da, oder?« Er zeigt auf mich, obwohl ich noch kein Wort gesagt habe. Vielleicht hält er mich für eine seiner Halluzinationen. »Jojo, Joey-oeys Sohn. Jaujo.« Er starrt durch mich hindurch, als hätte er Röntgenaugen.

»Und diesen Mags«, sage ich, ergreife zum erstenmal das Wort, »findet man wo und wann?« Mit dem Fuß zertrete ich dem Riesenkamm das Rückgrat.

»Mags is kein Schwanzträger«, antwortet ein Kartonbewohner.

»Sie's hilfsbereit.«

»Was ähnliches wie 'ne gute Fee, Jaujo«, meint Gene Autry.

»Eher 'ne Heilige.«

»Solche wie die olle Mags gibt's nicht mehr viele.«

Ich schüre das Feuer, spüre im Gesicht seinen rauchigen Atem.

»Wo kommste her, Jaujo?« fragt Gene Autry.

»So heiße ich nicht.« Mein Name ist vor langer Zeit unter einem Plastikstuhl eines Klinik-Wartezimmers zurückgeblieben. Heute kann ich jeder sein. Old Shatterhand, Madame Curie, das Jesuskind, Lassie, alles was mir einfällt. Das ist eben der Fluch. Aber ich hätte nichts sagen sollen. Erst stellen sie mir Fragen, als nächstes fühlen sie mir den Puls.

»Du muß doch irgendwo herkommen.«

»Jeder kommt irgendwo her.«

Ich halte den Mund. Entgegnungen kitzeln mich im Hals, als wären sie geflügelte Worte.

»Etwa von was Geheimem?«

»Wie Fort Knox?«

»Oder dem Nordpol?«

»Nee-nee-nee, Joe. Aus Oz.«

Ein Auto fährt über die Brücke, und sie singt mir wieder etwas vor. *Ich kenne nicht des Todes Bild und nicht des Sterbens Nöte: Ich bin die Schild-, ich bin die Schild-, ich bin die Schildkrö-kröte.* Aber *Todes Bild* hat einen sonderbar ehernen Klang, als schlüge eine Zellentür zu. Wie eine Warnung. Ich schaue empor zur Brücke. Als ich den Blick senke, sind sie da, stehen auf der anderen Seite des Feuers.

Der Mann trägt über zirka achtzehn Pullovern einen langen, offenen Militärmantel. Eine Skimaske bedeckt sein Gesicht. Er hat eine Nylontasche mit NASA-Schriftzug dabei. Sie klirrt, als er sie unterm Arm zurechtrückt. Die Frau ist größer als er, hat breite, eckige Schultern. Sie ist in den zerfransten Nerzmantel gehüllt, den meine Mutter 1969 dem Roten Kreuz gespendet hat. Sie sieht darin aus wie ein bepelzter Kühlschrank. Ihr Haar ist schmuddlig, grau und an den Kopf geplättet. Sie hat Lippenstift auf dem Mund. »'n Abend, Freunde.« Beim Sprechen können wir ihren Atem sehen. »Schönes Wetter für Pinguine.« Sie nickt in meine Richtung. »Neues Stammesmitglied?«

»Jaujo«, sagt Gene Autry. »Jaujo von Oz.«

Sie lächelt mir zu. »Weißt du, drüben auf der Gibson Street kannst du umsonst 'nen Mantel absahnen.« Der Lippenstift hat ihre Zähne gerötet.

»Ich bin neu hier«, sage ich. »Ich weiß noch nicht, was hier so läuft.«

»Er dachte, du wärst 'n Kerl, Mags.«

»So 'n Mantel kann dir's Leben retten«, äußert Mags.

»Wir haben ja das Feuer«, antworte ich. »Ich fühl mich wohl.«

»Jaujo fühlt sich wohl. Joey is tot. Hat sein Versprechen gebrochen.«

»Mags, 's freut mich echt, dich kennenzulernen, aber ich muß einfach mal fragen. Hast du was zu trinken?«

»Joey-jaui-oh war der sechste. 'n paar wurden krank, zwei sind erfroren, einer ist überfahren worden. Tot-tot-tot-tot-tot, alle tot.«

»Ich würd 'n Auge für 'nen tüchtigen Schluck geben.«

»Du hast Schmacht?« Sie mustert mich. Mein Gesicht verschwindet, habe ich den Eindruck, ich spüre, wie sie die Nerven betrachtet, die in meinem Schädel kribbeln. »Fusel vertreibt die Kälte.«

Ich nicke.

»Angelo, was zu tanken für unsern neuen Freund.«

Angelo ist niemandes Freund. Er stiert mich grimmig an, bevor er in die Hocke geht und den Reißverschluß der NASA-Tasche öffnet. Die zwei Kartoninsassen entpacken sich aus der Pappe. Gene Autry rollt seinen Einkaufswagen näher, ohne unter dem Gitterkorb hervorzukriechen. Der Schwarze setzt sich auf, will sich hochrappeln, kippt jedoch auf die Seite. Er ist dünn wie eine Bohnenstange. Angelo hebt eine noch verschlossene Flasche Conquistador-Whiskey in den Feuerschein. Er dreht den Schraubverschluß; das Siegel knackt, als ob eine Kakerlake platzt. Den Blick auf mich geheftet, trinkt er: zwei, drei große Schlucke. Seine Lippen glänzen, als er die Flasche senkt. »¡Me cago en la leche de tu puta madre!«

Der Schwarze hustet wie der Motor eines alten Chevys und schafft es beim dritten Versuch, sich aufzurichten.

»Was hatter sacht?«

»Daß er auf die Milch meiner verhurten Mutter scheißt.« Mags streckt die Hand nach der Flasche aus.

»¡Coño!«

Sie winkt mit den Fingern. Sobald Angelo ihr die Flasche ausgehändigt hat, reicht sie sie unverzüglich dem Schwarzen weiter. Sein Adamsapfel hüpft krampfhaft, als müßte er sich erst daran erinnern, wie man schluckt. Seine Hände zittern, indem er den Kopf nach hinten biegt und sein Mund die Flasche küßt. Nur ein kräftiger Zug ist erforderlich, und schon steht er fest wie ein Grabstein da. Wir schauen der Flasche nach, während sie langsam die Runde ums Feuer macht. Als ich an der Reihe bin, sehe ich mir die Flasche einen Moment lang näher an. Der Whiskey ist ein *Preferred Blend* und hat *A Tradition of Excellence Since 1931.* Der Conquistador sitzt auf einem Pferd und trägt einen Küraß in der Farbe eines alten Löffels. Auf der Suche nach einem starken Trunk ist er einen weiten Weg durch Wüsten, über Berge und Strichcodes geritten. Ich hebe sein abgefülltes Gold an die Lippen.

In meinem Mund zerstäubt der Whiskey und pfeift wie Dampf die Gurgel hinab. Er verwandelt sich, während er in meinen Magen gluckert, wird zu einer Art von innerem Glanz, nur hat er ein Gewicht und den bitteren Geschmack frisch gespaltener Eiche. Das Aroma schäumt in mein Blut über, steigt mir zu Kopf. Dann verschwimmt meine Sicht, und für einen kurzen, unendlich köstlichen Augenblick hören die Dinge auf, so wie *andere* Dinge zu sein. Sie sind ganz einfach nur noch. Die Brücke ist die Brücke, mein Schuh ist nur er selbst. Die Welt raunt mir nichts mehr von Geheimnissen und tückischen Zusammenhängen zu. Das Komplott zwischen Laub und Ästen endet. Mir wird nicht mehr dauernd der Boden unter den Füßen weggezogen. Ich bin ein stumpfsinniger, zufriedener Fremder, an dem nichts besonderes ist.

»He, Jaujo!«

»Her die Pulle!«

»Wach auf, verflucht noch mal!«

Ich merke, daß jemand an meinem Ärmel rüttelt und mich ins Schnattern und Quaken des Geredes zurückzerrt. Für den Conquistador ist es Zeit, um weiterzureiten und neue Gipfel der Phantasie zu erklimmen.

Dreimal kreist die Flasche ums Feuer, bevor Mags sie wieder vereinnahmt. Inzwischen sitzt der Schwarze mit dem Kopf zwischen den Beinen da und brabbelt vor sich hin. Einer der Kartonbewohner schlottert so heftig, daß ich glaube, mir rattern die Knochen. Ich kann noch immer spüren, wie die Kälte mir unters Hemd kriecht und mich in die Brustwarzen zwickt. Doch inzwischen trage ich den Küraß eines Conquistadors und bin dagegen gefeit. Ich bin stärker als das Wetter. Wenn ich will, kann ich in den Kern der Erde ein Loch schmelzen. Mags faßt die Flasche am Hals und schwenkt sie überm Feuer. Ein Zentimeter des Inhalts spritzt heraus, läuft an der Flasche herab.

»No-noch eine Ru-Runde, Mags.« Dem Kartonbewohner klappern dermaßen die Zähne, daß es wie Hagel auf Asphalt klingt.

»Sei nicht so beschissen gierig.« Sie schüttelt die Flasche vor seinen Augen.

»Ich fie-friere elendich. Lieba Himmel, muß ich denn drum betteln?«

»Warum nicht?« erwidert Mags. »Joe hat gebettelt. Nicht, daß 's was genutzt hätte.«

»I wo, doch nich Joey-oey, er hätt nie um was gebettelt.« Gene Autry schüttelt den Kopf. »Joey-oey auf keinen Fall.«

»Am Ende ist alles anders«, widerspricht Mags. »Ich weiß es, ich hab's erlebt.«

»Ach was. Nee-nee-nee.« Gene Autry kraucht unterm Gitterkorb des Einkaufswagens hervor, niest und fängt in den darin aufbewahrten Schätzen zu wühlen an. »O nee, hast du nich.«

»Mir ist erzählt worden, er sei durch Fieber gestorben.«

»Hn-hn. Er is ganz scheißnormal erfroren.«

»Er hat's mir versprochen«, sagt Gene Autry. Ein Knäuel Schnur fällt aus dem Einkaufswagen und entrollt sich, während es die Böschung zum Fluß hinabkullert. »Niemals. Nee!«

»Er lag auf 'ner Bank am Teich im Fisher Park, als ich ihn fand«, sagt Mags. »Er hatte sich vollgepißt und -gekotzt. Als ich ihn weckte, hat er mich um Hilfe angefleht. Ich hab ihn nach Haus mitgenommen.«

»Se la tiró.«

»Er hat mich nicht angerührt, er wußte kaum, wo er war. Ich hab ihm die Klamotten ausgezogen und ihn in 'n heißes Bad gesteckt. In mein eigenes Bett hab ich ihn gelegt. Und ihm was vorgesungen.«

»Ach wo, hier gibt's doch nirgends so 'n Bad.« Mit einem Schuh in der Hand deutet Gene Autry auf Mags. »Und woher willst du denn das Bett gehabt haben?«

»Woher hab ich wohl den Whiskey, ey, Angelo?«

Angelo kratzt sich unter der Skimaske an der Nase. »Eso es como cagadas de hormiga.«

»Nein, es ist kein Scheiß.« Sie droht ihm mit der Flasche. »Es ist wichtig. Sechs Menschen sind gestorben, weil sie kein Zuhaus hatten. Diese Männer leiden.«

Angelo zuckt mit den Schultern und nimmt die NASA-Tasche zur Hand.

»Der arme Angelo versteht nicht, was wir hier eigentlich machen. Er möchte lieber daheim auf der Couch sitzen, sich am Sack kratzen und sich *California Clan* angucken. Ich dagegen, ich bemühe mich zu helfen.«

»Nee«, sagt Gene Autry. »Aber nee. Joey is hinterm Gumminasjum aufgelesen worden. Stand inner Zeitung. Nee-nee-nee, ausgeschlossen.«

»Als er hinüber war, mußte ich ihn ja irgendwie loswerden. Da konnt's ihm doch egal sein, wo er rumliegt.«

»Aber er ... Ach da.« Endlich findet Gene Autry, was er sucht. »Also weeßt du, der fiese Sauhund war ja trotzdem mein einzjer Freund.« Er klaubt einen weißen Telefonapparat aus dem Haufen angesammelten Krams, schüttelt ihn von allerlei Anhängseln frei und spricht hinein. »Du hast's mir versprochen, Joey-oey. Doch, hast du. Du hast behauptet, du hättst 'n Weg zurück gefunden und wolltst ihn mir zeigen, das hast du mir versprochen, Joey-oh.«

»Wohin zurück?« fragt Mags.

Er winkt ab, daß sie still sein soll; er lauscht ins Telefon. »Nee, Joe.« Lauscht weiter. »Nee, Joe, aber ...« Er legt eine Hand aufs Mikrofon. »Zurück inne Welt. Er hat versprochen, mir 'n Weg zu zeigen.«

Die Kartonbesitzer wechseln einen Blick der Bestürzung. Der eine ergreift den anderen an der Hand, und gemeinsam verkriechen sie sich in ihre Pappbehausung. Ich spare mir den Aufwand, mich zu verstecken. Inzwischen habe ich so lange geschwiegen, daß ich wieder unsichtbar bin.

»Gib mal her.« Mags nimmt die Whiskeyflasche in die Linke und langt mit der Rechten nach dem Telefonhörer.

»Momentchen mal, Joey. Mags möchte mit dir reden.«

Sie hebt den Hörer ans Ohr, allerdings in einem Abstand von mehreren Zentimetern. »Was?« Sie schüttelt den Kopf. »Du bist tot, Joey. Leg auf.« Sie wirft den Apparat Gene Autry zu.

Seine Augen gleichen Wunden. »*Joe!*« Er lauscht in die Muschel, schlenkert das Telefon, versucht es erneut. »Joe ...« Seine Stimme klingt so unscheinbar, wie eine kleine Träne aussieht. Plötzlich ist es so still, daß wir den Schwarzen im Schlaf brummeln hören können. Selbst das Feuer hält den Atem an. Für einen Moment beglotzt Gene Autry die Löcher in der Sprechmuschel, als versuchte er, die Anordnung der Öffnungen zum Gesicht des Toten zusammenzufügen. Sein Mund öffnet und schließt sich.

»Schei ...« Dem Schwarzen zucken die Beine, und er sackt zur Seite. »Kllppzzz ...« Sein Gesicht hat die Färbung, die der Gürtel meines Vaters hatte.

»Du willst zurück in die Welt? Dorthin gibt's nur einen Weg. Du mußt zur Autobahn hinaufklettern und nach Süden gehen, in die Stadt.« Mags packt Gene Autry an den Schultern und dreht ihn flußaufwärts. »Wenn du nach Summer kommst, bieg links ab. Nach der dritten Ampel biegst du wieder links ab und bist dann auf der Gibson Street. Das Asyl hat die Hausnummer vierundzwanzig.«

»Klll Plllzz«, lallt der Schwarze. »Kain Platz.«

Er hat recht. Ich bin nie dazu imstande gewesen, meine verfluchte Vorstellungskraft auf ein Asyl, eine Klinik oder ein Krankenhaus zu begrenzen. Sogar jetzt, obwohl der Conquistador sie trübt, ist sie zu üppig, als daß irgendein Gebäude sie beschränken könnte.

Gene Autry befreit sich aus Mags' Griff, stolpert zur Tonne und schmeißt das Telefon ins Feuer.

»Um was hat er gebettelt?« Die Frage entflieht mir aus dem Mundwinkel. Ich bin selbst erstaunt; ich hatte gar nicht die Absicht gehabt, mich nochmals einzumischen.

Gene Autry zieht seinen Einkaufswagen von uns fort.

»Du hast gesagt, er hätte gebettelt.« Es ist der Conquistador, der aus mir spricht, er hat meine Stimme in Beschlag genommen. »Um was?«

»Um Alkohol«, antwortet Mags. »Whiskey. Gesöff. Das Allheilmittel.« Sie grinst. »Ich glaube, er bezeichnete es als Lustigmacher.«

»Ja, das sieht Joey ähnlich.« Gene Autry faltet sich wieder unter dem Gitterkorb des Einkaufswagens zusammen. »So hat er die Plempe immer genannt, woll. Der Lustigmacher macht uns wacher, hat er gesagt. Genau das hat Joe immer gerufen. Bloß isser jetzt tot.«

»Ist es das, was du brauchst, Jaujo?« Mags fuchtelt mit der Flasche; der Whiskey funkelt. »Wenn du trinkst, wird 'n neuer Mensch aus dir.«

»Klar«, gibt der Conquistador zur Antwort. Er erschreckt mich; ich bin noch nie zwei Personen zur gleichen Zeit gewesen.

»Keine Sorge«, sagt Gene Autry. »Nix is für ewig.«

»Ich wette, du zu sein, ist nicht leicht«, meint Mags. »Dauernd damit beschäftigt zu sein, die Welt in Dichtung umzumünzen ... Es ist schwer, so anders zu sein.« Ich kann fühlen, wie Mags in unseren Köpfen stöbert.

»Scheiße, au ja«, bestätigt der Conquistador.

»Klll Plllzzz ... Ooooch, geh nach Haus.«

»Aber füll dich ab, und *Schwupp!*, schon bist du wie jeder andere.«

»Schwupp!« Der Conquistador lacht.

»Und Jaujo verdünnisiert sich«, sagt Mags.

Der Conquistador lacht ein zweites Mal und winkt mit unserer Hand. »Tschüß.«

»Nee-nee-nee.« Fest rafft Gene Autry die Plane um sich. »Kapiert ihr denn nich? Joe is tot. Nix bleibt.«

»Oh, das hier kann bleiben«, widerspricht Mags. »Es ist 'n *Preferred Blend*, ein besonderer Lustigmacher, durch den du garantiert so wie jeder andere wirst. Oder möchtest du lieber gemeinsam mit diesen Irren erfrieren, sterben wie der arme Joe? Ich kann dir helfen, aber nur, wenn du's willst.« Sie hält mir die Flasche entgegen. »Geschnallt? Du brauchst uns nur einen Kuß zu geben. Genau wie im Märchen.«

Sie droht meine Imagination zum Erlöschen zu bringen. Ich könnte weglaufen, nur habe ich längst den Mut eines Conquistadors.

»Garantiert wie jeder andere.«

Indem sie nähertritt, gerät der Whiskey ins Brodeln.

»Tschüß, Jaujo.«

Die Flasche verzieht sich wie Plastik im Feuer, krümmt sich um Mags Hand.

»Küß mich.«

Sie greift mein Handgelenk. Der tote Nerz riecht wie das Innere des Kleiderschranks meiner Mutter. Noch immer könnte ich Reißaus nehmen, aber ich bin tapfer und gebe nicht klein bei. *Garantiert so wie ...* Mags hebt die verformte Flasche, gießt sich den restlichen Whiskey in den Rachen. *So wie jeder andere.* Ihr Gesicht wird so groß und narbig wie der Mond, doch ich weiche nicht zurück. *Arbeit, Fernsehen und ein Bett mit grünem Bettzeug.* Als sie mich küßt, teilen sich meine Lippen.

Der Whiskey fließt von ihr in mich über, brennt auf meiner Zunge und in der Kehle, taut seit Jahren vergletscherte Erinnerungen. Ich lache und röchele gleichzeitig erstickt. Da saß ich also im Kleiderschrank meiner Eltern auf den Schuhen, hatte Papis Motorradhelm auf dem Kopf und ein Handtuch als Cape um die Schultern geschlungen, und Mami rief: »Petey, wo bist du? Peter!« Ich versuchte ruhig zu sein und nicht zu kichern, aber ich war noch ein kleiner Junge, deshalb hörte sie mich, sie öffnete die Schranktür. »Petey«, sagte sie, »ich suche dich schon überall, wie lange sitzt du denn schon im Dunkeln?« Und ich sagte: »Ich bin im Weltall, ich bin Astronaut, es muß dunkel sein, weil es im Weltall immer Nacht ist, und ...« Aber ehe ich den Satz beenden konnte, nahm sie mich auf die Arme, drückte mich und fragte: »Was soll ich nur mit dir anfangen?« Als ich zappelte, rutschte mir der Raumhelm über die Augen, und sie lachte. »Du bist genauso schlimm wie ich.« Sie lachte immer weiter über mich, also sagte ich zu ihr, ich sei *überhaupt nicht* schlimm, und Mami sagte: »Nein, das ist etwas, durch das du jemand besonderes abgibst, es ist eine Begabung, etwas ähnliches wie Zauberei. Wenn du Phantasie hast, kannst du nämlich alles tun und alles sein, wenn du groß bist.«

Alles.

Aber sie konnte nichts dafür. Sie hat nämlich, daß es ein Fluch war, nie erkannt.

Am nächsten Morgen erwachte ich. Feuer aus, Pappkarton leer. Ich war allein. Weiter oben unter den Brückenpfeilern lag ein Bündel alter Kleider. Überall glitzerten verstreute Glasscherben. Ich hatte Kopfschmerzen. Der trübe Sonnenschein verstärkte sie.

Durchs Gestrüpp kletterte ich empor zur Brücke. Jetzt überquerten sie viele Autos. Menschen befanden sich unterwegs zur Arbeit. Ich streckte den Daumen hinaus, um mitgenommen zu werden. Ein Auto fuhr in Richtung Süden vorbei, zur Stadt. Es hielt nicht an. Ein zweites ebensowenig. Ich mußte lachen. So wie ich aussah, konnte ich es den Fahrern nicht einmal verübeln. Aus der Gegenrichtung kam ein Lastwagen. Ich lauschte, während er vorbeibrauste. Die Brücke sang nicht mehr.

Meine Phantasie war verflogen. Aber ich hatte einen Namen. Er lautete Peter.

Originaltitel: ›Why the Bridge Stopped Singing‹ • Copyright © 1996 by Mercury Press, Inc. • Aus: ›The Magazine of Fantasy & Science Fiction‹, September 1996 • Aus dem Amerikanischen übersetzt von Horst Pukallus.

Robert Reed

DAS TURNIER

Die 1.048.576. Runde.

Das NETZ ruft jeden an, den es auswählt, so lautet die Regel. Immer um fünf Uhr nachmittags Östlicher Planetar-Orbital-Zeit, immer am Freitag vor dem ersten Montag im Juni; für den Großteil des Monats ist nicht mehr viel vorgesehen. Über eine Million Telefone läuten zur gleichen Zeit, und gleichzeitig heben deren Besitzer die Hörer ab, in der bangen Hoffnung, daß ihnen die kalte, monotone Stimme die ruhmreiche Botschaft überbringt. Ein neues Turnier steht bevor! Unsere besten Bürger werden sich in unzähligen Wettkämpfen miteinander messen, dem Abenteuer der Einzelqualifikation für Ehre, Reichtum und echt verdienten, strahlenden Ruhm.

Manche Teilnehmer warten lieber zusammen mit Freunden auf den Anruf. Ich nicht. Bette behauptet, ich fürchte mich davor, von einem stummen Telefon in Verlegenheit gebracht zu werden. Mag sein. Ich glaube eher, daß es an dem ersten Anruf liegt, der mich überraschte, als ich noch ein Junge war – gerade achtzehn Jahre alt – und nichts erwartete. Ich bin abergläubisch wie jeder beliebige Idiot, das gebe ich ja zu, und bei diesem ersten Anruf war ich allein, wie auch jedesmal danach. Dies ist mein siebzehntes Turnier; ich liebe die Atmosphäre der bangen Einsamkeit, und daran werde ich auch nichts ändern, verdammt noch mal!

Siebzehn Uhr. Mein Telefon läutet, meine Hände zittern. Ich schalte mich in die Verbindung ein und beobachte, wie sich der Wandbildschirm mit dem Milch-auf-Jade-Symbol füllt, und die ersehnte Stimme sagt, »Hallo, Mr. Avery Masters! Sie belegen Platz Nr. 20 008 in der Landesliga als 47. Ihres Bezirks. Glückwunsch, Sir. Einzelheiten folgen, und wie immer, viel Glück für Sie!«

Ich bringe gerade noch ein »Danke« zustande, bevor ich grinsen muß. Die Nr. 47 war bisher mein höchster Rang im hiesigen Bezirk, doch ich gebe zu, ich hatte etwas noch Besseres erhofft. Das Training verlief wunderbar; bei allen Auswahlprüfungen rangierte ich an erster Stelle. Aber andererseits, warum soll ich meckern? Positives Denken – positive Ergebnisse. Das ist es, was dir die Trainer beibringen. Als ich daran denke, wird mein Grinsen noch breiter und ich lese Wissenswertes über meinen Montagsgegner.

Ms. June Harryman – die Legende des Bezirks. Sie ist weit über Achtzig, mit Hüften aus Plastik und einem regenerierten Rückgrat aus Kohlenstoff. Sie ist das 51. Mal dabei, vom ersten Turnier an, und obwohl sie nie ganz an die Spitze kam, ist sie immer dabei, voller Schneid, erfolgreich bei Lokalveranstaltungen und im ganzen Land bekannt.

Nein, diese Dame darf ich nicht unterschätzen.

Vergesse das Gestern und schaue nicht auf Morgen, sagen dir die Trainer. Auch nicht, wenn das Morgen in drei Tagen ist.

Die erste Disziplin am Morgen ist ein 10K-Rennen, und das Netz hat Ms. Harryman einen Vorsprung von fünfundzwanzig Minuten gewährt. Das ist ein brutaler Vorsprung, denke ich – er gilt vermutlich wegen ihrer Hüften und auch wegen ihres Alters. Danach folgt unser nachmittägliches Spiel – eine Art Puzzle; das ist alles, was man mir dazu sagt – und am Abend, in einem winzigen Studio unweit von meinem Apartment, gibt es dann ein Doppel in US-Geographie. Ich wette, das alte Mädel weiß eine ganze Menge über Geographie. Was könnte schlimmer sein, grübele ich, als von einer halbkünstlichen Oma niedrigen Ranges in der Eröffnungsrunde geschlagen zu werden?

Als das Telefon wieder klingelt, stelle ich es ab. Es ist vermutlich Bette, die mir gratulieren und mich mit meinem Gegner necken will. Nur ist mir nicht danach zumute, geneckt zu werden. Was ich brauche, ist Selbstvertrauen. Ich beginne damit, die Hauptstädte von Staaten aufzuzählen, und vergesse die von Guam, was mich in Panik versetzt. Gerade durchlaufe ich einen Auffrischungskurs, als Bette eintrifft – eine vollbusige, breithüftige Frau, die leise in meine Wohnung spaziert. Ich bemerke sie kaum, bis sie Dutzende von Sportkanälen durchzappt, findet, was sie im Netz gesucht hat, und die Lautstärke aufdreht, bis mir die Ohren schmerzen.

»Nach den Aussagen von Freunden«, sagt ein Reporter mit besonders gepflegtem Äußeren, »spürte sie ein Stechen in der Brust, als sie die Hand nach dem Hörer ausstreckte. Es war genau siebzehn Uhr.« Das Foto einer mageren, weißhaarigen Frau schwebt über der Schulter des Reporters. *Ms. June Harryman.* »Im Augenblick wird ihr ein künstliches Herz eingesetzt ...«

»Was?« rufe ich aus.

»... und Ms. Harryman ist eine hohe Lebenserwartung vorausgesagt worden.«

»Wußtest du das nicht?« Bette lächelt über ihr ganzes rundes Gesicht. »Hat es dir nichts davon erzählt?«

Mit ›es‹ ist das Netz gemeint, das davon wissen mußte. Das Netz bearbeitet alle Notrufe, kontrolliert jeden Autodoc und zieht seine Schlußfolgerungen innerhalb von Sekunden. Natürlich weiß es davon.

Eine Diode blinkt auf meiner Konsole. Ich drücke auf die Taste und höre:

»Mr. Masters, Sie kommen spielfrei in die zweite

Runde.« Unendlich geduldig und unfähig, sich an etwas zu erfreuen, läßt die Stimme sich nicht anmerken, daß sie von meinem bemerkenswerten Glück beeindruckt ist. »Ein angenehmes Wochenende, Sir. Wir sehen Sie Dienstag früh.«

524.288

Schon in der ersten Runde bekommst du ein paar Dollar. Sie entschädigen dich nicht für die schäbige Tretmühle oder für die zwei Stunden Zwangshypnose, sind aber ein Lohn, und für manche Leute reicht das aus. Sie haben dann die Illusion, ein Profi zu sein – oder zumindest so was Ähnliches.

Die Löhne steigen zunächst nur langsam; du mußt erst mal über die erste Woche hinausgekommen sein, um dir damit deinen Lebensunterhalt zu verdienen. Gewinne in deinem Bezirk – das ist mein großes Ziel –, und du führst ein bequemes Leben. Danach erst kommen die regionalen Kämpfe und echter Reichtum. Und wenn du alle zwanzig Gegner besiegst – und das schafft jedes Jahr einer von uns –, prämiert dich das Netz mit einer Milliarde Dollar steuerfrei und überbringt dir die Glückwünsche all deiner längst vergessenen Vettern.

Bette findet das Turnier albern. Sie sagt, eine glückliche und reiche Nation brauche bessere Obsessionen. Doch ich nehme ihre Sticheleien nicht allzu ernst; ich bin von Natur aus optimistisch und ein selbstsicherer Typ, hoffe ich, und sie läßt zu, daß auch ich sie im Gegenzug necke. Ich sag' ihr immer wieder gerne, sie sei eine dieser Spießerseelen, die über das Turnier herfallen, nur weil sie wissen, daß sie nie gewinnen werden. »Arme Bette«, sage ich unerbittlich. »Arme, arme Bette.«

Ich habe mein gutes Auskommen in diesem Monat – dem Juni, der Zeit des Turniers. Den Rest des Jahres trainiere ich, bereite mich vor, bringe Körper und Geist in Form für den Versuch, im folgenden Jahr die Unsterblichkeit zu erlangen.

Nach dem Wettkampf am Dienstag ruft mich Bette an, um mir zu gratulieren.

»Hast du ihn gesehen?« frage ich sie.

»Nein«, lügt sie. »Nur die Aufstellung mit deinen Namen, das ist alles.«

Es war mein erster Einsatz im Wettbewerb, und schon bin ich unter den letzten 25 000 Kandidaten. Mein Gegner an diesem Tag war ein Kindmann, ein Riese aus Muskeln und Sehnen, und im Wettkampf an diesem Morgen war ich derjenige, dem Extrapunkte zugesprochen wurden. So hält das Netz das Interesse wach. Es hat Dateien über unseren Körpertyp, Muskeltyp, unser Alter und unsere allgemeine körperliche Verfassung, und die Formeln, die es benutzt, haben sich seit einem halben Jahrhundert bewährt. Selbst mit meinen Extrapunkten lag ich gegen Mittag hinter ihm zurück – der Kindmann stemmte einen Berg Eisen hoch über seine knochige Stirn. Doch am Nachmittag, während ich in der VR-Kabine meinen Doppeldecker flog, holte ich im Kampf geschickt Dutzende von Gegnern vom Himmel und ging mit einem gesunden Vorsprung in den Abend.

Bette sagt zu mir: »Ich wußte nicht, daß du in Algebra so gut bist.«

»Du hast also doch zugesehen, nicht wahr?«

»Ich? Niemals.« Ihr Gesicht füllt meinen Wandbildschirm aus. Sie macht sich nicht die Mühe, es mit einem Eitelkeit-Programm zu verschönern. »Es war ziemlich gerissen von dir, diesem Jungen einzureden, daß er zur Abwechslung mal quadratische Gleichungen stemmen soll.«

»Du hast es also doch gesehen!« rufe ich aus.

»Nie im Leben«, sagt sie ganz ruhig, »ich habe nur davon gehört, das ist alles.«

Ich gähne, dann mahne ich: »Bette, du kennst doch die Regeln.«

»Du brauchst jetzt Ruhe. Ich weiß.« Doch bevor sie verschwindet, meint sie noch: »Ich wollte dir nur sagen, daß ich eine Vorahnung habe für dieses Jahr.«

»Was für eine Vorahnung?« Ich versuche, nicht neugierig zu erscheinen.

Ein Zwinkern, ein amüsiertes Grinsen. »Vergiß es.« Sie winkt mir zum Abschied zu und flötet: »Du brauchst Schlaf, und mach dir keine Sorgen.«

262.144

Ich erwache aus einem Traum, in dem ich Basketbälle in hübschen kleinen Bögen werfe, durch einen winzigen Korbring hindurch, der kleiner ist als ein Armband.

Manche Teilnehmer bezahlen viel Geld für implantierte Träume.

Dieser Traum ist echt und kommt mir vor wie ein Omen.

Mein Mittwochsgegner ist eine ziemlich kleine Frau, nicht mehr ganz jung, die von den Markierungen aus wirft, die ihr das Netz zugewiesen hat. Ihre Markierungen sind dem Korbring näher als meine. Was gerecht ist. Schon bald unterlaufen ihr drei Fehlwürfe, aus Nervosität oder einfach aus Pech, danach noch einige aus größerer Entfernung. Dann spielen wir einige Male Mann gegen Mann, mit Gewichten an meinen Schuhen, und ich fliege an ihr vorbei, erringe einen phantastischen Vorsprung. Sie ist so entmutigt, daß sie nicht einmal das Puzzle des Nachmittags beendet. Sie schleudert die Puzzleteile aus Kunststoff auf den Boden der Turnhalle und bricht in Tränen aus.

Ich möchte ihr sagen: Das Netz sieht alles. Es wird Ihnen beim Wettkampf im nächsten Jahr nicht helfen, wenn Sie sich jetzt so aufführen.

Ich will ihr sagen: Spielen Sie hart und stellen Sie sich den Konsequenzen. Doch statt dessen konzentriere ich mich auf mein Puzzle, beende es in der Hälfte der dafür vorgesehenen Zeit. Es ist ein geometrisches Wunder mit sich ständig verändernden Regenbögen. Ich trage es zum nächsten Roboter, lege es auf seine ausgestreckte Handfläche und höre die geschlechtslose Stimme sagen: »Ihr Gegner hat aufgegeben, Mr. Masters. Vielen Dank, Sir, und bis morgen ...«

131.072

Am nächsten Morgen findet ein Rennen mit Diamantfahrrädern statt. Meiner Gegnerin ist ein beachtlicher Vorsprung gewährt worden, und nach fünfzig Kilometern über Hügel, trotz Gegenwind und eines plötzlichen Regengusses, erreiche ich zwanzig Meter hinter ihr das Ziel und erkämpfe mir ein virtuelles Unentschieden.

Am Nachmittag navigieren wir VR-Landungsboote über eine mit Kratern übersäte Landschaft. Nach zwei Stunden Schwebeflug und wiederholten harten Landungen liegen wir fast punktgleich.

Meine Gegnerin ist neu im Bezirk. Sie ist flink, zäh und kann einen geradezu vernichtend anstarren. Heute abend geht es um Naturkunde, und während ich den Platz auf dem Podium einnehme, mit der Hand am Summer herumspiele, blicke ich in ihre Richtung und schenke ihr ein schwaches Lächeln, das besagen soll: »Du wirst gewinnen. Mühelos.«

»Halt die Klappe«, rät sie mir. »Ich kenne alle Tricks, mein Junge.«

Sie ist alt genug, meine Mutter zu sein, ist aber aus einem härteren Holz geschnitzt, und ich muß sie einfach bewundern. Ich erringe am Ende einen Punktsieg – einen kargen Sieg – und ernte das gebührende Presseecho. (»Dramatik in der Vorrunde!« und ähnliche Kommentare). Denkwürdiger erscheint mir jedoch der geflüsterte Vorschlag meiner Gegnerin, mich später wiederzusehen. »Nachdem du verloren hast, mein Schatz.« Ist das ein Antrag? frage ich mich. Sie lacht und meint: »Auf eine heiße Nacht zu zweit.« Zwinkert mir lüstern zu.

Ich lehne höflich ab, bin aber insgeheim fasziniert.

Später liege ich wach im Bett und frage mich, ob ihr Angebot ernst gemeint war. Oder wollte sie mich aus Rache zum Narren halten?

65.536

Es ist Freitag, und ich bin wie benommen. Verbraucht. Halbtot.

An diesem Morgen erwartet mich die Hölle des Sportschießens – mit Gewehren, Schrotflinten, Pfeil und Bogen, selbstgebauten Speeren – und ich falle in ein tiefes Loch. Mein Gegner ist noch ein Kind, kaum zwanzig und glücklich, es im Turnier so weit gebracht zu haben. Am Nachmittag spielen wir ein Brettspiel. Meine Strategien versagen gegen seine wilden Manöver, und schließlich zwinge ich mich, kein Spielverderber zu sein, und gebe mich von dem kleinen Mistkerl geschlagen.

Das Turnier ist ein Reinfall, wie es scheint.

Doch der Junge stammt aus einer fundamentalistischen Enklave und hat keine Ahnung von solch unchristlichen Themen wie chinesischer Geschichte. Ich stehe hinter meinem Pult und beantworte Fragen, die das Netz generiert hat. Ich summe erst und antworte dann. Summen und antworten. Und antworten. Und antworten. Noch bevor die Ming-Dynastie hinter uns liegt, habe ich aufgeholt und bequem die Führung übernommen. Dann höre ich auf zu summen und sehe zu, wie der Junge Prügel bezieht; wegen seiner Unerfahrenheit handelt er sich Strafpunkte ein und gibt mir die Gelegenheit, von den verbliebenen Fragen die leichtesten auszuwählen.

Daheim, im Siegestaumel, finde ich Bette vor, die auf mich wartet. Sie lächelt breit. »Er hätte dich in der Mao-Ära fast erwischt.«

»Hat er aber nicht«, sage ich.

»Was macht das jetzt noch aus?« Bette besitzt keinen

Funken Kampfgeist, sofern es nicht darum geht, sich mit mir anzulegen. Und später, aus reiner Freude, locke ich sie in mein Bett. Ich benutze ihren runden, zweitklassigen Körper, bis wir beide scheinbar glücklich sind. Es ist nicht das erste Mal; wir sind ein modernes Paar und glauben, daß alles möglich ist. Doch hinterher, im Dunkeln, beginne ich mich geistig auf die folgende Woche vorzubereiten. Ein Teil von mir fragt sich, wie ich Bette dazu überreden kann, mich allein zu lassen, damit ich mich konzentrieren kann.

Sie steht auf, als ob sie meine Gedanken gelesen hätte, zieht sich an und geht.

Dann schlafe ich traumlos, überspringe mit einem lahmen Satz das große, dunkle Loch meines Wochenendes.

32.768

Wieder Montag.

Die Benommenheit vom Freitag ist vorbei. Ich spiele clever, ruhig und selbstsicher und schlage weiße Bälle, die von menschenähnlichen, netzgesteuerten Robotern geworfen werden, treibe sie zu einem weit entfernten Zaun, dann darüber. Noch nie, nicht einmal beim VR-Training in meinem eigenen Schlafzimmer, bin ich so gut gewesen. Und der Handvoll Zuschauer – in der Mehrzahl Familienangehörige der Spieler – scheint das Schauspiel auch gut zu gefallen; die Leute spenden stürmischen Beifall und stampfen mit den Füßen.

Das Rätsel am Nachmittag besteht aus einem Knoten, der gelöst werden muß. Ich habe magische Finger, löse und schlinge, vollbringe das Kunststück innerhalb von Sekunden. Nahezu mühelos.

Die Aufgabe des Abends heißt Geologie – Steine müssen identifiziert, tektonische Prozesse beschrieben werden –, und selbstverständlich gewinne ich auch hier. Hinterher kann ich mich nicht einmal an das Gesicht meines Gegners erinnern. Es war ein Mann, soviel weiß ich noch. Ein Mann meines Alters, da bin mir fast sicher. Aber sein Name und alle anderen Merkmale sind mir völlig entfallen.

16.384

Sie ist groß. Stark. Schnell.

Um unseren Kampf noch fairer zu gestalten, trägt sie harte, kleine Boxhandschuhe und einen Anzug aus gepolstertem, atmungsaktiven Gummi. Sechs volle Runden stehen uns bevor in diesem ersten Wettkampf am Morgen. Wir bemühen uns sehr, uns zurückzuhalten. Du kannst einen Wettkampf viel zu schnell gewinnen, denn wenn du nicht aufpaßt, vergeudest du deine Kraft. Deshalb tänzeln wir und finten, tänzeln und finten. Doch als ich mich aus für mich unverständlichen Gründen in der Mitte der letzten Runde entscheide, sie anzugreifen und fertigzumachen, dränge ich sie in ihre Ecke und lasse einen Hagel schwerer, feuchter, brutaler Schläge auf sie niederprasseln.

Meine Handschuhe sind weich und übergroß, doch es gelingt mir, sie zu verletzen. Der Kopf der Frau, hübsch wie der einer Puppe, fliegt zurück, als die Schlußglocke ertönt. Bewußtlos bricht sie zusammen, bumm, und liegt regungslos auf der sauberen, weißen Matte. Das Netz schickt einen Autodoc, während der Robot-Ringrichter mich zur Seite drängt.

Die anderen Kontrahenten sitzen wie versteinert da – nun wissen sie Bescheid. Ich wende mich vom Ringrichter ab und beuge mich über mein Opfer.

In einem Anfall reiner Theatralik brülle ich sie an, aufzustehen und weiterzukämpfen.

8.192

Das Netz gratuliert mir; es wird allmählich zu einer Art Gewohnheit. Mein Gegner – ein Mann im mittleren Alter wie ich, mit meinem Körperbau und meinem ungezügelten Temperament – wird soeben von der gleichen sanften Stimme getröstet. Er besiegte mich im Hochsprung und im Rommé mit Zehn. Er bewies auch, daß er über das Sonnensystem mehr weiß als ich, und besiegte mich in der letzten Runde. Dennoch – nach Punkten bin ich der Gewinner. Ich zog zwar lausige Karten an diesem Nachmittag, Karte für Karte aus einem perfekt durchgemischten Satz, spielte sie aus mit allem Geschick, dessen ich fähig war. Dieses Geschick war einen Bonus wert. Und weil wir in drei Kategorien fast gleich standen, hat dieser Bonus alles entschieden.

»Nicht fair!« schreit der andere. »Das ist nicht korrekt!«

»Fair oder nicht«, erinnert ihn das Netz, »unsere Regeln sind allgemein bekannt und wurden von Menschen gemacht.«

»Ein schlechter Verlierer«, werfe ich nicht gerade flüsternd ein.

»Stimmt«, sagt das Netz durch den Roboter neben mir. Dann sagt der zweite Roboter zu meinem Gegner: »Sie können gerne eine Beschwerde einreichen, wenn Sie es wünschen. Ich kann Ihnen die Namen und E-dressen aller menschlichen Funktionäre geben ...«

»Halt's Maul!« brüllt der Mann.

Ich starre ihn an, verstehe ihn. Keiner von uns beiden hat an diesem zweiten Freitag wirklich gewonnen. Die Anspannung fordert ihren Tribut und verwandelt uns in andere Menschen, in Fremde, auch für uns selbst.

Mein Gegner bemerkt mein Starren und stößt anklagend hervor: »Es mag dich.«

»Wer?«

Ein anklagender Blick auf den nächsten Roboter, auf dessen Glasauge, das aus einer einzigen großen Linse besteht. Dann scheint er seinen Mut zu verlieren und atmet tief durch, bevor er sagt: »Vergiß es. Ist schon gut.«

»Gehen Sie heim«, empfiehlt das Netz. »Fangen Sie mit den Vorbereitungen für das nächste Jahr an, Sir.«

Niemals habe ich eine solche Hoffnungslosigkeit gesehen. Ich hätte genausogut an seiner Stelle sein können. Am Boden zerstört. Betrogen. Er schleicht sich voller Scham davon.

»Es mag dich«, hat er gesagt.

Ich sehe in das Glasauge, und dann, wie aus einem Reflex, in die Ferne.

4.096

Acht Teilnehmer bleiben im Qualifikationsspiel unseres Bezirks übrig.

Millionen schauen zu. Wir können vortäuschen, daß wir sie vergessen haben, vortäuschen, daß wir sie nicht beachten, wir können alle möglichen Abstufungen der Ignoranz vortäuschen. Aber einige von diesen Millionen sind heute live dabei – sonderbare Typen, die keine Familienangehörigen sind, aber die Sportveranstaltungen persönlich miterleben wollen –, und mit ihnen eine Atmosphäre der Erwartung, der atemlosen Spannung.

Es ist ein guter Tag für Spannung. Aus der Standardliste von 188 physischen Wettkämpfen hat das Netz die am meisten verabscheute Disziplin ausgewählt:

Eiskunstlauf.

Wir sind zu acht und alle keine Experten. Wir sind nicht einmal besonders gut, wie sich schon bald herausstellt. Bisher habe ich Schlittschuhe gemieden, und Gewichtheben, Laufen und andere Kraftsportarten haben mich nicht eben graziöser werden lassen. Was hier zählt, ist das Überleben: Man gewinnt mit einer gut gekonnten zweifachen Pirouette, nicht mit einem Sturz. Ich schwebe zwischen Katastrophe und Inspiration, gewinne technische Punkte, die mir das Netz zuerkennt, und die menschlichen Richter bestrafen mich zum Glück nicht für meinen Mangel an Kunstfertigkeit.

Nach dem Mittagessen spielen wir Billard auf sauber bespannten, grünen Tischen. Vier Spiele laufen simultan; über uns auf der Haupttribüne sitzen die Zuschauer. Jedesmal, wenn ich mich zum nächsten Stoß hinabbeuge, denke ich an Bette. Wir haben manchmal miteinander gespielt, ich, um zu üben, sie zum Vergnügen. Die Erinnerung an Bettes Teilnahmslosigkeit ist beruhigend, ihr selbstironisches Gelächter inspirierend. Jeden mißlungenen Versuch kann ich mit dieser Teilnahmslosigkeit überspielen. Ich übernehme die Führung, was ausreicht, den Wettkampf des Abends zu überstehen. Bravo! An diesem Tag – und in diesem Wettkampf zwischen zwei Fremden – habe ich mir selbst bewiesen, daß ich der beste Schlittschuhläufer und Billardspieler bin.

Bette hat recht; es ist ein dämlicher Kampf.

Zu Hause frage ich das Netz: »Wenn jeder im Turnier gegen jeden spielen würde, ich meine gegen jeden in allen Disziplinen, würde dann dieselbe Person die ganze Chose gewinnen?«

»Kann ich nicht sagen«, antwortet es mir. Ohne Zögern, ohne Interesse.

»Wie viele von uns stehen dem Gewinner dieses Jahres gegenüber? Zwanzig.« Ich schüttle den Kopf, werfe mein Lesegerät auf den Fußboden. »Zwanzig von uns, und sechzig Wettkämpfe. Ist das nicht ein lächerlicher Maßstab für Vortrefflichkeit?«

Die Antwort kommt schnell, aber nicht sofort. Nach einem Augenblick des Schweigens gibt mir das Netz folgende Information: »Die Wirklichkeit ist chaotisch. Ich kann nicht alle Variablen in einem Wettkampf ausrechnen, geschweige denn all das, was in einem ganzen Turnier passieren kann.«

Ich sage nichts.

»Grundsätzlich«, fügt es hinzu, »erreicht kein Turnier das Ziel der gestellten Aufgabe.«

Ich höre kaum zu, bin in meine eigenen Gedanken versunken.

»Noch mehr Fragen, Mr. Masters?«

»Wußtest du«, frage ich, »daß Billardkugeln, die aneinanderschlagen, ihre exakte Position im Raum verlieren?«

»Ja«, antwortet es mir. Natürlich weiß es das.

Ich kann mich nicht mehr entsinnen, wie viele Kollisionen dafür notwendig sind, aber es hat mit den Relationen der Unschärfe im Universum zu tun. Ich lehne mich zurück, schließe die Augen und sehe unzählige bunte Kugeln, die sich unaufhörlich bewegen – Chaos herrscht auf einem glatten grünen Tisch ohne Ränder, ohne Grenzen.

2.048

Es ist früher Abend.

Zuhause fange ich an zu packen und mich auf Alaska vorzubereiten. Bette ist gekommen, um mir zu helfen, was bedeutet, daß sie mich wegen meiner Wahl an Socken neckt. In meinem Bezirk bleiben nur zwei Turnierteilnehmer übrig; sie machen sich auf meinem größten Wandbildschirm breit und schwafeln über Architektur. Ich könnte auch dabei sein, den Applaus und den ganzen Presserummel genießen, doch mein Gegner – der Gewinner des letzten Jahres und der vielversprechendste Kandidat in diesem Jahr – wurde an diesem Morgen disqualifiziert. Das Netz hat ihn entlarvt. Er benutzte einen sehr feinen Stoff, den zehnmillionsten Bruchteil einer Droge, und versuchte damit, seine Fähigkeiten um ein Minimum zu steigern, gerade genug, um zu gewinnen. Wie heißt es so schön? »Auf dem ebenen Sportplatz zählt jeder Maulwurfshügel«. Nur, wie willst du einen Maulwurfshügel verstecken?

Was, so frage ich mich, hat sich dieser Idiot dabei gedacht?

Bette fragt, was jetzt mit ihm passiert.

»Er wird zeitweilig von den Spielen ausgeschlossen«, antworte ich. »Für einige Jahre vermutlich.« Ich schließe meinen Koffer und sacke zusammen; ich fühle mich fast gebrechlich. Letzte Nacht träumte ich zu verlieren, und als ich aufwachte, war ich davon überzeugt, daß ich verlieren werde. Heute hat mein Gegner gut abgeschnitten, und ich dachte schon, die Sache wäre damit gelaufen. Niemand war mehr überrascht von seiner Disqualifikation als ich.

»Warum hat er Drogen genommen?« fragt Bette.

»Um zu gewinnen«, antworte ich automatisch. »Er wollte unbedingt gegen mich gewinnen, um in die regionale Liga zu kommen.«

Sie steht neben mir, ihre fleischige Brust berührt meinen Arm. »Hat er wirklich geglaubt, er könnte das Netz überlisten?«

»Manche von uns tun das«, grolle ich. »Hab' dir doch von den Gerüchten erzählt.« Alle Berühmtheiten – Yang und Fogg, Christianson und die übrigen – nehmen besondere Elixiere zu sich, die in irgendwelchen, finsteren ausländischen Labors gebraut werden. Ihr Nutzen besteht darin, eine Hundertstelsekunde schneller zu sein, eine mehr von fünfzig Fragen beantworten zu können. Niemand kann mit den heute bekannten Kontrollen alle illegalen Machenschaften aufdecken ...

»Und wenn er erwischt werden *wollte?*« fragt sie.

Ich sehe sie an und versuche das Thema zu wechseln. »Komm mit mir. Ich werde für die Fahrtkosten aufkommen.«

»Seit wann brauchst du einen jubelnden Fan-Club?« Sie hat eine ganz eigene Art, herzhaft zu lachen und durch mich hindurch zu sehen. »Ich dachte: aus den Augen, aus dem Sinn – so wären dir deine Freunde am liebsten.«

»Nur dieses eine Mal«, bettele ich.

»Vielleicht«, erwidert sie. Doch später, nachdem wir uns geliebt haben, sagt sie: »Nein, ich muß zu Hause bleiben.«

»Warum?«

»Ich muß nach meiner Ernte sehen.«

Bette ist ein sonderbarer Mensch. In einer Gesellschaft des Wohlstands und erbarmungsloser Freizeit zieht sie ihr eigenes Gemüse und näht den größten Teil ihrer Kleidung selbst. Sie entstammt ein bißchen der Morgenröte der Menschheit, was ich faszinierend finde, und ich necke sie damit, wie schon tausend andere Male zuvor.

Sie zuckt im Dunkeln mit den Achseln und wechselt das Thema. »Ich habe mir Aufzeichnungen dieser Disqualifizierung angesehen. Ich sah das Gesicht deines Gegners, als sie es ihm sagten.« Sie schweigt, dann fährt sie fort: »Vielleicht war es ihm selbst nicht bewußt, aber ich glaube, daß er erwischt werden wollte.«

»Wirklich?«

»Er war so gut letztes Jahr.« Sie seufzt. »Vielleicht hat er befürchtet, dieses Jahr nicht ganz so groß herauszukommen.«

Ich kann ihr nicht ganz folgen.

»Du selbst hast immer gesagt, daß du nur in deinem Bezirk gewinnen und nicht darüber hinauskommen willst.«

Plötzlich bin ich froh, daß Bette zu Hause bleibt. Voll kalter Wut sage ich zu ihr: »Dann geh und sieh nach deiner verdammten Ernte.«

Ich erschrecke mehr über meine Worte als sie.

1.024

Meine Gegnerin steht auf Platz 4 und ist die unübertroffene Favoritin des heutigen Tages. Wenn ich sie besiege, bin ich nicht nur der Sieger in unserem Bezirk – unser einsamer Kämpfer gegen die Besten der Nation –, sondern auch eines von den Aschenputteln des Jahres, das großen Dusel gehabt hat, statistisch gesehen.

In den folgenden zwei Wochen ist die Reihenfolge der Disziplinen umgekehrt. Mentale Wettkämpfe am Morgen, das übliche Spiel am Nachmittag, wie üblich, und schließlich der physische Wettkampf in dem langen, subarktischen Sonnenuntergang – etwas

Dramatisches, um die Zuschauer in der Ferne zu beeindrucken.

Heute werden 100-m-Läufe abgehalten. 512 identische Rennen werden in und um Anchorage veranstaltet. Ich stehe beim Start hinter ihr, aber nicht sehr weit. Jetzt gilt es den Vorsprung meiner Gegnerin aufzuholen, zu überholen und mit einem gemütlichen Vorsprung von drei Hundertstelsekunden zu gewinnen. »Du kannst das«, rede ich mir gut zu, nehme meine Startposition ein und beobachte die Lichterfolge – rot, rot, rot, grün. Ich warte. Meine Gegnerin läuft, begleitet von einem grünen Licht und einem durchdringenden, schrillen Ton. Ich warte. Meine roten Lichter werden grün – tut – ich springe auf, laufe die enge schwarze Bahn entlang, versuche, mich zu lockern, achte auf meine Atmung, dehne meinen Brustkorb im Endspurt, drehe den Kopf seitwärts, um die Zahlen zu sehen, die auf der riesigen Tafel erscheinen.

»Nein!« Ich habe mit 0,299 Sekunden gesiegt, und jetzt wird mir klar, daß wir unentschieden stehen. Wir haben dieselbe Punktzahl und müssen noch einmal laufen.

»Ruhen Sie sich aus«, empfehlen uns das Netz und unsere freundlichen menschlichen Gastgeber. »Sie werden das Rennen in einer Stunde wiederholen. Bis dahin haben Sie Zeit, sich zu entspannen.«

Eine Stunde später laufen wir eine genaue Wiederholung unseres ersten Rennens.

Wieder unentschieden.

Das ist neu. Noch nie dagewesen. Jedes Sportnetzwerk und jeder Hobbykanal für Mathematik schickt in der folgenden Stunde Reporter, um uns zu interviewen und die Nation mit hirnverbrannten Kommentaren zu versorgen. Ein hyperaktiver Typ tänzelt um mich herum, bittet mich, ihm meine Gedanken, Ziele und Träume mitzuteilen – aber statt ehrlich zu sein, spule ich nur Klischees ab. »Konzentration siegt«, sage ich. »Immer einen Schritt voraus«, sage ich und blicke in hundert schwebende, spatzengroße Kameras, winke und sage, »Hi, Mom!«

Auch bei der zweiten Rennwiederholung bleibt alles wie es war – die Bahn, die frische Luft, die entrückte übrige Welt – aber diesmal versuche ich mich zu größerer Geschwindigkeit anzuspornen. Ich schieße förmlich aus meinem Startblock. Meine Gegnerin ist nur noch ein ferner Schatten, dann ist sie vergessen. Mein Bein schmerzt. Meine Lunge brennt. Mein Brustkorb stößt durch den Laserstrahl. Ich wende den Kopf und hefte den Blick auf die Tafel.

Es ist die Hölle.

Meine Zeit hat sich nicht geändert, nicht um eine Hundertstelsekunde.

Für den Rest meines Lebens – das weiß ich jetzt – werde ich dieses Rennen laufen, unfähig zu gewinnen, und nicht willens zu verlieren.

Dann erst fällt mir ein, nach meiner Gegnerin Ausschau zu halten, und verblüfft stelle ich fest, daß sie nicht dort ist, wo ich es erwartet habe. Was ist passiert? Auf ihrer Bahn humpelt eine gekrümmte Gestalt, das rechte Bein blutig geschlagen von einem furchtbaren Sturz. Ich habe sie nicht stürzen sehen. Ich war viel zu beschäftigt, um es zu bemerken. Aber in der folgenden Nacht, im Hotelzimmer, sehe ich es mir unzählige Male an. In ihrem Bemühen um Tempo stolpert sie über ihre eigenen Beine, fällt vornüber und rutscht aus, rappelt sich hoch und taumelt zum sinnlos gewordenen Ziel.

Das Netz spricht durch die Anzeigetafel hindurch:

»Herzlichen Glückwunsch, Mr. Masters. Sie sind der Sieger des 311. Bezirks.« Die Frau leidet Qualen, ihr Gesicht ist tränenverschmiert und helles, rotes Blut rinnt ihr über das Bein. Weil ich ein feiner Kerl sein will, gehe ich zu ihr hin und reiche ihr die Hand. Sie schlägt sie weg. Und als ich sie tröste: »Nächstes Jahr«, will sie mich mit ihrem verletzten Bein treten.

»Hau ab!« schreit sie. »Hier laufe *ich*, du Arschloch!«

512

Und jetzt zu mir:

Ich bin dieser Besserwisser, der dir auf einer Party alles über Byzanz, die chemische Zusammensetzung von Phosphor, über Hundezucht, homosexuelle Präsidenten und über das Schicksal des Universums erzählen kann.

Ich bin der Typ, der als dritter Mann beim Basketballzocken einspringt, der nacheinander zehn artistische Würfe wirft, und das Spiel für sein Team gewinnt – wie auch den Ruf, ein Angeber zu sein.

Ich bin ein Fels der Zuversicht, der von manchen bewundert, von den meisten aber beneidet und als distanziert wahrgenommen wird. Unnahbar. Kühl bis hin zu eisig. Obwohl das ungerecht ist.

Ich bin ein Sterblicher – ein Prinz, ein Stallknecht, oder ein Jedermann – einer, der vielleicht nur einmal im Leben von den Göttern berührt worden ist.

Und jetzt wird mir zum ersten Mal bewußt, wie mich andere sehen. Ich sehe mich umgeben von mir selbst – von jenen 511 anderen Bezirksgewinnern – und ich habe das starke Bedürfnis zu ermatten, zu Staub zu werden und fortzufliegen.

Ich bin nicht qualifiziert genug, um hier zu sein.

Es gibt nur eine Bewerberin niedrigeren Ranges als ich, und ich beobachte ihr Stürmen beim Hindernislauf durch Schlamm und durch Reifen hindurch, über grasbewachsene Bahngleise und an Seilen aufgehängte Brücken. Sie ist ein Ausbund an Konzentration – sprühende weiße Energie. Ich beneide sie. Wir treten auf in einem riesigen Stadion voller schreiender Fans, und dennoch kann ich ihr heftiges Atmen hören, ihr Ächzen und das Klatschen von Matsch.

Sie setzt den Fuß auf einen glitschigen Abhang und dreht ihn viel zu schnell um. Der Knacks gleicht einer Explosion und klingt lange nach, nachdem sie zusammengebrochen ist.

»Das Knie ist hin«, sagt ein Teilnehmer hinter mir. Er klingt fast erfreut. Ich erkenne ihn. Es ist Elijas Fogg, die Nummer eins in diesem Jahr: ein hochgewachsener, gutaussehender Mann. Nein, ein schöner Mann. Er ist nicht mein Gegner, doch er scheint mich zu kennen. Während die Menge wie aus einer Kehle stöhnt, dreht er sich zu mir um und bemerkt: »Na ja, jetzt sind Sie der Favorit.«

»Wessen Favorit?«

Er lächelt, als stünde er einem Schwachkopf gegenüber. »Was glauben Sie?«

Die Zuschauer? Meint er vielleicht die?

»Jetzt sind Sie derjenige, der ihnen am ähnlichsten ist.« Eine leise Drohung liegt in seinem Grinsen; kein Gebiß könnte perfekter sein als seins. »Sie sind von uns der Durchschnittlichste. Der Gewöhnlichste.« Eine Pause. »Der Erbärmlichste.«

Ich weiß nicht, was ich sagen soll. Vor uns heben Roboter eine schauerliche, dreckverkrustete Gestalt auf eine Tragbahre. Fogg fragt mich – vielleicht als Reaktion auf ihre Qualen:

»Wissen Sie, warum *die* das Turnier mögen?«

Wegen dem Schauspiel? Dem Wettkampf? Oder wegen dem Streben nach Ruhm und Ehre?

Ich hülle mich in Schweigen.

Er hebt den Kopf, als wolle er für die Urne eines toten Griechen posieren. »Sie lieben es, zuzusehen, wie wir uns gegenseitig in Stücke reißen. Sie lieben es über alles, zuzusehen, wenn wir stürzen und verbrennen.« Er blickt mich von der Seite an und lächelt bitter. »Fast jeder von uns scheitert, und diese Scheißkerle saugen es begierig ein.«

Meine Scheißkerle, sage ich zu mir selbst.

»Mr. Fogg«, sage ich laut, »Sie haben mich immer inspiriert.«

Natürlich habe ich das, scheint mir seine Miene zu sagen.

Wieder wachsam, wieder voller Energie und glänzend motiviert überwinde ich die Hindernisse dieses nutzlos gewordenen Rennens und schlage meine Gegnerin um Sekunden. Dann drehe ich eine Siegesrunde, trabe vorbei an der brüllenden Menge, die Arme über den Kopf ausgestreckt – meine *Scheißkerle* sind auf den Beinen, sogar die Luft nährt mich anscheinend mit Liebe.

256

Das Netz weckt mich um sieben Uhr fünfzig, wie vereinbart.

Als ich es über Einzelheiten des heutigen Wettkampfes befrage – meinen Gegner, die Disziplinen, die Logistik – versorgt es mich aufs genaueste mit umfassenden Informationen, kommt sogar mit seinen Antworten weiteren Fragen zuvor. Auch im weiteren Tagesverlauf hält es mich auf dem laufenden über Uhrzeit, Zeitplan, Spielstand und was ich sonst noch brauche, um die Führung zu übernehmen und zu halten. Wenn ich einen Imbiß zu mir nehmen möchte, reicht mir der nächste Roboter Bonbons und eine Orangenhälfte. Wenn ich mir beim Aufwärmen einen Muskel zerre, verschreibt es mir eine gesetzlich zugelassene, entzündungshemmende Salbe, die mir dann ein Autodoc aufträgt, während das Netz mein Handicap in eine vorgeschriebene Anzahl von Bonuspunkten umrechnet. Und als ich siege, sagt mir das Netz: »Herzlichen Glückwunsch« mit seiner gleichbleibenden Stimme, die weder warm ist noch kalt, ohne eine Spur von Beteiligtsein, und nichts ist hinter seinen Worten als unerschütterliche Höflichkeit.

Währenddessen sorgt das Netz dafür, daß unsere Fabriken auf der Erde und im Orbit effizient und ohne Pannen arbeiten. Es verwaltet unser Stromnetz, unsere Börsenmärkte, unsere Informationssysteme, und alle Unternehmungen, die seine Dienste erfordern. Fehler passieren – Tausende jeden Tag, aber keine bedeutenden –, doch selbst diese Fehler helfen, den Ruf von beispielloser Kompetenz zu festigen. Das Netz und die menschlichen Agenturen, die mit ihm konkurrieren, finden und erforschen jedes Versagen, prüfen unaufhörlich, welche Berechnungen die genauesten sind.

Ich liege wach in meinem schwach erhellten Zimmer, siegreich und dankbar, horche auf neue Gedanken. Ich rufe das Netzsymbol auf – einen verzweigten weißen Baum auf einem Hintergrund stilisierter grüner Menschen. Mit leiser Stimme frage ich: »Haltet ihr jemals euer eigenes Turnier ab?«

»Zu welchem Zweck, Sir?«

»Um euere Subsysteme miteinander zu messen. Um die Untauglichsten auszuzeichnen.«

»Aber mit welchem Ziel?«

»Euer Gewinner könnte der menschlichste genannt werden.«

Das Netz erwidert: »Meine Subsysteme ähneln nicht organischem Leben.«

Das kümmert mich nicht, ich grinse in mich hinein und spreche es aus: »Und unser Gewinner ist der Netzähnlichste. Was meinst du? Wir könnten sie doch zusammenbringen. Ihnen vielleicht ein Date verschaffen.«

Ich lache, frage in die Stille hinein: »Wären sie nicht füreinander geschaffen?«

128

Als ich jung war, nannten mich meine Mitschüler – nicht besonders liebevoll – Avery Allosaurus.

Alte Hobbys gibt man nicht so leicht auf. Jetzt, dreißig Jahre später, ertappe ich mich beim Ausgraben von allen möglichen, intellektuellen Fossilien, um meinen Gegner im morgendlichen Wettkampf zu schlagen. Das Thema fällt rein zufällig auf Geologie, und mein Gegner ist verwirrt, verzweifelt. Sicher, er gewinnt einige Punkte zurück, als er in einem VR-Kampfpanzer kämpft, aber nicht genug. Ich liege so weit in Führung, daß er am Abend, während wir verschiedene Abschnitte der gleichen Felswand erklimmen, aus heiterem Himmel beschließt, seine Sicherheitsleinen zurückzulassen, um frei von allem Ballast wie eine Ziege zur Spitze zu kraxeln.

Ich sehe nicht, wie er fällt – ich fühle es nur. Ich fühle, daß unter mir die Menge erstarrt. Mucksmäuschenstill schauen die Leute auf die fallende Gestalt. Es folgt ein Raunen, ein kollektives Schaudern ... Mein Gegner ist der erste Tote in diesem Turnier; er hat sich ganz besonders hervorgetan.

Hinterher ruft mich Bette an, will mich trösten. Ich fühle mich aber nicht schuldig, auch nicht betrübt. »Er ist selbst schuld«, sage ich mit einem Achselzucken. »*Ich* habe ihm doch nicht die Seile weggenommen, oder?«

Bette sieht erschöpft aus. Unglücklich. Weise. Sie ruft mich aus ihrem vollgestopften Haus an – ich habe dieses Haus nie leiden können – und sagt zu mir: »Ich vermisse dich sehr, Avery.«

Ich nicke zustimmend.

Sie sagt: »Du machst schon alles richtig«, doch ihre Stimme straft das Gesagte Lügen.

Ich möchte mich eigentlich ausruhen und alles noch einmal an mir vorüberziehen lassen. Statt dessen lache ich.

»Du müßtest mal hören, was sie alles über mich sagen.«

»Zum Beispiel?«

»Daß ich verhext bin, und daß es gefährlich ist, gegen mich anzutreten. Daß das Netz mich liebt, und meine Gegner überhaupt keine Chance gegen mich haben.«

»Oh!« ruft sie aus, als hätte ihr etwas weh getan.

»Du müßtest sie sehen, Bette.« Nun muß ich wirklich grinsen. »Einige sind wirklich entsetzt über mich. Ich bin der am niedrigsten eingestufte Teilnehmer seit Jahren, der es so weit gebracht hat, und das erschreckt sie.« Bette nickt. Dann sagt sie: »Abartig.«

Ich stimme ihr zu. »Du glaubst, daß ich abergläubisch bin. Da solltest du erst mal diese Leute sehen, Bette. Den ganzen Tag lang nur Hasenfüße und Rituale.«

»Das ist alles so abartig ...«

»Aber das Komische daran ist, daß ich ihnen glaube. Ich bin verhext. Ich bin gefährlich. Das Netz liebt mich. Es hilft mir. Das macht mich nur noch zuversichtlicher.«

»Verrückt ...«

»Ich konnte einfach nicht stürzen heute nacht, Bette.« Fast glaube ich selbst an meine Worte und füge hinzu: »Und wenn ich gestürzt wäre, wären mir Flügel gewachsen, und ich wäre den Rest des Weges geflogen!«

64

Jeder hat seinen Favoriten unter den Turniergewinnern. Meiner ist Leonard Dab, da besteht nicht der geringste Zweifel. Im Jahr '81 war ich ein Junge von knapp 13 Jahren – ein Alter, in dem deine Helden auch erscheinen, wenn du sie erwartest. Dab war seltsam genug, um meine Aufmerksamkeit und Zuneigung zu gewinnen. Ein Veteran mit fast dreißig Turnieren auf dem Buckel, der nie besser abgeschnitten hatte als am vierten Montag seiner Turnierlaufbahn. Er war klein und grau, ein sehniger Straßenkämpfer, der das Alter der totalen Erinnerung schon längst hinter sich gelassen hatte und mit seinen steifen Gelenken und den Handicap-Punkten, die sie ihm einbrachten, ganz gut über die Runden kam. Heute weiß ich, warum Old Dab mein Favorit war. Es gab strahlendere Sieger, auch schönere. Als ich sechzehn Jahre alt war und meine Hormone verrückt spielten, schlug die berüchtigte Mattie Yung in Karate ihren Gegner vernichtend in der neunzehnten Runde – und selbstverständlich verliebte ich mich in sie. Dann war da noch '79 Wilhelm der Eroberer – mit der höchsten Punktzahl aller Zeiten. Oder, '51 und '53, Stef MacGraw – der einzige, der zweimal gewann. Trotzdem, mein Favorit ist und bleibt der unansehnliche und seltsame Leonard Dab, das Aschenputtel seines Jahrgangs, und auch jetzt – nach so langer Zeit – noch mein Vorbild. Mein ahnungsloser Mentor.

Gestern nacht, nach den letzten Wettkämpfen, wählte das Netz zufällig die Geschichte des Turniers für den morgendlichen Wettkampf. Das ist keine bemerkenswerte Wahl, für mich aber von Vorteil. Spätnächtliche Studien können aus dir vor der Morgendämmerung keinen Experten machen. Auch nicht aus meinem Gegner. Die Ansagerin ist diesmal die Beste ihres Faches. Sie trägt die Fragen vor, ohne einem von uns zu helfen; trotzdem erwartet sie, daß ich als erster antworte, und zwar richtig. Was ist das Größte, Schnellste, Längste, Kleinste im Turnier? Wer hat, wer hat nicht, wer hätte müssen, wer kam um? Inmitten von blinkenden Lämpchen und klingenden Tönen mache ich mich prächtig, bin so weit in Führung, daß es schon eine eigene Frage wert wäre. Von eintausend Punkten, die zu erreichen sind, gewinne ich 907. Selbst wenn ich die folgenden zwei Wettkämpfe verlöre, würde ich die Führung halten. Das Netz wartet nur noch bis zum Schluß, bevor es mir eine offizielle Einladung zur Woche der 32 überreicht. Die Ansagerin gratuliert mir und lädt mich zu einem Abendessen in ihrer Hotelsuite ein. Sie ist zwanzig Jahre älter als ich, aber bildhübsch, das Ergebnis einer guten Abstammung und aller kosmetischen Raffinessen, die man sich denken kann. Um Mitternacht frage ich sie – weil ich mal eine Pause einlegen will –, bei wie vielen Turnieren sie mitgearbeitet hat. »Ich habe '67 begonnen«, antwortet sie, »und seitdem kein Turnier ausgelassen.«

Ich weiß, daß es nicht sein kann, trotzdem frage ich sie: »Hast du je Leonard Dab kennengelernt?«

Sie schnappt nach Luft und lacht. »Und ob!«
»Ehrlich?« ereifere ich mich.
»Für so einen alten Holzbock«, gibt sie mir zu verstehen, »war er eine Kanone im Bett.«
Ich liege still da und überlege, wie ich wohl abgeschnitten habe.
Und jetzt hält sie nicht mich, sondern meinen Helden. Ihre Hände berühren immer noch mich, aber ihr Tasten und ihre neugewonnene Zärtlichkeit meinen den anderen. Den Hochgeschätzten.

32

Über das Wochenende hinweg bekomme ich – nach den fehlerlosen Berechnungen des Netzes – drei Millionen Anfragen für Vorstellungen, Interviews, geschäftliche Partnerschaften, andere Partnerschaften, und eine kurze Nachricht von Bette.
»Kennst du mich noch?« fragte sie mich gestern.
Es ist Montag – Mittagszeit –, und ich brauche etwas Unterhaltung. Ich rufe sie an; das Netz findet sie außer Haus, in ihrem verwilderten Garten. Ich frage sie ein bißchen provozierend: »Na, hast du mir zugesehen?«
Steinerne Miene, Achselzucken. »Ab und zu.«
»Es läuft wunderbar«, sage ich ihr. Dann ergehe ich mich in weitschweifigem, selbstbeweihräucherndem Geschwätz – prahle mit meinem momentanen Vorsprung und den miserablen Aussichten meiner Gegner. An diesem Nachmittag steht Schach auf dem Programm; ich bin wirklich sehr gut in diesem Spiel, und deshalb werde ich mich in diesen Wettkampf stürzen und versuchen, bis zum Stabhochspringen am Abend durchzuhalten...
»Wer bist du?« unterbricht mich Bette.
Ich zögere.
»Du siehst aus wie Avery«, meint sie. »Aber er war wenigstens noch ein halbwegs erträgliches Arschloch.«
»Was soll das heißen?«

»Du ödest mich an«, erwidert sie. »Schlimmer noch: du bist verrückt.« Sie rupft irgendeine Pflanze aus der Erde; ob Unkraut oder nicht, scheint ihr egal zu sein. »Wozu reden wir noch? Wir haben nichts gemeinsam.«

Ich entscheide mit der Barmherzigkeit eines kleinen Gottes, daß sie eifersüchtig ist. Es hat mit meinem Erfolg zu tun, und ich kann sie verstehen. »Nichts wird sich ändern zwischen uns«, versichere ich ihr. »Sobald ich fertig bin, in ein paar Tagen, komme ich heim, und wir werden genau das tun, was du dir wünschst ...«

»Ich tue *jetzt*, was ich will«, sagt sie bestimmt. Felsenfest.

»Wirklich?«

Was will diese Frau?

»Wenn du verlierst«, fragt sie, »was passiert dann?«

Ich stoße ein verächtliches Schnauben aus. »Dann fange ich wieder an zu trainieren. Bereite mich auf das nächste Jahr vor.«

»Aber *wieso?*«

»Hast du nicht aufgepaßt, Bette?« Ich zeige mit dem Finger auf ihr sonnenumflutetes Gesicht. »Es ist das, womit ich meinen Lebensunterhalt verdiene. Erinnerst du dich?«

Sie setzt an zu sprechen, zögert.

»Na, was? Was ist das?«

Sie öffnet den Mund, sagt aber nichts.

»Sprich es aus!« dränge ich sie.

»Ich glaube, du tust mir leid.«

Jetzt bin ich stumm. Mein Kopf, der aufs Schachspielen ausgerichtet war, befindet sich plötzlich in einem neuen Spiel. Wie kann sie mich bemitleiden? Es muß schiere Eifersucht sein; die Angst, mich zu verlieren. Ich versuche, es dabei zu belassen, und lächle sie freundlich an. »Tut mir leid, daß du so empfindest.«

Wieder fragt sie: »Kennst du mich noch?«

Es ist die gleiche Stimme, aber sie bettelt nicht mehr um meine Aufmerksamkeit – überhaupt nicht mehr.

Wie ein Freund, der von einem anderen Abschied nimmt, fragt sie: »Wirst du mich noch kennen?«

»Hey ...!« beginne ich.

Sie deutet mit ihrem kleinen, dicken Finger auf mich und verschwindet.

16

Ich bin geschlagen.

Das ist das Urteil, mit dem ich den Dienstagabend beginne. Gestern überstand ich ein lausiges Schachspiel, bei dem ich einen genialen Zug vollführte, um meine Führung zu halten. Aber das wird diese Nacht nicht wieder passieren; jeder weiß das. Plötzlich beginnen die anderen Teilnehmer und ihre Angehörigen mich anzulächeln. Sie kennen die Gesamtpunktzahl, fühlen sich sicher genug, mir für mein Glück und meine Entschlossenheit zu gratulieren. »Es war spannend«, räumen sie ein. »Spannung ist immer gut. Wenigstens eine Zeitlang.«

Skilaufen ist die Disziplin des Abends. Der Kunstschnee ist frisch und tiefgefroren und schlängelt sich als langer weißer Streifen einen grünen Berghang hinab, was um so trügerischer erscheint an einem so warmen Tag in Alaska. Ich bin, außer mit VR-Trainern, seit dem letzten Winter nicht mehr Ski gefahren. Meine Gegnerin ist eine exzellente Skifahrerin, die dreimal bei der Woche der 32 gewonnen hat, und sie ist zum letzten Mal Ende April gefahren, um auf der Eiskappe Grönland ihre Reflexe zu schulen. Ich kann nicht gewinnen, das weiß ich. Wie konnte ich je hoffen, diese Profis in ihren ureigenen Disziplinen zu besiegen? Ohne Rücksicht auf meine Gelenke rase ich den Berg herunter wie ein Wahnsinniger, durchschneide die Ziellinie, und fünfzehn Umstehende jubeln – sie glauben zu wissen, wie es endet.

Meine Gegnerin folgt mir. Sie kommt zwar nicht gerade kriechend den Berg hinunter, ist aber zu klug, um leichtfertig ein Risiko einzugehen. Sie kennt ihre Zeit und nutzt sie ganz aus, nimmt die engen Kurven wie ein begabter Neuling. Ihre Stöcke stechen ins Eis, ihr strahlendes Lächeln breitet sich immer mehr aus, bis zum Sieg am sprichwörtlichen rettenden Ufer.

Doch ihre Vorsicht läßt sie zu lange auf der Bahn verweilen.

Zehn oder fünfzehn Sekunden zu lang – nicht mehr.

Ein Erdbeben beginnt mit einem furchtbaren Ruck. Es ist kein schweres Beben, aber das Zentrum liegt genau unter uns. Meine Gegnerin stürzt, steht wieder auf, fängt sich. Jetzt aber spielt das Eis verrückt, das von der Sonne weich geworden ist; es bebt und rutscht bergab. Eine gefährliche, fließende Masse ergießt sich über die flache Ebene, breitet sich fächerartig aus und überschwemmt fast die Hälfte der Zuschauer.

Zum Glück kommt niemand zu Schaden.

Doch meine Gegnerin schafft es nicht, die Ziellinie zu erreichen, weil die Linie selbst verschwunden ist. Höhere Gewalt nennt sich das im großen Spielregelkanon des Netzes, denn trotz 100 Jahren voraussagender Wissenschaft werden Erdbeben immer noch als göttliche Fügung angesehen.

Ich werde kampflos zum Sieger erklärt.

Und trotz der Intervention des Allmächtigen sagt mir das Netz lediglich: »Herzlichen Glückwunsch.« Seine Stimme ist konstant wie die Schwerkraft. »Bis morgen, Sir. Und meine besten Wünsche für Sie!«

Ich stehe auf einer Wiese und betrachte den geschmolzenen Schneematsch.

Ich werde von allen Menschen gemieden.

Nicht einmal ansehen wollen sie mich, so beeindruckt sind sie. Ich glaube, sie fürchten mich.

Genau wie ich.

8

Der Gegner dieses Tages – eine bekannte und hochgestellte Persönlichkeit – ist heute morgen die Treppe hinuntergestürzt. Er behauptet, daß es ein Unfall war, doch die Sicherheitskamera des Netzes hat ihn auf der obersten Treppenstufe gesehen, wie er verharrte, den Kopf einige Male senkte, als wolle er üben, und wie er elegant und athletisch in die Tiefe sprang.

Ob es mit Absicht geschah oder nicht, er hat mir einen neuen Sieg beschert – einen kampflosen Sieg, wegen Nichtantreten des Gegners.

Da ich nun einige Stunden frei habe, entscheide ich mich, mir meinen Gewinn auszahlen zu lassen und meine Freunde zu beschenken. Ich schicke Bette eine teure, auf dem Mond geschliffene Kristallvase mit zwölf Dutzend wurzellosen Rosen und eine Besitzurkunde über ein hundert Hektar großes Ackerland erster Güte. Ich schreibe zwei Karten. Auf der einen steht: »Selbstverständlich will ich dich wiedersehen.« Doch ich schicke sie nicht ab, weil ich meine zweite Version bevorzuge: »Ich will dich sehen. Ich will dich jetzt sehen.«

Die Karte und meine Geschenke fliegen mit dem nächsten Hyperplane.

Am Abend hat Bette das Land einer Tierschutzgesellschaft überlassen. Das Netz überbringt mir die Nachricht ihres blutleeren »Danke, oder doch nicht Danke!«

Ich entscheide mich dafür, sie zu hassen. Sobald ich Zeit dafür haben werde.

Meine Gegnerin erscheint pünktlich, aber mutlos. Manche Leute in der Turnierhierarchie sind wütend über das gestrige Nichtantreten meines Gegners. Es verringerte die Anzahl der Zuschauer, und damit auch die Hoffnung, in diesem Jahr den Rekord zu brechen. Man hat meiner Gegnerin angedroht, daß sie es büßen würde, wenn sie nicht erschiene. Eine vage und zugleich unheilvolle Drohung. Sie redet wie ein Wasserfall, während wir darauf warten, in zwei identische VR-Kabinen zu steigen. Wir tragen Kunststoffrüstungen, halten kurze Schwerter aus Plastik in den Händen und sind zu Generälen in Alexanders Armee befördert worden, damit wir an diesem Nachmittag möglichst vielen Persern die Köpfe abhacken. Mit gespieltem Trotz hält meine Gegnerin die Waffe und sagt: »Ich fürchte mich nicht vor dir.«

Ich schweige.

»Glück ist eine statistische Größe«, behauptet sie. »Du hast Glück gehabt, aber passiert das nicht wenigstens einem in einer Million?«

Na klar. So geht die Redensart.

»Und das Glück kümmert sich nicht darum, was gestern geschah.« Dann glaubt sie sogar, tiefsinnig zu sein, aber es ist nur gemein: »Wenn das Arschloch von gestern erschienen wäre, dann hätte er dich geschlagen, und zwar gewaltig!«

Ich tippe auf ihren Brustharnisch und warte, daß sie mich ansieht.

Dann frage ich: »Wovor hast du Angst?«

Ihre Augen weiten sich, das Schwert sinkt.

»Ich fürchte mich vor mir selbst«, gibt sie zu. »Was ich weiß, ist nicht das, woran ich glaube.«

Ich glaube daran, daß ich gewinne, und so geschieht es auch. Sie ist nicht mit ganzem Herzen dabei und verliert, obwohl sie am Abend, während wir rudern, in letzter Minute noch aufholt. Es ist der vierte Donnerstag des Turniers, und nun erlange ich Zutritt zum erlesensten und heiligsten Reich, das man sich vorstellen kann.

Außer einem.

Die zweite Runde

Ich wache auf, gefechtsbereit.

Obwohl ich wenig geschlafen habe, fühle ich mich hellwach.

Just in dem Augenblick, als ich die Wohnung verlassen will, um zu dem morgendlichen Wettkampf zu gehen, erscheint ein Mann und verkündet mit ruhiger Stimme: »Wir haben sie.« Ich habe diesen Mann letzte Nacht engagiert. Er flog mit einigen Kollegen in einem gemieteten Hyperplane heim, um für mich etwas zu erledigen. »Es geht ihr den Umständen entsprechend gut«, warnt er mich vor.

Man bringt Bette zu mir.

Auf dem Wandbildschirm meiner Penthousewohnung sieht man Elijas Fogg sein Frühstück wie gewohnt in aller Öffentlichkeit verspeisen. Seine Gefolgschaft – Verwandte, Mitarbeiter, Freunde und Geliebte – besetzen jeden freien Tisch im Restaurant; seine Umgangsformen sind ruhig bis eisig. Ich habe ihn genau studiert. Ohne Bette anzusehen, sage ich: »Ich freue mich, daß er es ist. Weißt du, was er von gewöhnlichen Leuten hält?«

»Nicht viel, vermute ich.«

Ich grinse und wende mich ihr zu. »Geht's dir gut?«

Sie antwortet nicht; steht in der Mitte des riesigen Raumes und glüht vor Zorn.

Ich kann ihr keinen Vorwurf machen, aber mir bleibt auch keine Zeit, mich zu entschuldigen. »Ich habe eine Frage an dich, Bette.«

»Dann stelle sie.«

»Am ersten Donnerstag hast du mir gesagt, du hättest eine Vorahnung bei diesem Turnier. Du hast angedeutet, daß es besonders ...«

»Avery!« knurrt sie. »Das sage ich dir jedes Jahr. Du vergißt es nur immer, wenn es nicht eintritt. Das ist alles.«

Ich beobachte Fogg, der seinen rituellen, mit Traubenkonfitüre bestrichenen, englischen Muffin kaut und hoffe immer noch auf einen Anflug von Furcht, auf einen Hinweis auf Schwäche. Daß dieser Mann anscheinend vollkommen in Form ist, zermürbt mich. Ich atme plötzlich schneller, mein Mund wird ein wenig trockener.

»Es gibt ein wichtigeres Turnier als deins«, fügt Bette hinzu.

Die Worte treffen meine Ohren, aber ich brauche lange, um sie zu einem sinnvollen Satz zu ordnen. Sie fährt fort:

»Denk an all die Spermien in der Welt, Avery. An all diese rasenden kleinen Kerle mit ihren zappelnden Schwänzchen. Wie viele von ihnen treffen wirklich auf ein Ei? Eins zu einer Billion? Zu einer Trillion?«

Vermutlich noch weniger, denke ich.

»Wir sind hier, Avery. Aber eine Trillion Trillion anderer Menschen wird nicht einmal geboren. Sie werden niemals die Chance haben zu existieren. Verstehst du, was ich meine? Das Leben stellt deine Provinzliga völlig in den Schatten, und so muß es auch sein.«

Ich sage nichts, beobachte Fogg, der sich den Mund mit einer zusammengefalteten Serviette abwischt.

»Es ist eine ungeheure Ehre zu leben. Es gibt nichts Vergleichbares.« Bette berührt mich fast, rückt aber dann von mir ab und versucht zu lachen. »Jetzt werd' ich aber sentimental – das kommt vermutlich von dem Streß, weil ich gekidnappped worden bin, meinst du nicht auch?«

»Ich muß los«, murmele ich.

Sie erwidert: »Dann geh doch.«

Ich stehe auf und sage zu ihr: »Bleib hier. Oder ich lasse dich nach Hause fliegen, wenn du das willst.«

»Genau das will ich.«

Fogg steht auf und bekennt mit ruhiger Stimme: »Alles, was ich will, ist, diesen Bastard zu besiegen.«

Und Bette sagt kummervoll: »Das tut mir leid!«

Die 1

Es ist der meistgesehene Turniertag der Geschichte – neunundneunzig Prozent aller Amerikaner verfolgen das Geschehen –, und das, obwohl ich der Reihe nach jede Runde verloren habe.

Während der letzten Disziplin – einem Ringkampf auf einer vor Schweiß glitschigen Matte – zwingt mich Elijas Fogg in eine verdrehte Stellung und benutzt ein fragwürdiges Manöver, um mir den rechten Arm zu brechen.

Den Mund an mein Ohr gepreßt, flüstert er mir zu: »Du bist nur ein Bastard unter vielen. Nur einer mehr!«

Das Netz gratuliert erst ihm, dann mir.

Während ein Autodoc meinen gebrochenen Knochen wieder einrichtet, schwärmen Reporter um mich herum. Was ich denke? Was ich plane? Ich kann mit meinem neuen Reichtum in erstklassigen Einrichtungen und mit den besten Trainern trainieren. Sie setzen voraus, daß dies meine Pläne für die Zukunft sind – und sind sichtlich erschüttert, als ich ihnen mitteile, daß ich vorhabe, mich zurückzuziehen.

»Es hat einfach Spaß gemacht«, stelle ich abschließend fest.

Fogg steht auf der anderen Seite der Arena und macht viel Geschrei darum, daß er auch nächstes Jahr gewinnen will. Er gibt jetzt schon das Versprechen, daß er als einer der wirklich Großen in die Geschichte des Turniers eingehen wird.

Kann Fogg wirklich wieder antreten?

Mein Publikum verläßt mich wegen eines besseren Festmahls.

Ich wende mich an meinen Autodoc und frage ihn: »Wie stehen die Chancen, daß ich in diesem Universum, in der vorhersehbaren Zukunft aus Atomen wieder zusammengesetzt werde? Ich meine *mich* – so, wie ich jetzt bin.«

Das Netz antwortet einen Augenblick später in seinem gleichbleibenden, sanften Ton: »Ich weiß nicht, wie ich eine solche Zahl korrekt berechnen soll.«

Es ist komisch. All die Zeit, die ich aufgewendet

habe, und all der Schweiß, der geflossen ist, um so vieles zu beherrschen – und nie ist es mir in den Sinn gekommen, daß das Leben eine solch goldene, fabelhafte Belohnung ist. Nicht ein einziges Mal, und das ist komisch. Das Netz fragt, ob ich Kummer habe ... Ich lache so sehr ...

Originaltitel: ›The Tournament‹ • Copyright © 1995 by Mercury Press, Inc. • Aus: ›The Magazine of Fantasy & Science Fiction‹, September 1995 • Aus dem Amerikanischen übersetzt von Cecilia Palinkas.

Bruce Holland Rogers

RETTUNGSBOOT AUF BRENNENDER SEE

FAHNENFLÜCHTIGE.

Wenn ich den nächsten Schritt nicht kenne, wenn ich nicht weiß, welche Hardwareänderungen DAS benötigt, um zum Speicher, zur Arche Noah, zur Erlösung meiner Seele zu werden, denke ich an Fahnenflüchtige.

Ich denke an Männer an der Reling eines sinkenden Tankers. Kilometerweit kein Licht, nur dunkles und eisiges Wasser. Ein Meer von Flammen umgibt das Schiff. Hinter dem brennenden Ölteppich sitzt ein Mann in einem Rettungsboot und schaut zu seinen Kameraden. Das Deck sinkt immer tiefer. Die Männer an der Reling winken um Hilfe, aber der Mann im Boot kehrt nicht zurück, er rudert einfach weg. Den Männern, die noch immer winken, noch immer hoffen, scheint es so, als schlügen die Flammen immer höher, aber in Wahrheit sinkt das Schiff immer tiefer in die brennende See.

Oder so:

Der Polarforscher erwacht aus eisigen und windigen Träumen in einer Welt aus Eis und Wind. Im Schlafsack sind seine Frostbeulen aufgetaut, seine Hände und Füße brennen furchtbar. Es ist fast mehr, als er ertragen kann, aber er redet sich ein, daß er überleben wird. Solange sein Gefährte den Schlitten fahren kann, wird er überleben. Er humpelt aus dem Zelt und blinzelt in die grelle Sonne. Als er merkt, daß die Hunde und der Schlitten weg sind, schaut er lange auf die Spuren, die der Wind langsam verweht.

In diesen meinen Phantasien legen die Toten Zeugnis ab.

Vom Grund der See winken ertrunkene Matrosen.

Ins Eis eingefroren, zeigt ein lediger Finger anklagend nach oben.

Es muß Zeiten gegeben haben, in denen mir das unnachgiebige Ticken des Herzschlags noch nicht bewußt war, aber ich erinnere mich nicht mehr daran. In meiner ersten Erinnerung liege ich wach auf dem Bett, habe die Augen in der Dunkelheit geöffnet und stelle mir vor, ich sei tot.

Ich habe meinen Vater gefragt. Er war ein pragmatischer Mensch.

»Es ist so«, sagte er. Er zeigte mir eine Uhr, die meinem Großvater gehörte, eine antike Uhr, die statt von einer Batterie von einer aufgezogenen Feder angetrieben wurde. Er hielt sie hoch. »Horch«, sagte er.

Ich hörte: tick, tack, tick, tack.

»Ein Herz ist wie eine Uhr«, sagte er und legte sie in meine Hand. »Irgendwann bleiben sie stehen. Das ist der Tod.«

»Und was kommt *dann?*«

»Dann kommt nichts mehr«, sagte er. »Dann ist man tot. Man ist einfach nicht mehr – man hat keine Gedanken und keine Gefühle mehr. Sie sind weg. Feierabend.«

Er ließ mich die Uhr einen Tag lang tragen. Am nächsten Morgen war die Feder abgelaufen. Ich hielt mein Ohr an die Uhr und vernahm *Abwesenheit,* hörte *nichts.*

Schon damals, als ich wach in der Dunkelheit lag und an das Nichts dachte, plante ich meine Flucht.

Mein Herz machte Tick, tack, tick, tack, bis zum letzten Schlag.

Ich war nicht allein. Nach dem Abschluß in Neuronik fand ich eine Stelle an einer Universität und eine Menge Projekte, an denen ich arbeiten konnte. Aber Forschung ist ein langsames Geschäft.

Tick, tack, tick, tack.

Ich nahm an einem Wettrennen teil, und als ich fünfundsechzig war, wußte ich, daß es langsam zu Ende ging. Eigentlich war ich froh, es so weit gebracht zu haben. Wir lebten in einer Zeit, in der Terrorismus schick war. Der Landwirtschaftliche Untergrund und die Monetaristen waren im Abstieg begriffen, aber die Generation der Bombenleger, die nach ihnen kam, war zehnmal aktiver und in ihrer Zielauswahl hundertmal willkürlicher. Plastik, Feuer, Implosion ... Sie titulierten sich mit Namen wie Rockgruppen. Außerdem gab es noch die üblichen Großstadtverbrecher, die einen in der Hoffnung mit Schrotwaffen bedrohten, daß auf dem Chip, den sie einem aus der Haut gruben, genug Credits waren, um sich irgendeine Droge reinzuballern.

Statistisch gesehen war es natürlich nicht überraschend, daß ich lebte. Aber immer wenn ich CNN vier einschaltete, wunderte ich mich, daß trotz der Flut der abgefilmten Gemetzel überhaupt noch jemand lebte.

Mit fünfundsechzig hörte ich zum ersten Mal von Bierleys Leuten. Und nachdem ich Bierley kennengelernt hatte, fing ich an, mit Richardson zu arbeiten, machte bald Fortschritte und begriff, daß der Tod nicht so unerreichbar war, wie er stets schien.

Ich hatte natürlich gewußt, wer Bierley war. Sein Geld verschaffte einem hohes Ansehen, falls man darauf aus war. Ich hatte auch von Richardson gehört. Er war ein Meister der analogen Informatik.

Bierley und Richardson waren meine größte Hoffnung, Bierley und Richardson waren Zauberer auf ihrem Fachgebiet. Doch Bierley und Richardson – ich wußte es von Anfang an – waren unzuverlässig.

Bierley würde mit seinem Geld und politischen

Charme nur so lange an dem Projekt mitarbeiten, bis es ihn langweilte. Richardson hatte seine eigene Tagesordnung. Selbst wenn wir gut zusammenarbeiteten, wenn wir Fortschritte machten, war Richardson nie ein echter *Gläubiger*.

In Richardsons Büro sahen wir uns die Aufzeichnung von Bierleys Pressekonferenz an. Es war auch die unsere gewesen, aber wir hatten nicht viele Fragen beantwortet. Selbst Richardson wußte, wie wichtig es war, dies Bierley zu überlassen.

»Ein multikameraler Multiphasen-Analogprozessor«, wiederholte Bierley auf dem Bildschirm, »aber wir nennen ihn lieber DAS.« Er lachte freundlich. »Die Andere Seite.«

Richardson sagte murrend hinter dem Schreibtisch: »O Mann. Er tut so, als wäre unser Produkt eine Art Séance.«

»Na, komm«, meinte ich. »Es geht um die Gesamtaussage.«

»Bist du wirklich scharf darauf, als maschinelles Bewußtsein ewig weiterzuleben, falls es sich – Fantasie der Fantasien – als möglich herausstellt?«

»Ja.«

»Dein Problem besteht darin«, sagte er und deutete mit dem Finger auf mich, »daß du zuviel Angst vor dem Scheißtod hast, um ihm gegenüber Neugier zu empfinden. Das ist kein sehr wissenschaftliches Verhalten.«

Ich hätte ihm fast erzählt, daß er seine Meinung in zwanzig Jahren anders in Worte fassen würde, aber dann ließ ich es doch sein. Vielleicht stimmte es nicht. Ich hatte den Tod *immer* als Feind gesehen, aber war es möglich, daß jemand wie Richardson es *immer* anders sah?

»Inzwischen«, fuhr Richardson fort, »haben wir bedeutende Fortschritte in Sachen maschineller Intelligenz gemacht. Reicht das für sich allein nicht aus, um

Beachtung auf sich zu ziehen, ohne daß man so tut, als sei es ein Schritt auf die künstliche Existenz nach dem Tode hin?«

Auf dem Bildschirm sagte Bierley: »Von allen Grenzen, die die Menschheit zu sprengen sich vorgenommen hat, ist der Tod die letzte, von der man erwartet, sie könne bezwungen werden.«

»Als hätten wir es schon längst *getan*, verdammt noch mal!«

Bierley blickte uns via Bildschirm an. Er hatte bei der Konferenz nur eine Videokamera erlaubt, damit er wußte, wann er den Zuschauern ins Auge blickte. »Einige derjenigen, die jetzt zusehen, werden nie sterben. Das ist das Versprechen unserer Forschungsarbeit. Pioniere der Unendlichkeit! Wer sehnt sich nicht danach, den Wandel der Generationen zu sehen? Wie werden meine Ururenkel sein? Was passiert in hundert Jahren? In tausend? In einer Million?« Nach einer Pause und einem erneuten altväterlichen Lächeln ein Flüstern: »Einige werden es erleben.«

Richardson prustete verächtlich.

»Na schön«, gab ich zu. »Er übertreibt. Aber es ist typisch Bierley. Alles, was er sagt, ist auf den Effekt hin gemünzt, und hier ist der Effekt die finanzielle Unterstützung!«

Der silberhaarige Bierley auf dem Bildschirm formulierte die Fragen neu, wie nur er es konnte, und die aggressivsten richtete er an die Journalisten. Ob dies die verfrühte Ankündigung *eines Durchbruchs, der Millionen Hoffnung machte,* sei?

Ob Bierley durch *die Bezwingung des ältesten und grausamsten Widersachers der Menschheit* Profit schlagen wolle? Ob er möglicherweise der erste sein werde, der *die gefährlichen Territorien der Unendlichkeit betrat, um dafür zu sorgen, daß sie für die anderen sicher seien?*

Dann stellte er uns vor und erzählte den Reportern von meinem Hardware-Genius und Richardsons Können in Sachen theoretischer Analoginformatik. Sechzig Techniker und Forschungsassistenten arbeiteten für uns, aber Bierley stellte es dar wie eine Zwei-Mann-Show. Irgendwie stimmte es auch. Wenn man die gleiche Synergie haben wollte, war keiner von uns ersetzbar.

»Zwei große Geister im Einsatz für die Unsterblichkeit«, verkündete Bierley und gab der Presse eine Version dessen, was ich ihm selbst erzählt hatte: daß Richardson meinen Entwürfen immer zwei Schritte voraus war, Anwendungen sah, die meine Möglichkeiten überschritten, mich rennen ließ, damit ich mit ihm Schritt hielt und dann neue Konstruktionen vorschlug, die ihn nochmals zwei Schritte weiterbrachten. Daß ich noch nie mit jemanden gearbeitet hatte, der mich so anspornte, für den ich mich so anstrengte. Es war wie Fliegen.

Bierley sagte freilich nicht, daß wir oft von einem Gedanken zum anderen hetzten, letztendlich aber nur auf eine gähnende Leere stießen. Normalerweise entdeckten wir in den wilden Sachen, die wir uns zusammenträumten, unüberwindliche Hindernisse. Nur manchmal fanden wir uns atemlos auf festem Boden stehend wieder und blickten auf die tadellose Brücke zurück, die wir gerade errichtet hatten. Wenn so etwas passierte, war es natürlich großartig.

Es beunruhigte mich aber auch. Ich befürchtete, daß Richardson unersetzlich war; daß ich, nachdem wir so große Fortschritte gemacht hatten, nie wieder in den Alltagstrott zurückkehren und mit Leuten arbeiten konnte, die weniger brillant waren als er. *Alle* waren weniger brillant als er, zumindest dann, wenn er gut drauf war. Die einzige Schwierigkeit bestand darin, ihn vom Abschweifen in weltbewegende Fragen abzuhalten.

Die Kamera fuhr zurück. Richardson und ich schauten neben dem strahlenden Bierley ziemlich zerknittert aus. Auf dem Bildschirm stammelte ich und rückte meine Brille zurecht, als ich eine Frage beantwortete.

Richardson schaute sich die Aufzeichnung der Pressekonferenz nicht mehr an, sondern richtete den Blick auf einen Flachbildschirm an der Bürowand. Dieser zeigte ein Wettersatellitenbild der westlichen Hemisphäre im Zeitraffer, auf dem in drei Minuten 72 Stunden verstrichen. Es lief immer in seinem Büro, war die einzige Dekoration, wenn man von der kleinen Statue absah, die auf seinem Schreibtisch stand, ein Souvenir aus Indien.

Auf der Aufzeichnung der Pressekonferenz beantwortete Richardson eine Frage.

»Wir haben nicht die geringste Ahnung, wie wir das Bewußtsein eines Menschen tatsächlich in die Maschine hineinbekommen«, gab er zu. »Wir haben die von uns entwickelte künstliche Intelligenz auch längst noch nicht perfektioniert. Es gibt eine markante Fehlfunktion, die die Maschine für Stunden blockiert.«

An diesem Punkt setzte Bierley ein gequältes Lächeln auf, aber nur für einen Augenblick.

»Die beste Methode, das Problem zu erläutern«, fuhr der Aufzeichnungs-Richardson fort, »ist folgende: Gedanken, die sich durch unsere Hardware bewegen, verhalten sich ähnlich wie das Wetter. Manchmal entwickelt eine Informationseinheit eine Art tropisches Tiefdruckgebiet. Wenn die Bedingungen stimmen, wird es zu einem Wirbelsturm. Der Prozessor arbeitet zwar weiter, verliert aber, bis der Sturm vorbei ist, enorm an Leistung. So sind wir manchmal handlungsunfähig. Wir können erst dann wieder ...« – er hielt inne und schaute den leicht zusammenzuckenden Bierley an – »mit DAS reden, wenn der Wirbelsturm seine Kraft verloren hat.«

»Dir gefällt der Name nicht«, sagte ich.

Richardson schnaubte verächtlich. »*Die Andere Seite.*« Er lehnte sich in seinen Stuhl zurück.

»Mit dem Geld hast du allerdings recht. Er schwätzt dem Kongreß die Knete ab, und das ist heutzutage nicht einfach.«

In der Aufzeichnung berichtete ich der Presse von den Warnlampen, die ich im I/O-Raum installiert hatte: Sie wiesen eine Skala auf, die von Windstille über Sturmwarnung bis zum Wirbelsturm reichte, und das Display zeigte auch die passenden nautischen Flaggen. Ich hatte mir allerdings einen größeren Lacher als den erhofft, den ich bekommen hatte.

»Können wir mit dem Computer sprechen?« fragte ein Reporter.

Ich habe angefangen zu erklären, daß der I/O zwar noch nicht soweit sei, daß DAS aber versuche, ein geeignetes Interface zu entwickeln, damit man mit ihm wie mit einem Menschen reden könne.

Bierleys Bild überblendete das meine. »DAS ist *kein* Computer«, sagte er. »Das müssen wir klarstellen. DAS ist eine Informationsstruktur für künstliche Intelligenz. DAS ist zwar an Computer angeschlossen, kann auf digitale Daten zugreifen und sie verändern, ist aber selbst eine analoge Maschine. Irgendwann wird es ein Speicher für menschliches Bewußtsein werden. Wenn Sie unbedingt einen Namen brauchen, man könnte es auch als Seelenbank bezeichnen.«

»Das rafft niemand«, murrte Richardson, »und die Pressekonferenz ändert auch nichts daran.« Er schaute mich an. »*Du* raffst es doch auch nicht, Maas, oder?«

»Ich weiß nicht mal, wovon du sprichst.«

»Der Versuch, ein künstliches Bewußtsein zu schaffen, ist ein interessantes Projekt. Ein menschliches Bewußtsein in eine Kiste zu stecken, wäre ein schöner Trick, und auch lehrreich. Ich bin absolut dafür, es auszuprobieren, auch wenn wir es nicht schaffen. Ich rechne damit, daß es uns nicht gelingt. Auch wenn wir Erfolg haben, selbst wenn wir eine *technische* Lösung finden, wirft es eine viel größere Frage auf.«

»Welche?«

»Was *bedeutet* es, zu leben? Was *bedeutet* es, zu sterben? Warum sollte man ewig leben, solange man noch keine befriedigende Antwort darauf gefunden hat?«

»Es geht darum, daß ich nicht sterben will!« Dann sagte ich etwas leiser: »Du etwa?«

Richardson schaute mich nicht an. Er nahm die indische Statue vom Schreibtisch und lehnte sich in seinem Stuhl zurück, um sie anzusehen. Als er sie wieder hinstellte, hatte er noch immer nicht geantwortet.

Die Statue stellte einen Mann dar, der in einem Flammenbogen tanzte.

Eine Woche später ließ Bierley uns allein.

»Gehirnanschlag, im Schlaf«, erklärte uns einer seiner Anwälte per Videotelefon.

Bierleys Testament enthielt keine Vorkehrungen, um die finanzielle Unterstützung aufrechtzuerhalten. Wenn er als erster starb, waren wir auf uns allein gestellt. Der Anwalt schickte mir eine Kopie, damit ich mich selbst überzeugen konnte.

»Macht einen nachdenklich«, sagte der Anwalt, »oder nicht?« Er meinte den plötzlichen Tod. Natürlich dachte ich darüber nach. Ich hörte den Puls so stark wie in meinem Hals schlagen. Tick, tack, tick, tack. Aber ich dachte auch etwas anderes: Scheißkerl. *Fahnenflüchtiger.*

Er hatte mich zum Sterben zurückgelassen.

Wochen später sagte ich im I/O-Raum zu Richardson: »Wir sind in Schwierigkeiten.«

Er und die Techniker hatten an DAS' Stimme rumprobiert, und Richardson fragte: »Was hältst du davon, DAS?«

»Ich weiß nicht, was ich davon halten soll«, antwortete die Maschinenstimme. Ihr Klang war so bedeutungsvoll moduliert wie eine menschliche Stimme, aber irgend etwas an ihr hörte sich künstlich an – zu künstlich, um vor der Presse bestehen zu können. »Ich weiß nicht genau, was Dr. Maas mit ›Schwierigkeiten‹ meint. Ich weiß auch nicht genau, wie umfassend das ›Wir‹ gemeint war.«

»Ich wette«, feixte Richardson, »gleich wird er sagen, daß unserem Projekt der nötige Schotter fehlt.«

»Schotter?« fragte DAS.

»Knete«, antwortete Richardson.

»Ach.« Pause. »Ich verstehe.«

Richardson grinste mich an. »Jargon ist nicht jeder Maschine Sache.«

Ich winkte seinen Witz ab. »Im Kongreß redet man darüber, unser Budget zu kürzen. Ich habe zwar die Abgeordneten angerufen, die Bierley im Sack hatte, aber mit *den* Typen kann *ich nicht* reden. Jedenfalls nicht so wie er. Ich kann doch keinen Zwergenaufstand veranstalten, verdammt noch mal.«

»Was ist mit der Lobbyistin, die wir angeheuert haben?«

»Am Telefon ist sie toll und voller Enthusiasmus, wenn sie mir erzählt, wie schlecht die Dinge stehen. Sie sagt, daß sie ihr Bestes tut.« Ich ließ mich in einen Stuhl fallen. »Der Teufel soll Bierley holen. Wie konnte er so einfach sterben?« Jetzt kratzen wir auch ab, dachte ich. Kapierten die Idioten in Washington denn nicht, was auf dem Spiel stand? Wir beschäftigten uns doch nicht mit irgendwelchen Grundlagenforschungen, die man einfach beenden konnte, wenn das Budget knapp wurde. Hier ging es um Leben und Tod!

Tick, tack, tick, tack.

Mein Leben. *Meinen* Tod!

»Wie verzweifelt sind wir?« fragte Richardson.

»Saumäßig.«

»Gut.« Richardson lächelte. »Ich habe einen Verzweiflungsplan.«

Wir arbeiteten am Rand des Erlaubten. Unser Budget wurde bei einer Etatbesprechung gekürzt, vom Senat gerettet und dann wieder in einer Ausschußsitzung abgelehnt. Zwei Wochen später verloren wir zudem einen Buchhalter, der sagte, er wolle nicht für uns in den Knast gehen, aber inzwischen hatten wir schon die beste Möglichkeit herausgefunden, wie man digitale Anforderungsformulare im Umlauf hält und elektronisches Geld transferiert, indem wir DAS einsetzten. Wir konnten es zwar nicht ewig verheimlichen, aber DAS trug uns mit fast menschlicher List und digitaler Geschwindigkeit zwei Extrawochen ein, während ein Team aus Hollywood die neue Bild-Hardware installierte.

Die Techniker und Forschungsassistenten beschäftigten DAS damit, neue Daten aufzunehmen, über die er nachdenken konnte. Ich arbeitete daran, dem Multikameral-Speicher neue ›Räume‹ hinzuzufügen, damit DAS die Möglichkeit hatte, die Informationswirbelstürme, die uns immer wieder in unvorhersehbaren Intervallen behinderten, entgegenzuwirken. Den ersten Räumen wurden spezielle Aufgaben zugeteilt – sensorische Verarbeitung, Mustererkennung, Speichersortierung –, aber dies waren im Grunde nur Speichermodule. Währenddessen brachte Richardson Menschen, die Bierley gekannt hatten, in den I/O-Raum, um sie von DAS befragen zu lassen.

Am Tag der Pressekonferenz wehrte ich ein halbes Dutzend Anrufe des Finanzministeriums ab. Als die ersten Journalisten eintrafen, rechnete ich noch damit, daß Typen im Anzug mit Kurzhaarschnitt hereinplatzten, ihre Dienstmarken aufblitzen ließen und ›FBI‹ riefen.

Ich machte mir auch Sorgen um die Wirbelstürme, aber die DAS-Sturmwarnlichter blieben den ganzen Morgen aus. Die einzige Überraschung auf der Pressekonferenz war jene, die ich und Richardson geplant hatten. Während die Nachzügler in den Raum strömten – wenn man so viele Leute durchleuchtet und nach Bomben absucht, braucht es seine Zeit –, flackerte der Videoschirm hinter dem Podium auf.

»Bierley ist bedauerlicherweise *tot*«, sagte Bierleys Abbild. Es beantwortete nach seinem vorbereiteten Statement die erste Frage. »Es gibt keine Möglichkeit, ihn zurückzuholen, was ich bedaure.« Ein herzliches Lächeln.

Die Presseleute lachten unsicher.

»Aber Sie sind seine Erinnerungen?« fragte ein Reporter.

»Nicht so, wie Sie es meinen«, antwortete Bierley. »Niemand hat Bierleys Bewußtsein auf eine Maschine übertragen. Das können wir nicht.« Dramatische Pause. »Noch nicht.« Lächeln. »Ich bin ein Persönlichkeitskonstrukt aus den Erinnerungen *anderer* Menschen. DAS hat über einhundert von Bierleys engsten Bekannten befragt. Die Eindrücke, die sie von Bierley hatten, und spezielle Dinge, die er gesagt oder getan hat, wurden zusammen mit digitalen Aufzeichnungen seiner Person kombiniert, um mich zu erschaffen. Ich bin vielleicht nicht der Jackson Bierley, für den er sich selbst gehalten hat, aber ich bin der Jackson Bierley, den die anderen in ihm gesehen haben.«

Bierley sprach eine andere Journalistin namentlich an.

Sie schaute sich um und musterte dann den Bildschirm. »Können Sie mich sehen?« fragte sie ungläubig. »Können Sie diesen Raum wirklich sehen?«

»Hier ist eine Mikrokamera«, entgegnete das Abbild. »Oben, in der Mitte der Displaykontrolle. Aber das war wirklich« – er setzte ein für Bierley typisches großväterliches Lächeln auf – »eine vergeudete Frage. Sie haben doch bestimmt eine schwierigere auf Lager.«

»Nur eine«, erklärte die Journalistin. »Haben Sie ein eigenes Bewußtsein?«

»Es sieht so aus, nicht wahr?« meinte das Abbild jovial. »Darüber wird man wahrscheinlich viele Diskussionen führen. Da ich kein Experte bin, überlasse ich Doktor Maas und Dr. Richardson die Antwort. Aber ich nehme an, daß ich kein eigenes Bewußtsein habe.«

Ein Lachen ging durch die Reihen der Presseleute, denen das Paradoxon gefiel.

»Woher sollen wir wissen«, sagte ein Mann, der nicht gelacht hatte, »daß wir nicht irgendeinem Schwindel aufsitzen?«

»Woher Sie wissen wollen, daß ich nicht *irgendein unglaublich talentierter Schauspieler bin, der perfektes Makeup aufgetragen und Jackson Bierleys Bewegungen jahrelang studiert hat, um so überzeugend zu wirken?*« Perfekt, es sei denn, man suchte geradezu danach, weiteten sich Bierleys Pupillen, was eine gewisse Wärme und Offenheit ausstrahlte. Wir kannten diese Allüre, weil wir sie aus den aufgezeichneten Reden des echten Bierley kannten. »Ich schätze, Sie müssen sich eine eigene Meinung bilden.«

Dann zwinkerte er. Lächelte. Er wollte keinen Pressevertreter als Idioten erscheinen lassen, nicht mal einen unhöflichen.

»Was hält Bierleys Familie von dieser Sache?« fragte ein anderer.

»Fragen Sie sie doch. Ich kann Ihnen nur sagen, daß sie kooperiert haben – sie gehörten zu jenen, die von DAS befragt wurden. Zu einem gewissen Grad haben Sie mich zurückbekommen. Ich werde hier sein, um den Ururenkeln zu begegnen, nach denen ich mich immer gesehnt habe. Leider ...« Plötzlich wirkte er bedrückt. »Leider werden sie Bierley kennen, aber Bierley nicht sie. Nur weitere Forschung kann das Versprechen einlösen, daß eines Tages ein Konstrukt meiner Art wirklich ein Bewußtsein hat und sich erinnert, daß es wirklich der Mann oder die Frau ist, dessen Leben sich in die Unendlichkeit erstreckt.«

Er erwähnte die Lizenzgebühr nicht, die Bierleys Familie uns für die Verwendung seines Abbildes berechnete. Bierley hätte es auch nicht getan.

»Finanzieren die Bierleys dieses Projekt?«

»Ich weiß, eine Milliarde klingt sehr hoch, aber wenn man sie unter so viele Erben aufteilt, wie ich sie habe ...« Er hielt inne, um die Lacher verklingen zu lassen. »Nein. Sie finanzieren es nicht. Das Projekt ist viel teurer, als man es sich vorstellen kann. Auf lange Sicht kostet es Unmengen, um die Ewigkeit zu erreichen.«

»Und woher kommt das Geld, jetzt, nachdem die öffentlichen Zuschüsse gestoppt wurden?«

»Nun, darüber kann ich wirklich nicht viel sagen. Aber ich kann Ihnen sagen, daß es für mich als Konstrukt viel leichter ist, Japanisch oder Malaiisch zu lernen, als es für den echten Jackson Bierley gewesen wäre.« Er lächelte, aber in seinem Lächeln war ein kurzes Zittern, und man mußte kein Genie sein, um zu sehen, daß Jackson Bierley, Persönlichkeitskonstrukt oder nicht, ein Amerikaner war, der nicht schon wieder einen Technologiefortschritt an die Japaner verlieren wollte.

»In diesen Zeiten ist es verständlich, daß der amerikanische Steuerzahler sein Geld lieber in die Polizei investiert sieht«, fuhr Bierley fort. »Warum soll man auch über das ewige Leben nachdenken, wenn man nicht mal genau weiß, ob man den Heimweg überlebt? Schade, daß nicht beides Priorität haben kann. Natürlich könnte ein DAS, der mit der passenden Hardware ausgestattet ist, ein spitzenmäßiges Sicherheitssystem sein – eine äußerst intelligente Wache, die nie schläft.« Er tat so, als könnte tatsächlich eines Tages in jedem Haus ein DAS-System installiert sein.

Dann bestiegen Richardson und ich das Podium, und ich war wirklich froh, kein besonders guter Redner zu sein. Das Bierley-Konstrukt fiel mir jedesmal ins Wort, wenn ich etwas sagte, was ich eigentlich nicht sagen sollte. Es riß Witze, als Richardson trocken zugab, daß es einem guten Ölgemälde ähnlicher sei als dem echten Jackson Bierley. Von den dreien auf dem Podium erschien das Bierley-Konstrukt auf der Videowand am wärmsten, lustigsten und menschlichsten.

Nach der Pressekonferenz erhielten wir Anrufe vom Wirtschaftsministerium, dem Sprecher des Kongresses und den Vorsitzenden der Mehrheit und der Minderheit im Senat. Auch wenn uns alle mit Unterstützungsangeboten überhäuften, überließen wir das Sprechen dem Bierley-Konstrukt, um nicht in letzter Sekunde noch etwas zu verderben.

Es war eindeutig Richardson gewesen, der uns aus dem Schlamassel gerettet hatte, aber ich war noch immer in der Illusion gefangen. Ich fühlte mich *Bierley* gegenüber dankbar.

Nachdem die Gelder wieder flossen, erwartete ich, daß sich alles wieder normalisierte. Ich glaubte, Richardson müsse darauf brennen, wieder arbeiten zu können, aber zwischen uns kam es zu keinen Zusammenkünften. Tag für Tag versteckte er sich in seinem Büro, um etwas aufzulisten, was er ›offene Fragen‹ nannte.

Ich übte mich in Geduld, aber irgendwann hatte ich genug.

»Es wird Zeit, daß wir miteinander reden«, sagte ich, als ich seine Bürotür aufriß. Ich stürmte zu seinen Schreibtisch. »Du hältst uns seit zwei Wochen hin. Das Projekt sollte eigentlich eine Zusammenarbeit sein!«

»Komm doch rein«, meinte er, ohne von seinem Videotelefon hochzuschauen. Es sollte wohl lustig klingen.

»Richardson«, erklärte ich, ohne mich darum zu kümmern, mit wem er eventuell gerade sprach, »du warst brillant. Du hast einen tollen Coup durchgezogen. Laß uns jetzt wieder arbeiten. Ich kann den ganzen Tag in meinem Büro sitzen und mir Verbesserungen für

DAS ausdenken, aber wenn ich von dir kein Feedback kriege, ist es nur heiße Luft.«

»Setz dich hin.«

»Ich stehe lieber, verdammt. Wir haben Geld. Wir können loslegen. Laß uns irgendwas *machen*.«

Endlich schaute er hoch. »Ich bin kein Karrierist, Maas. Andere zu beeindrucken, motiviert mich nicht.«

»Ich etwa?« Ich setzte mich und versuchte, ihm in die Augen zu schauen. »Ich arbeite aus persönlichen Gründen, klar? Das Bierley-Konstrukt ist unglaublich. Was können wir als nächstes tun?«

»Ja, was?«

»Ja«, sagte Jackson Bierleys Stimme. »Ich bin nur schwer zu übertreffen, besonders dann, wenn ihr mich in 3D habt.« Der Schirm des Videotelefons stand in einem spitzen Winkel, so daß ich nur schwer etwas sehen konnte, doch nun bemerkte ich silbernes Haar.

»Ist er es?« fragte ich. »Du verbringst den Tag damit, mit dem Konstrukt zu plaudern?«

»Auf bald, Jackson«, sagte Richardson und unterbrach die Verbindung. »Das Konstrukt ist interessant. Da haben wir ein nützliches Werkzeug erfunden.«

»Und ob«, meinte ich zustimmend. »Es ist etwas, auf dem wir aufbauen können.«

»Es ist etwas, auf dem viele Leute aufbauen können.« Er klappte den Videoschirm herunter. »Vor einer Woche hat mich ein Hollywood-Agent angerufen. Er wollte mit mir über einige Ideen sprechen. Konstrukte für verstorbene Sänger – sie könnten nicht nur neue Aufnahmen machen, sondern auch Interviews geben. Konstrukte verstorbener Schauspieler. DAS-erzeugte Drehbücher von verstorbenen Autoren: Hitchcook, Huston, Spielberg oder irgendwelche anderen Regisseure. DAS produziert so gute Bilder, daß man nie mehr Kulissen zu bauen oder Kameraleute einzustellen braucht.«

»Und *darüber* hast du die ganze Zeit nachgedacht?«

»Natürlich nicht. Aus der Perspektive eines Agenten

ist es eine gute Idee – so wie er es sieht, ist er ein typischer Vertreter Hollywoods. Aber für mich ist es Verschwendung von Ressourcen.«

»Gut.«

»Ich sage nur, daß jeder, der hört, wozu DAS in der Lage ist, darüber nachdenkt, wie er ihn am besten für sich nutzen kann. Der Agent sieht tote Stars. Du siehst es als Sprungbrett zur Unsterblichkeit. Ich sehe es als Werkzeug für meine eigenen Nachforschungen.«

»Welche Nachforschungen?«

»Darüber habe wir doch schon diskutiert.« Er zeigte auf die Wand. »Sie konnten schon immer besser damit umgehen als wir.«

Ich schaute dorthin, wohin er zeigte, sah aber nur das übliche zeitbeschleunigte Satellitenbild, das verschiedene Hoch- und Tiefdruckgebiete erkennen ließ. Dann erkannte ich, daß etwas anders war. Das Display zeigte nicht die westliche, sondern die östliche Hemisphäre.

Richardson nahm die Statue vom Schreibtisch. »Shiva«, erklärte er. »Der Flammenbogen, der ihn umgibt, stellt Leben und Tod dar. Alles und nichts. Wiedergeburt.«

Wieder einmal mußte ich den Skeptiker spielen. »Findest du das tröstend? Ein Leben nach dem Tod, das nicht bewiesen werden kann? Es ist Aberglaube, Richardson.«

»Es ist Religion«, widersprach er. »Ich glaube so wenig daran wie du, nach dem Tod wiedergeboren zu werden. Vielleicht *zweifle* ich aber nicht so daran wie du. Solange es nicht widerlegt werden kann, ist es kein Objekt für irgendeine wissenschaftliche Untersuchung. Aber als Metapher finde ich es faszinierend.«

»Was redest du da?«

»Maas, angenommen, man würde den Tod wirklich *kennen?* Angenommen, er wäre einem vertraut?«

»Ich kann dir immer noch nicht folgen.«

»Du interessierst dich sehr für künstliches Bewußtsein. Wie wäre es mit künstlichem Tod? Wenn du mehr über den Tod wüßtest, Maas, hättest du dann noch immer diese unbegründete Angst vor ihm?«

Ich schnappte nach Luft. »Was meinst du mit *unbegründet?*«

»Lassen wir's. Ich wußte, es ist nicht dein Ding. Wie wäre es, wenn du darüber nachdenkst: Könnte ein DAS-Konstrukt dich ersetzen?«

»Mich ersetzen?«

»So, wie es Bierley ersetzt hat. Das Bierley-Konstrukt arbeitet ebensogut für uns wie das Original. Und was ist mit dir? Wenn ich ein Maas-Konstrukt erstellen würde, könnte es DAS ebenso verbessern wie du? Es würde vielleicht so klingen wie du, es könnte überzeugend auf andere Leute wirken, aber würde es denken wie du, entwerfen wie du?«

»Ich weiß es nicht«, meinte ich zögernd. »Ich bezweifle es. Ein Konstrukt ahmt soziale Eindrücke nach. Das Gedankenmuster, das sein Verhalten erzeugt, ist nicht so aufgebaut wie die Gedanken in unserem Kopf. Das weißt du doch. Zum Teufel, warum fragst du mich? Du bist doch der Informatiker.«

»Tja, wenn das Verhalten das gleiche ist, wenn das Verhalten das Produkt guter Ideen ist, müssen wir der Maschine nur beibringen, die verschiedenen Schritte durchzugehen, die das Verhalten hervorrufen. Wir bringen das Konstrukt dazu, in Erfahrung zu bringen, was passiert, wenn man eine gute Idee entwickelt. Vielleicht bekommen wir als Nebenprodukt irgendwelche guten Resultate.«

Ich biß mir auf die Lippe. »Glaube ich nicht.«

»Bei Bierley klappt's.«

»Es sind soziale Fähigkeiten. Es ist nicht dasselbe.«

»Du bezweifelst, daß die künstliche Intelligenz genügend entwickelt ist, oder?« fragte Richardson. »Du steckst all deine Hoffnung in DAS als Bewußtseinsspeicher, aber du bist dir nicht sicher, ob wir auch nur damit *anfangen* können, kreatives Denken zu erschaffen.« Er gönnte sich eine kurze Pause. »Bierley hat uns gute Denkanstöße gegeben«, fuhr er dann fort. »Oder nicht? Das Original ist tot. In diesem Sinn ist Jackson Bierley vollständig. Wir haben nur noch die Erinnerungen an ihn. Und diese überarbeiten wir. Ist es nicht immer so? Mein Vater starb vor fünfzehn Jahren, und ich habe den Eindruck, daß sich unsere Beziehung von Jahr zu Jahr ändert. Das Leben ist wie ein Roman, der einen beim Lesen kribbeln läßt. Man liest die letzte Seite, und er ist vollständig. Man denkt über ihn nach, dann läßt man die Seiten Revue passieren, die einen verwirrt haben. Man empfindet einen Verlust, weil es keine Seiten mehr gibt, die man umblättern kann. Man kann sich nur an so und so viele Seiten erinnern. Und dafür ist das Konstrukt gut – sich an Seiten zu erinnern.«

Er lächelte. »Und jetzt kommt das Metaphysische: Während man versucht, sich an das gelesene Buch zu erinnern, schreibt der Autor vielleicht gerade ein neues.«

Er stellte die Shiva-Statue auf den Schreibtisch. »Gib mir noch etwas Zeit, Maas. Ich sitze hier auf meinen Händen, das verspreche ich dir. Ich arbeite an meiner Perspektive.«

»An deiner Perspektive.«

»Wie gesagt.«

Ich stieß heftig die Luft aus. »Ich habe über deinen Vorschlag nachgedacht, das Sicherheitssystem des Hauses mit DAS zu verbinden. Ich würde es machen. Und ich weiß, daß ich die Wirbelstürme ein für allemal loswerden könnte. Aber es ist nicht nur ein Hardware-Problem.«

»Na gut. Ich gebe dir pro Tag eine Stunde dafür. Okay?«

Ich sprach nicht aus, was ich wirklich dachte. Wenn ich ihn jetzt richtig zur Sau machte, wie lange würde es dann dauern, bis wir wieder richtig arbeiteten? »Finde deine Perspektive in spätestens einer Woche«, sagte ich.

Nach einer Woche war er tot.

Eine Forschungsassistentin überbrachte mir leicht ängstlich die Nachricht. Sie hatte CNN vier geschaut und einen Bericht über einen Bombenanschlag in der Innenstadt gesehen. Und sie war sicher, Philip Richardson unter den Toten erkannt zu haben.

Sie folgte mir in mein Büro, wo ich den Fernseher einschaltete. CNN vier wiederholte den blutigen Bericht alle zwanzig Minuten, so daß wir nicht lange zu warten brauchten.

Die Bombe war in einem U-Bahnhof hochgegangen. Fuhr Richardson mit der U-Bahn? Ich begriff, daß ich überhaupt nicht wußte, wie der Mann lebte oder wie er von der Arbeit nach Hause kam.

Der Bahnhof hatte die Energie gewiß durch seine Explosionsventile abgeleitet – alles in der Stadt wurde heutzutage im Hinblick auf Bomben errichtet oder umgebaut. Aber dies schützte nur Gebäude, keine Menschen. Bilder des Bahnsteigs zeigten ein Wirrwarr verkrümmter Körper. Die Farbe wirkte – wie immer bei Explosionsschauplätzen – irgendwie falsch; die Wucht der Explosion färbte die Haut der Opfer bläulich.

Die Kamera schwenkte über Arme und Beine, die Gesichter zu Kamera gedreht.

»Drei Terrororganisationen namens Abriß, Druckwelle und Sintflut haben die Verantwortung für die Explosion übernommen«, meldete die Nachrichtensprecherin.

Da, am Ende des Kameraschwenks, war Philip Richardson zu erkennen, verfärbt wie die anderen. Am Ende des Berichts ließ ich den gespeicherten Kameraschwenk zurücklaufen und wiederholte ihn. Ich fror das Bild ein, das Richardson zeigte.

»Raus«, schrie ich die Assistentin an. »Bitte.«

Ich rief die Polizei an.

»Gehören Sie zur Familie?« fragte die Wachhabende, nachdem ich ihr erklärt hatte, was ich wollte. »Wir können solche Nachforschungen erst anstellen, wenn die nächsten Verwandten benachrichtigt worden sind.«

»Aber sein verfluchtes Gesicht war im Scheiß-Fernsehen zu sehen!«

»Vorschrift ist Vorschrift«, sagte sie. »Bleiben Sie mal dran.« Ihr Blick schweifte vom Telefon zu einem anderen Monitor, als sie meine Frage eingab. »Vielleicht geht's doch. Das hier ist freigegeben. Und, ähm, Entschuldigung. Auf der Liste der Todesopfer steht auch Ihr Freund.«

Ich unterbrach die Verbindung.

»Er war nicht mein Freund.«

Fahnenflüchtiger.

Anfangs ließ ich den Gedanken fallen, ein Persönlichkeitskonstrukt Richardsons zu erstellen. Ich brauchte nicht seine Persönlichkeit, sondern seine Genialität. Den Inhalt, nicht das Oberflächliche.

Aber wie groß war der Unterschied dazwischen wirklich?

Vielleicht, hatte Richardson einst gesagt, *müssen wir der Maschine nur beibringen, verschiedene Schritte durchzugehen. Vielleicht spuckt DAS als Nebenprodukt interessante Ergebnisse aus.*

Ich ging zum I/O-Raum, wo der Hologrammgenerator – eine Idee Richardsons – installiert war. Ich rief Bierley auf.

»Hallo, Maas«, sagte er.

»Hallo, Jackson.«

»Wir duzen uns?« Bierley zog eine Augenbraue hoch. »Das hast du noch nie gemacht.«

Bis auf einige Verzerrungen, die ihn wie eine feine Staubwolke umgaben, war er überzeugend real.

»Tja«, sagte ich, »laß uns Kumpels sein.«

Sein Lachen war ironisch und umarmend zugleich. »Na gut«, sagte er. »Machen wir's.«

»Jackson, was ist das Produkt von 52689 und 31476?«

»Mein Nettoeinkommen?«

»Nein. Nimm mich nicht auf den Arm. Was ist das Produkt?«

»Wie waren die Zahlen noch mal?«

»Verarsch mich nicht, Jackson. Du kannst es nicht vergessen haben.«

Plötzlich flackerte das Warnlicht auf, aber ich ignorierte es. Chaotische Störungen entwickelten sich kaum mehr zu Wirbelstürmen. Wahrscheinlich würde das Licht kurz nach dem Aufflackern wieder ausgehen.

»Um was geht's denn?« fragte Bierley.

»Hast du das Produkt berechnet, während du dir eine Antwort überlegt hast? Oder hast du direkt zu analysieren versucht, was Bierley gesagt hätte?«

»*Ich* habe nichts von beidem getan«, erklärte Bierley. Damit hatte er recht. Es gab dort, außer zur grammatischen Anwendung, kein ›Ich‹. »Verwechsle mich nicht mit deiner Maschine, Maas. Du bist der Wissenschaftler. Du weißt, was ich meine.« Er rückte die Revers seiner Jacke zurecht. »Ich bin eine schicke Illusion.«

»Würdest du mir einen Tip geben, wie ich mein Geld investieren soll, Jackson?«

Das Hologramm lächelte. »Meine Stärke waren stets Immobilien«, sagte er. »Keine Aktien. Den besten Tip, den ich dir über Aktien geben kann, ist der, den mir mein Vater gegeben hat. Er sagte, man soll kein Mädchen heiraten, bloß weil ein anderer Idiot sie liebt.«

Ich lächelte und fragte mich, ob Bierleys Vater es wirklich gesagt hatte. Das Konstrukt würde es auch sagen, wenn es sich nur gut anhörte. Aber das war beim echten Bierley auch so gewesen.

Das heißt, was dem echten Bierley wichtig war, war dem Konstrukt ebenso wichtig. Die Geschichte mußte eine Wirkung haben. Er hatte mich zum Lachen gebracht und mir eingeredet, daß der Milliardär Jackson Bierley ein ganz normaler Typ war.

Angenommen, das Richardson-Konstrukt arbeitete ebenso? Die Wirkung, die Richardson erzeugt hatte – und die ich kopieren wollte –, wirkte sich auf mich aus. Ich wollte meinen Horizont erweitern. Angenommen, dies hing mehr von dem Gefühlszustand ab, den er in mir erzeugte, statt von seinen eigentlichen Ideen?

Nein, dachte ich. Es war lächerlich.

Ein Telefonanruf brachte die Entscheidung.

»Sind Sie Maas?« fragte die Frau. Sie hatte langes, schwarzes, aber unordentliches Haar. Ihre Augen waren rotumrandet. Ihr Gesicht zeigte die Leere, die nach vielen Tagen von Wut oder Kummer entsteht, wenn die Muskeln die Gefühle nicht mehr unterdrücken können, die noch immer existieren. Ich glaubte zuerst, sie hätte gesagt: »Ich bin Philips.« Ich nahm an, Philips sei ihr Name. Aber sie machte nur eine Pause, um das nächste Wort zu suchen.

»Ich bin Philips ... Witwe«, sagte sie. Ich hatte nicht gewußt, daß Richardson verheiratet gewesen war. Ich war wohl nicht der einzige Verlassene.

»Ja«, antwortete ich, dann noch einmal, etwas freundlicher: »Ja, Mrs. Richardson. Ich bin Dr. Maas.« Ein Säugling heulte im Hintergrund, aber Mrs. Richardson schien es nicht zu bemerken. »Ich bin Elliot Maas.«

»Wissen Sie, wo er ist?« fragte sie.

Hatte sie tatsächlich gefragt, wo er meiner Meinung nach sei? Ich öffnete den Mund und schloß ihn sofort wieder. Was sollte ich ihr erzählen? *Er ist tot, Mrs. Richardson. Der Tod ist kein Ort. Wo er ist? Er ist nirgendwo. Mrs. Richardson, er ist nicht mehr. Mrs. Richardson, ihr Mann existiert nicht mehr. Dort, wo er wahrscheinlich ist, ist das Nichts. Mrs. Richardson ...*

»Tut mir leid«, sagte sie. »Ich weiß wirklich nicht,

was ich machen soll.« Sie stützte den Kopf auf die Hände und schloß die Augen. »Die Asche, Dr. Maas. Hat man Ihnen die Asche zugesandt?«

Ich starrte völlig verwirrt auf den Bildschirm.

»Das Büro des Gerichtsmediziners sagt, man hätte mir die Asche zugesandt, aber so ist es nicht. Ich dachte, man hätte vielleicht einen Fehler gemacht und sie an Philips Arbeitsadresse geschickt.« Sie öffnete die Augen. »Hat der Gerichtsmediziner sie Ihnen geschickt?« Im Hintergrund schrie der Säugling aus voller Kehle.

»Ich weiß es nicht«, teilte ich ihr bedauernd mit. »Aber ich glaube, ich könnte es überprüfen.«

»Früher ...« Ihr Mund verzog sich, und sie schürzte die Lippen. Ihre Augen glänzten feucht. »Früher durfte man alle Vorkehrungen selbst treffen«, sagte sie. »Aber so läuft es heute nicht mehr, weil es so viele Bombenanschläge und so viele ... Ich habe ihn nicht mehr gesehen. Ich konnte mich nicht verabschieden, und jetzt kann man nicht mal seine Asche finden.«

»Ich werde Erkundigungen einziehen.«

»Seine Mutter ist hier und versucht auszuhelfen, aber sie ...« Richardsons Frau blinzelte, als erwache sie gerade. »Ach, nein. Das Baby. Es tut mir so leid.«

Der Telefonbildschirm wurde schwarz und zeigte kurz darauf das Ameritech-Logo. Das Freizeichen ertönte.

Ich stellte fest, daß die Asche uns nicht zugesandt worden war. Außerdem rief ich das Büro des Gerichtsmediziners an, das schwor, man habe die Asche bearbeitet und an Richardsons Privatadresse geschickt. Es hieß, man habe eine Computeraufzeichnung davon.

Als ich Mrs. Richardson zurückrief, antwortete mir die andere Mrs. Richardson – seine Mutter. Auch sie wirkte sehr erschöpft. Noch ein Mensch, den Richardson verlassen hatte.

Aber sie würde schon damit zurechtzukommen.

Mich hatte es am härtesten getroffen. Ich hatte am meisten zu verlieren.

Als Richardsons Frau ans Telefon kam, erzählte ich ihr, was der Gerichtsmediziner erklärt hatte. »Aber ich glaube, ich kann ihnen helfen«, sagte ich. Ich gab sogar zu, daß dies auch für mich sehr nützlich sein könnte.

Wer weiß schon, ob das Konstrukt Sharon Richardson irgendwelchen Trost gespendet hat.

Jedenfalls kam sie von Zeit zu Zeit vorbei, als das Konstrukt sich entwickelte, und normalerweise brachte sie das Baby mit. Es verursachte zu Anfang einige Probleme – ich hatte sie für die Hausüberwachungssysteme freigegeben, aber DAS wollte Richardsons Töchterchen, eine Fremde, nicht ohne meine Autorisation hereinlassen. Die Türen weigerten sich, sich zu öffnen. Die DAS-kontrollierten Sicherheitssysteme brauchten noch immer etwas Überarbeitung.

Im I/O-Raum sagte Sharon Richardson zu dem Konstrukt: »Du fehlst uns.«

»Er hat Sie geliebt«, erwiderte das Konstrukt.

»Du fehlst uns«, erklärte sie noch einmal.

»Ich bin eigentlich nicht *er*.«

»Ich weiß.«

»Was soll ich sagen?«

»Ich weiß nicht. Irgend etwas ist nie gesagt worden, aber ich weiß nicht, was.«

»Alles geht vorbei. Nichts ist ewig«, verkündete das Konstrukt. »Damit hat er sich jeden Moment herumgeschlagen. Nichts ist ewig, daran müssen wir festhalten. Das müssen wir verstehen: daß wir so vergänglich sind wie Gedanken. Wie Schmetterlinge oder Gedanken. Erst wenn wir das wirklich verstehen, sind wir wunderschön.«

Defätist, dachte ich. *Fahnenflüchtiger.*

»Das ist es nicht«, erklärte sie. »Das habe ich ihn sagen hören. Mehr als einmal.«

»Was soll ich sagen?« wiederholte das Konstrukt.
Sie schaute mich befangen an und drehte sich weg.
»Er war selbstsüchtig«, flüsterte sie, zum Boden gewandt. »Ich will von ihm hören ... Ich will von dir hören, daß es dir leid tut.«
Das Konstrukt seufzte. »Glaubst du, er ist absichtlich gestorben?«
»War es so?« sagte sie. »Ich habe ihn *geliebt!*«
»Nichts ist ewig.«
»Sag es!«
Das Abbild Philip Richardsons schloß die Augen, ließ den Kopf hängen und sagte: »Der Tod kommt. Früher oder später kommt er.«
Als Sharon Richardson ging, verließ sie mich mit dem gleichen Lebensmut, den sie an dem Tag gehabt hatte, als sie mich wegen der Asche anrief.
Mir ging es auch nicht viel besser. Es gab mir Hoffnung, daß das Konstrukt noch nicht fertig war. Aber nicht viel.
Mit Hilfe des Bierley-Konstrukts als Interviewer hatte DAS mit Sharon, Richardsons Mutter, seinem Bruder und seinen beiden Schwestern gesprochen. Die Befragten nahmen im I/O-Raum Platz, wo das Hologramm Bierley noch überzeugender, fürsorglicher und realer erschienen ließ. Er entlockte allen Technikern, die mit Richardson an DAS gearbeitet hatten, Einblicke, Anekdoten und ehrliche Einschätzungen. Ich stöberte Richardsons Altersgenossen aus der Grundschule und seine Kollegen aus der Zeit am MIT und in Stanford auf. Sie alle sprachen mit Bierley, und Bierley befragte auch mich. Ich war so überzeugend und ehrlich wie möglich, um meine Eindrücke von Richardson zu vermitteln. Alles über ihn war wichtig – auch das, was mich ständig irritiert hatte. Alles war Teil des Musters, das ihn zu Philip Richardson machte. Nach den Gesprächen blieb ich im I/O-Raum, um mit dem sich entwickelnden Konstrukt zu sprechen. Es brachte schlaflose Nächte mit sich.

Ärgerlicherweise wurde DAS wieder von Wirbelstürmen heimgesucht. Diese Chaosstürme im Informationsfluß ließen Richardsons Konstrukt üblicherweise gegen ein Uhr morgens abstürzen.

»Es ist, als wärst du ein zu großer Widerspruch für DAS«, erzählte ich dem Konstrukt spät in der Nacht. »Wissenschaftler und Mystiker zugleich.«

»Kein Mystiker«, sagte Richardson. »Ich bin mehr Wissenschaftler als du, Maas. Du wettstreitest mit dem Universum. Du willst es *besiegen*. Wenn dir jemand einen Jungbrunnen geben würde, mit der Garantie, ewig zu leben, unter der Bedingung, nie zu fragen, wie er funktioniert, würdest du die Chance sofort nutzen. Die Wissenschaft ist für dich nur ein Mittel. Du willst Resultate. Du bist ein bloßer Technokrat.«

»Ich hatte ein Ziel. Du wußtest nie genau, was du wolltest.«

»Du bist besessen«, konterte das Konstrukt. »Du hast recht, ich konnte der Versuchung der viel interessanteren Fragen nie widerstehen. Aber das zählt für mich. Was soll ...« Er machte eine umfassende Geste mit der Hand, um das Universum zu umfassen und legte sie schließlich auf seine Brust.

»Was soll das alles bedeuten? Das ist meine Frage, Maas. Ich werde nie aufhören zu fragen.«

»Du klingst wie er. Manchmal vergesse ich, was du wirklich bist.«

»Ich bin ein hoffnungsloser Fall, mehr nicht«, bekannte das Konstrukt mit einem Lächeln. »Ich argumentiere wahrscheinlich so gut wie Richardson, aber wenn es um das Begreifen geht, bin ich nur DAS. Die Maschine ist zwar nicht gerade eine Null, aber Philip Richardson hast du nicht wiederbelebt.«

Die kleine Warnlampe war schon eine Stunde an, aber jetzt leuchtete auch das nächste Lämpchen auf. Sturmwarnung.

»Wir sollten uns lieber beeilen«, sagte Richardson.

»Ich habe nicht viel Zeit.« Er lächelte noch einmal. »Memento mori.«

Ich sagte nichts, schaute ihn nur an. Der Hologrammgenerator war kürzlich etwas verbessert worden, und eine gewisse Zeit lang konnte ich kein Flackern in seiner Erscheinung entdecken. Das Auge war so leicht zu täuschen.

Es war die fünfte Wirbelsturmnacht in Folge. Sie kamen immer nach Mitternacht. Tick, tack, tick, tack. Wie ein Uhrwerk.

Aber DAS-Wirbelstürme waren eine Funktion des Chaos. Warum sollten sie plötzlich vorhersehbar sein? Und dann dachte ich noch einmal: *Das Auge ist so leicht zu täuschen.*

Die Asche war *nie* aufgetaucht.

»Verdammter Scheißkerl!« schrie ich.

In diesem Moment leuchtete das Wirbelsturmlicht auf, und Philip Richardsons Hologramm löste sich auf.

Ich saß fünf Minuten nachdenklich in dem ruhigen Gebäude, dem Gebäude, das nur noch von zwei Nachtwachen – der Restmannschaft – bewacht wurde, seit DAS die Sicherheit übernommen hatte und alle Türen kontrollierte. Ein großes, stilles Gebäude. Fünf Minuten überlegte ich, was zu tun war. Dann ging ich zu dem Gebäudeteil, in dem der DAS-Speicher untergebracht war.

Die multikamerale Konstruktion DAS' machte es relativ einfach, verschiedene Funktionen von anderen zu isolieren. Ich könnte alle sensorischen ›Räume‹ vom Netz nehmen und sie verändern, ohne daß der Rest DAS' erfuhr, was ich dort tat. Es war so, als schnitte man im Corpus callosum herum, das sich im menschlichen Gehirn befindet – die linke Hemisphäre wußte nicht, was die rechte tat, wußte nicht, daß in der anderen Gehirnhälfte herumgepfuscht wurde. Aber DAS programmierte sich selbst, so daß ich die Hilfe der linken Hemisphäre brauchte, damit ich die rechte reprogrammieren konnte. Um dies zu tun, ohne über irgendwelche von Richardson programmierte Sicherheitseinrichtungen zu stolpern, konnte ich immer nur einen Raum entfernen, ihm eine Funktion geben, die Funktionsresultate als digitale Aufzeichnung herunterladen und dann meine Spuren verwischen, bevor ich ihn wieder ans Gesamtsystem anschloß. Raum für Raum bekam ich die Instruktionen, die es mir ermöglichten, falsche Daten für die sensorischen ›Räume‹ zu generieren.

All dies hätte nur dreißig Sekunden gedauert, wenn ich DAS erzählt hätte, was ich machen wollte, aber so hätte es nicht funktioniert. Der langsame Weg dauerte eine Stunde.

Ich ging zum I/O-Raum zurück und sagte: »Ich gehe nach Hause.« DAS verarbeitete die Worte, und die Phrase zerrte an den Stolperdrähten, die ich gerade erst programmiert hatte.

Dem Rest DAS' sandten die sensorischen ›Räume‹ Geräusche und Bilder: wie ich den Raum verließ, die Tür schloß, über den Flur ging, die Treppe runterstieg, das Gebäude verließ und den Parkplatz überquerte. DAS sah, daß ich in mein Auto stieg und wegfuhr.

DAS sah nicht nur. Er hörte, fühlte und roch es auch. Währenddessen unterdrückten die sensorischen ›Räume‹ die aus dem I/O-Raum kommenden Daten. Daten, die besagten, daß ich noch immer da war, am Ende des Raumes, bei ausgeschaltetem Licht hinter den Aktenschränken versteckt. Andererseits lief alles ganz normal.

Das Auge war leicht zu betrügen. Ja, ebenso das Ohr. Oder der Bewegungsmelder. Oder der Luftprüfer.

Er kam um vier Uhr morgens rein. Die Flurlichter hinter seinem Rücken ließen erkennen, daß er in irgend etwas Bauschiges gekleidet war. Er sagte: »Licht«, und das Licht flackerte auf. Es war ein Trainingsanzug. Grau. Er sagte: »Die Eins und die Null.« Ich vermute, sein Code für einen Systemneustart. Die Warnlichter gingen in schneller Reihenfolge aus.

Er rief das Konstrukt auf und sagte mit leiser Stimme: »Hallo, Richardson.«

Und das Konstrukt antwortete, die Stimme nachahmend: »Hallo, Richardson.« Das Konstrukt schüttelte den Kopf. »Du klingst dumpf.« Dann lächelte es. »Der Tod wärmt auf, was?«

Der Mann im Trainingsanzug setzte sich mit dem Rücken zu mir hin und beobachtete das Konstrukt, ohne zu antworten.

»Erzähl mir, wie es ist«, sagte das Konstrukt. »Gib du *mir* zur Abwechslung mal Informationen.«

»Es ist realistischer, als du glaubst. Er ist toter, als du dir vorstellen kannst.«

»Natürlich.« Breites Lächeln. »Ich bin ein Konstrukt. Es *scheint* nur so, als könnte ich mir etwas vorstellen.«

»Richardson ist toter, als er es sich je hätte vorstellen können.«

»War das nicht der Sinn dieser Übung?«

Der Mann im Trainingsanzug antwortete nicht.

»Ich verstehe nicht, warum du nicht aufgeregt bist. Es ist ein Durchbruch!«

»Nehme ich auch an.« Er atmetet tief ein und aus. »Gib mir Bierley.«

»Kopf hoch«, sagte das Konstrukt. »Es ist ein großes Abenteuer. Du wirst die Reise mit einem unversehrten Gedächtnis machen.«

»Halt die Klappe und gib mir Bierley.«

Das Richardson-Konstrukt zögerte einen Moment. Dann war plötzlich Bierley im Hologramm, ohne Übergang.

»Hallo«, sagte Bierley.

»Hallo, Jackson.«

»Du siehst nicht gut aus.«

»Hab ich schon gehört.«

»Willst du mit einfachen Fragen anfangen?« legte Bierley los. »Seine Lieblingsfarbe, und so weiter?«

»Ich bin mit dem Konstrukt fertig. Es interessiert mich nicht mehr.« Er stand auf. »Ich bin nur gekommen, um dir zu sagen, daß es für mich Zeit ist, weiterzuziehen.«

»Das reicht«, sagte ich.

Der Ton meiner Stimme ließ ihn zusammenzucken, aber er drehte sich nicht um.

»Richardson«, fuhr ich fort, »du bist ein Scheißkerl.«

»Richardson ist tot.«

»Hast du schon gesagt«, meinte Bierley.

»Ich habe mit Maas gesprochen«, flüsterte er, mit noch immer leiser Stimme.

»Maas hat das Haus vor über einer Stunde verlassen«, sagte das Konstrukt.

»Schalt das Konstrukt aus«, forderte ich ihn auf. »Ich habe eine sensorische Barrikade eingebaut. DAS weiß nicht, daß ich im Gebäude bin und wird es auch nicht herausfinden, bevor ich den Raum verlassen habe.«

»Listig.«

»Was ist los?« wollte Bierley wissen.

»Nicht listiger, als sein eigenes Bild in die Bilddatenbank von CNN vier einzuspeisen«, gab ich zurück. »Und auch nicht listiger, als sich in die Aufzeichnungen der Gerichtsmedizin oder der Polizei zu hacken.«

»DAS hat die Hauptarbeit geleistet.«

»Die Hauptarbeit?« Das Konstrukt war irritiert.

»Schalt es aus«, forderte ich noch einmal.

»Bierley«, sagte er statt dessen, »gib mir noch mal Richardson.«

Das Hologramm verwandelte sich sofort in das Bild des anderen Mannes.

»Du willst Richardson? Da ist er. Näher kann man

ihm nicht sein. Nun, nicht im realen Sinne, aber er ist mehr Richardson als ich.« Dann schaltete er das Konstrukt ab. Und wiederholte: »Richardson ist tot.«

»Du hast mich benutzt. Du hast mir die Idee eingegeben. Du wußtest, ich würde das Konstrukt erschaffen.«

»Ich bin nicht er. Ich bin der Raum *dazwischen*. Ich bin die Leere.« Er war im Begriff, zur Tür zu gehen, als ich näher an ihn herantrat, nahe genug, um sein Profil zu erkennen. Er hielt das Gesicht noch immer von mir abgewandt.

»Ich würde dir gern in den Arsch treten, du mieses Stück«, sagte ich. »Wir haben deswegen viel Zeit verloren.«

Ich deutete mit dem Kopf auf den leeren Raum über dem Hologrammprojektor. »Jetzt hast du ihn kennengelernt«, sagte ich. »Du hattest die Chance, dich so zu sehen, wie die anderen dich gesehen haben. War es das wert?«

Er blieb zuerst still. »Das Verrückte war«, sagte er schließlich, »daß das Hologramm nicht überrascht war, mich zu sehen.«

»Dich läßt alles kalt, Richardson. Warum sollte dein Konstrukt anders sein?«

»Ich glaube, das ist es nicht«, ereiferte er sich. »Ich glaube, es war etwas, was die anderen über Richardson wußten, daß er alles tun würde, um zu erfahren...«

»Was machst du so den ganzen Tag? Das Haus beobachten?«

Er sagte nichts.

»Hast du deine Frau gesehen? Sah nicht gut aus, wie? Sie hat ihren Preis für dein kleines Experiment bezahlt, oder etwa nicht? Hast du sie mal besucht?«

»Jeden Tag«, beteuerte er, »bin ich mir der Leere bewußt, die Richardson hinterlassen hat. Jeden Tag sehe ich mich seiner Abwesenheit gegenüber.«

Ich ballte die Fäuste. »Kannst du dir vorstellen, wie es für mich war, dich für tot zu halten?«

»Ich weiß, sie ...« Für einen Moment war er verwirrt. »Er hat sie sehr geliebt.«

»Und was ist mit mir? Ich kann DAS' Potential allein nicht voll ausschöpfen. Du hast mich ohne Hoffnung zurückgelassen!«

»Das war Richardson«, sagte er. Und wieder kategorisch: »Richardson ist tot.«

»Warum hast du es so gemacht? Wir hätten doch ein Konstrukt für dich erstellen können. Glaubst du, man muß tot sein, bevor Leute sagen, was sie wirklich von einem halten?« Ich schlug mit der Faust auf die Hologrammkonsole. »Verdammt noch mal, ich hätte alles getan, was du wolltest. Was es auch kostet, was du auch brauchst. Aber so hätte es nicht zu kommen brauchen!«

»Richardson wollte dich mitbringen«, erklärte er. Er machte noch einen Seitwärtsschritt zur Tür. »Er glaubte, es würde dir helfen, wenn du einen näheren Blick auf das werfen könntest, was dir angst macht.«

Ich setzte mich hin. Ich versuchte, den Zorn in meiner Stimme zu unterdrücken. »Was du brauchst«, sagte ich, »wie verrückt es auch ist, von jetzt an bitte einfach darum, verstanden? Nachdem wir die Sache geklärt haben – vorausgesetzt, ich kann verhindern, daß du in den Knast wanderst –, sagst du mir, wie du DAS einsetzen willst, und das machen wir dann. Du mußt nur den Sachen, an denen *ich* interessiert bin, etwas Aufmerksamkeit schenken.«

»Ich glaube, du verstehst nicht. Du kannst ihn nicht von den Toten auferstehen lassen. Das Konstrukt war für die Bardo.«

»Die was?«

»Die *Zwischenzeit*. Vor dem nächsten Leben schaut die Seele zurück und versteht. Sie schaut zurück, aber es gibt keine *Rückkehr*. Es gibt nur noch das nächste Leben und das Vergessen.«

Er drehte sich zu mir um. Sein Gesicht war ausdruckslos, so ausdruckslos, daß er sich nicht im geringsten glich.

»Ich bin die nicht vergessende Seele. Ich führe ein neues Leben, das Leben eines Menschen, der den Tod *versteht*. Ich bin gestorben. Ich bin tot. Aber ich werde wieder leben.« Er musterte seine Hände. »Was für ein Ziel.«

Er hatte recht. Ich hatte nicht verstanden. Ich hatte geglaubt, die ganze Sache sei wie die Geschichte von dem Mann, der seine eigene Beerdigung veranstaltet, um zu hören, was die Trauernden über ihn sagen. Aber es war mehr als das.

»Du gehst nirgendwo hin«, sagte ich.

Er trat näher an die Tür. »Ich werde ein anderes Leben haben.«

»Hast du DAS dazu gebracht, dir elektronisch Geld zu überweisen? Bist du ein reicher Mann?«

»So ist es nicht. Ich gehe nackt. Nichts werde ich mitnehmen!«

»Ach so. Kein Gepäck, nur deine wertlose Haut und deine neue Weisheit.«

»Meine neue Erinnerung.«

»Und was ist mit deiner Frau? Haben du und DAS einen warmen Regen für sie arrangiert?«

»Richardsons Frau!« schrie er. »Ich bin nicht er! Richardson ist tot!«

Er lief weg. Ich folgte ihm aus dem I/O-Raum, rannte aber nicht.

Sobald ich den Korridor betreten hatte, tat DAS das, womit ich gerechnet hatte.

Ich war auf einmal einfach da, und DAS konnte nur annehmen – ob er mich erkannte oder nicht –, daß irgend etwas die Sicherheit verletzte.

Im ganzen Gebäude schlossen sich die Türen. Der Alarm ertönte am Schreibtisch der Sicherheitsleute.

Durch die Glaswand längs des Korridors konnte ich eine Wache sehen, die aus einem anderen Gebäudeteil zu den Lichtern auf unserer Etage hochsah.

Richardson versuchte es an der Treppenhaustür. Sie ging nicht auf.

»Richardson«, sagte ich freundlich, als ich mich ihm näherte. »Philip.«

Er lief durch den Parallelkorridor, doch dieser war von einer Feuertür blockiert.

»Es ist aus«, sagte ich, als ich um die Ecke kam. »Laß es gut sein.«

Er wirbelte herum. »Ich werde ihn nicht zurückholen!« sagte er. »*Du* bist von der Ewigkeit besessen, nicht ich!« Er flehte mich an: »Ich kann ihn nicht zurückholen! Ich kann es nicht tun!«

»Du hast bestimmt gesehen, was du sehen wolltest«, sagte ich. »Und du hast bestimmt auch verstanden, was du verstehen wolltest.«

»Ich werde dir nicht helfen!«

Ich packte ihn am Kragen. »Wenn sie dich einbuchten, Philip, wenn die Wahrheit herauskommt ...«

Er riß die zitternden Hände vor sein Gesicht und sackte vor der Feuertür zusammen.

»Wenn die Wahrheit herauskommt, kann ich dir helfen oder dich fertigmachen, Richardson.«

»Tot«, stammelte er durch seine Hände. »Er ist tot.«

»Du kannst dein Leben zurückbekommen. Es wird leicht durcheinander sein. Es wird einige Zeit dauern, wieder alles zusammenzuflicken. Aber du kannst es zurückkriegen.«

Er preßte die Hände fest gegen sein Gesicht.

Bierley war es letztlich, der Richardsons Arsch rettete.

Noch bevor die Polizei ihn aus dem Gebäude gebracht hatte, rief das Konstrukt unsere politischen Gönner an, und bei Sonnenaufgang versuchten bereits dreißig verschiedene Seelenklempner aus allen Landesteilen, Richardsons Aktion im besten Licht darzustellen.

Die Presse verkaufte ihn im wesentlichen als überarbeitetes Genie. Er hatte sich zu sehr für die lebenswichtigen nationalen Interessen eingesetzt. Die Gerichte verordneten ihm Ruhe, eine Menge psychologische Gutachten und Freispruch bei Schuldanerkennung. Schließlich bekam er Bewährung für Datenmanipulation.

Sharon Richardson nahm ihn wieder bei sich auf. Ich hätte es nicht getan, wenn er ersetzbar gewesen wäre. Eine schlimmere Untreue als die seine konnte man sich kaum vorstellen. Ich *mußte* ihn willkommen heißen. Aber sie nahm ihn freiwillig auf.

Fahnenflüchtige.

Wenn die Arbeit schwer ist, denke ich an Fahnenflüchtige. Und die Arbeit ist oft schwer. Wir arbeiten schon seit Monaten wieder, aber Richardson und ich sprühen nicht mehr so vor Ideen, so wie damals. Wir sprechen mit DAS über technische Probleme und tauschen gegenseitig Ideen aus, aber irgend etwas fehlt.

Keine greifbaren Fortschritte. Kein Schweben von Durchbruch zu Durchbruch.

Ich denke an Männer an der Reling eines sinkenden Tankers. Ich denke an den Polarforscher, der im Eis gestrandet ist.

Ich denke an Fahnenflüchtige. Wovor haben sie Angst?

Vielleicht fürchten sie sich vor der falschen Sache.

Die Toten legen Zeugnis ab.

Vom Grunde der See winken die toten Seeleute.

Richardson ist nicht träger geworden. Wenn überhaupt, ist sein Verstand noch schärfer als zuvor. Aber irgendwann werden wir über irgendwelche Speicherstrukturen diskutieren, und ich werde in seine Augen blicken und sehen ...

Daß irgend jemand zurückschaut.

»Philip Richardson«, erinnert er mich gerne, »ist tot.«

Ich muß ein Narr gewesen sein, ihm zu glauben.

Es gibt verdammt viele Narren auf dieser Welt.

Ich höre noch immer das Ticken meines Herzens, den Countdown, der sich langsam der Null nähert. Ich glaube, ich habe noch immer eine Chance, wenn sie auch klein ist, daß ich die Tür zur Ewigkeit aufstoßen kann. Wenn Richardson und ich gut drauf waren, gab es Tage, an denen ich glaubte, einen flüchtigen Blick auf diese Tür werfen zu können.

Aber ich arbeite nicht mehr mit der gleichen Konzentration wie einst. Was ich auch tue, immer ist irgendwas Flatterndes am Rande meines Bewußtseins.

In ruhigen Momenten, wenn ich das Blut in meinen Ohren rauschen höre, das Herz in meiner Brust schlagen spüre, denke ich nicht nur an die Stunden, die gezählt werden. Ich denke auch an die Stunden, die schon gezählt sind. Bierley, tot. Richardson ... verändert.

Ich bin fünfundneunzig Jahre alt.

Angenommen, ich habe Erfolg? Angenommen, ich überlebe in DAS, ewig, abgesondert, beobachte das Leben und Sterben?

Oft denke ich an den Mann im Rettungsboot. Er hat sich in Sicherheit gebracht, weg von dem brennenden Öl, außer Reichweite des Feuers. Durch den Rauch und die Flammen sieht er die anderen winken. Sie strecken die Arme nach ihm aus. Glauben sie wirklich, er rudert in einen Holzboot durch das Feuer zurück?

Zusammengedrängt an der Reling winken und sinken die Matrosen. Jeder ertrinkt für sich allein, aber sie gehen gemeinsam unter.

Ein Massengrab ist nicht sehr komfortabel, sage ich mir.

Aber an Tagen, an denen ich nicht mehr klar denken

kann, sitze ich da und mustere meine Hände. Die Hände eines Mannes, der sich selbst in Sicherheit rudert. Und ich weiß, daß die See um ihn herum weit ist. Und schwarz. Und kalt. Und leer.

Originaltitel: ›Lifeboat on a Burning Sea‹ • Copyright © 1995 by Mercury Press, Inc. • Aus: ›The Magazine of Fantasy & Science Fiction‹, Oktober/November 1995 • Aus dem Amerikanischen übersetzt von Markus Held

---

Ron Savage

CONNECTICUT-NAZI

Rosalie kaufte mir das Teleskop, ein teures Messingfernrohr auf einem Stativ, zu meinem fünfzigsten Geburtstag, aber unser neues Haus ist von Wald umgeben, und so gibt es kaum etwas zu sehen. Dennoch bleibt sie eine Berufsoptimistin, überzeugt, daß die Bestandteile der Realität beliebig zu komponieren sind wie die Mitnehmgerichte beim Chinesen um die Ecke.

»Max, Liebling, Pessimismus ist *keine* sehr verführerische Eigenschaft ...« Und während sie ihren entblößten Körper aufrichtet, mit den Ellbogen auf jene Matratze gestützt, die ich vorige Nacht ins zuvor leere Wohnzimmer geschleppt habe, zwinkert Rose mir zu und meint: »Lern einfach, über die Bäume hinwegzusehen!«

Mein heimlicher Engel.

Wir sind seit kaum einer Woche verheiratet: Die Braut ist eine sechsundzwanzigjährige, umwerfend hübsche Rumänin von der Lower East Side, der Bräutigam ein orthodoxer Jude, strenggenommen im Central Park West nahe Brooklyn ansässig und von allem abhängig, was ihm hilft, sich über sein im Schwinden begriffenes mittleres Alter hinwegzulügen ...

Ich habe ein Lymphkarzinom. Es ist seit fast acht Monaten am Abklingen, aber ich fühle mich ganz scheußlich, verstehst du? Genauer gesagt, ich spüre den verdammten Schmerz!

Die Julisonne scheint durch die Vorderfenster. Das Licht wird von all diesen Bäume gedämpft. Der Morgen ist schwülheiß, helles Geflirre durchwebt die Schatten des Wohnzimmers und läßt den Staub aufleuchten. Über den Dielenboden aus Eichenholz liegen Kleider und Toilettenartikel verstreut, neben dem Bett stehen vier offene Koffer und eine batteriebetriebene Minibar.

Die Möbelpacker haben zugesagt, die Einrichtung Montag anzuliefern, das wäre übermorgen. Es sind Flüchtlinge aus der Dritten Welt, offenbar sehr abergläubisch, denn sie glauben, daß die Wochenenden in Connecticut der Seele schaden.

Ich wollte nicht mit ihnen streiten. Wer ist schon scharf auf Krebs *und* einen haitianischen Voodoo-Fluch?

Jetzt hockt die atemberaubende Mrs. Rosalie Nicole Kravitz – und *nicht* Cuza – mit überkreuzten Beinen auf der Matratze, stützt ihren Rücken und gähnt dabei vernehmlich, während ihre knabenhaft schlanke Figur tief in dieses Gemisch aus Helligkeit und Schatten getaucht ist.

»Vielleicht hättest du den Jungs doch ein paar Dollar Trinkgeld geben sollen«, sagt meine Braut und meint wohl jene Möbelpacker. Sie starrt auf ihre kleinen Brüste, als wollte sie gar nicht mich, sondern diese zarten Knospen belehren. Ihre Brustwarzen sind dunkel und groß wie Babyfinger. »Menschen brauchen Motivation, Liebster. Eintrittskarten für ein Spiel der Mets beispielsweise, oder ein paar extra Bugs ...«

»... oder unseren künftigen Erstgeborenen«, füge ich ihrer Liste sarkastisch hinzu, während ich mit dem Teleskop zu einem Fenster zum anderen umziehe. Vermutlich werde ich mir zu diesem verfluchten Karzinom auch noch einen Bruch heben. »Wo würdest du dich nach einem ...«, *bleib nett*, »... interessanten Geschenk umsehen?«

»Bei Beckman«, sagt sie, steht auf und reckt ihre Arme weit über den Kopf. Ihr Haar ist vom Schlaf noch wild zerzaust. Himmel, diese Frau *ist definitiv eine*

Wucht. »Komm schon, Max, du wirst dich doch erinnern: die Lower East Side, der Antiquitätenladen gleich neben der Canal Street.«

Werde ich langsam senil? Immerhin drehe ich dort im Hasidic District mein Sommerprojekt. Ich mache jedes Jahr ein paar Filme, seit ich siebenunddreißig wurde. Mein letzter war eine Tragikomödie über Sex, jüdischen Mystizismus und den Tod – drei meiner Lieblingsthemen also.

Gestern stellte meine Analytikerin die interessante These auf, daß ich bereits zu erfolgreich geworden sei, um meine Besessenheit jemals wieder ablegen zu können; sie behauptete auch, ich sei längst ein Neurotiker von Weltformat, bei dem der Hang zur Kunst und der zur Selbstbescheidung kaum mehr voneinander zu trennen seien.

»... aber richtig ausgemergelt, Liebster.« Die bezaubernde Mrs. Kravitz referiert eindringlich über Beckman. »Er war Häftling in einem dieser Lager, ein Treblinka-Überlebender, ungelogen, Liebster.« Der alte Mann hat sich in ihr soziales Herz gestohlen. Sie hat eine seltsame Liebe für Tragödien und fremde Menschen. »Wir hatten Kaffee und Rumkuchen, im hinteren Teil seines Ladens, wo seine entzückende Wohnung lag. Ach, diese Geschichten, Mäxchen!« An dieser Stelle tendierte ihr Tonfall unvermittelt zur Vorsicht. »Er... kannte deine Mutter.«

Das Teleskop starrt zum Eckfenster. Ich richte das Stativ, bleibe gelassen und will nicht über Mutter oder ihre Freunde im Lager reden.

Da umarmt mich Rosalie, errötet und verschwitzt von der Morgenschwüle; obwohl sie auf Zehenspitzen steht, blickt sie aus Höhe meiner Brust nach oben und fragt: »Tut es dir leid?«

»Das mit uns?«

Meine Braut nickt. »Mmm.«

»Ich bete dich an«, versichere ich, und es ist die reine

Wahrheit. Ich war zweimal verheiratet und erlebte beide Male ein Desaster. Ob es an mir oder an ihnen lag, wen kümmert das noch? Nun endlich bin ich mit einer zärtlichen, gütigen Partnerin gesegnet, was manchmal allerdings noch zermürbender sein kann. Außerdem sieht es dem Neurotiker von Weltformat gar nicht ähnlich, oder? Eine echt jüdische Frau ...

Wovon ich ihr nie erzähle, ist die Baseballschläger-Geschichte – Schauplatz: dieselbe Stadt, der gleiche Drehort, aber das Winterprojekt –, als der verrückte Beckman eine 35-mm-Mitchell-BNC zertrümmerte, einschließlich des Objektivs. Die Polizei mußte kommen und den Alten vom Set zerren. Eine grandiose Szene: fünf Bullen kämpfen gegen einen neunzig Pfund leichten Wahnsinnigen, dessen Fäuste durch die Luft dreschen, und der schreit: »Ihr verdammten Komiker! Antisemiten! *Wichser!* Du bist nicht lustig, Kravitz, kein bißchen! Und unser Leiden ist auch nicht spaßig, nicht die Spur! Möge Jehova einen Fluch senden, auf daß die Juden sich über *dein* Elend totlachen!«

Wahrscheinlich hat er das Teleskop mit Minen gespickt.

Rosalie und ich lernten uns an Heiligabend kennen, Ecke Seventh Avenue und Fifty-fifth, nur ein paar Schritte vom Carnegie Deli entfernt. Ich lag im Schnee und hielt mir das linke Bein. Der Schmerz jagte mir so viel Angst ein, daß ich mir fast in die Hosen machte. Es war erschreckend, obwohl gar nichts Ungewöhnliches passiert war, jedenfalls nichts, was eine solche Verletzung verursachen konnte. Als ich an mir hinunterblickte, sah ich Blut und den herausstehenden Knochen.

Und fiel in Ohnmacht.

Aber nur, um nicht gerade zimperlich wiederbelebt zu werden – von der Heilsarmee, die ›Deck the Halls‹ musizierend verunstaltete. Trompeten kämpften gegen kreischende Klarinetten an, während ich dem fallenden Schnee zuschaute. Die Flocken waren groß, federleicht und spiegelten das gelbe Licht der Carnegie wider. Ich erinnere mich, daß ich Rose da knien sah. Sie hatte Eis auf den Wimpern, einen unaufhörlichen Schüttelfrost, und Wangen und Nase wirkten halb erfroren. Ich erinnere mich auch an das Lächeln, das sich hinter einem ausgefransten, marineblauen Schal versteckte. »Ich ... ich rufe den Krankenwagen«, hatte sie gestammelt und eine Butterbrottüte aus der Tasche ihrer Jeansjacke geholt. »Mögen Sie Corned Beef?«

Meine kostbare Rosalie.

Mount Sinai hatte die Ärzte Cohen und Cohen, die man die Krebs-Jungs nannte. Sie führten eine Biopsie meines Knochenmarks durch. Und eine Strahlentherapie wegen des ausgebreiteten Myeloms. Die Cohens zeigten mir ihre Videos. Cartoon-Viren in Nazi-Uniformen. Die Cohens wollten einen Deal machen, während die Nazis die unverdächtigen Zellen des östliches Europas überfielen. »Okay, warten Sie, warten Sie«, sagte einer der beiden Cohens. »Sie werden unseren dramatischen Effekt zu würdigen wissen.« Dunkelheit schob sich über die Landkarte, auf der die Buchstaben DNA besonders hervorgehoben waren. Bald materialisierten Hakenkreuze, *blib blib blib*, und markierten die besiegten Länder.

»Verstehen Sie das Konzept?«

Ich starrte auf den Fernseher. »In meinem Körper haben sich Nazis eingenistet?«

»Wir haben einen *film noir*-Kniff verwendet«, erklärte Cohen.

»Eine Art Zombie-Nazis«, fügte der andere Cohen hinzu.

Abends besuchte mich Rosalie, brachte Taschenbücher, warme Sandwiches und Schokoladen-Käsekuchen. Ich war sofort in sie verliebt.

Meine Altlasten hatten Rosalie nicht abgeschreckt –

weder die gescheiterten Ehen noch der Krebs –, sie ignorierte einfach meinen Hang zur Selbstzerfleischung, lachte über jeden meiner Witze und spielte Gin Rommé wie ein für schuldig erklärter Verbrecher. Der Tod hatte nicht die Chuzpe, um Rosalie, der Rumänin, die Stirn zu bieten.

Cohen und Cohen schworen, daß sie mir das Lymphkarzinom austreiben würden, und ich stellte mir einfach die Zombie-Nazis auf der Flucht vor – eine zurückweichende Dunkelheit, Cartoon-Swastikas, die im schnellen Videorücklauf verschwanden.

Blib blib blib.

Aber als ich meine Sachen packte, um den Sinai zu verlassen, kehrten die alten Gedanken zurück. Was, wenn die Cohens die Schlacht, aber nicht den Krieg gewonnen hatten? Was, wenn die Nazi-Viren neue Strategien entwarfen? Was, wenn ich in einem Monat die Straße hintergehen würde und sich meine Knochen auflösten?

Hör mal, so was könnte passieren.

Oder ein anderer Gedanke: Beckman. *Möge Jehova dich verfluchen!* Der verrückte Beckman kennt deine Mutter ... *kennt deine* ...

Mutter erzählte viel über Treblinka und den Jungen. Er sei achtzehn gewesen, 1943, vier Jahre jünger als sie. »Du hättest ihn beten sehen sollen, Mäxchen. Diese Tränen, das Gejammer, diese heillose Schufterei. Ich schwöre, ein richtiger Rabbi.« Sie würde dabei aus dem Küchenfenster schauen, das Geschirr vom Abendessen abwaschen und auf Bilder achten, deren Bedeutung sich mir immer entzogen hatte. »Seine Gebete töteten einen Wächter, habe ich das schon einmal erwähnt?« Und dann erzählte sie von diesem lange zurückliegenden Verbrechen. »Er betete die Wache tot ...«

Großartig. Dieser geistesgestörte Taugenichts hatte Beziehungen.

Ich kann nicht schlafen. Rosalie schnarcht, nicht sonderlich laut zwar, aber der Rhythmus ist unregelmäßig, ein gummiartiges Klicken im hinteren Teil ihrer Kehle. Die Waldgeräusche helfen auch nicht. Winzige Hufe trappeln durch die Blätter. Vögel schreien. Selbstmörderische Insekten werfen sich gegen die Fenstergitter. Connecticut-Nächte sind mit einem Leben im Zoo zu vergleichen, läßt man den Unterschied außer acht, daß die Tiere hier in Schichten arbeiten.

Mondlicht pudert den Eichenfußboden silbern und unterbrach die Schatten.

Ich sehe mich flüchtig im Wohnzimmer um, die Kleider sind in ordentliche Hügel getrennt, die Koffer aufeinandergesetzt, das Teleskop ein Phantom auf dürren Stativbeinen.

Dieses Wochenendarrangement ist Mrs. Kravitz' Idee. Unsere Flitterwochen. Wir haben *keinen* Strom hier, vergiß also die Klimaanlage. Die Hitze will nicht aufhören. Meine Körperflüssigkeit verdunstet. Ich bin sicher, daß sich das Lymphom einen Knochen schnappen wird. Und vorhin hat sie geschmollt und wollte wissen: »Wo ist dein Sinn für Romantik geblieben, Max?« Hätte ich darauf antworten sollen? Hätte sie dann eine Suite im Sherry Netherland gebucht? *Ich* würde es tun. Aber Frauen sind – Frauen sind ...

Boah.

Himmel, *boah!*

Licht schießt aus den Linsen des Teleskops, laserfein und gleißend. Es flackert durch den Raum und schwebt über der Matratze, nur Zentimeter über mir und der ohnmächtigen Rosalie. Ich bin auf der Hut, schiele nach oben, fühle, wie sich mein Magen zusammenzieht, und taste auf der Minibar nach meiner Brille. Bäume bewegen sich, Äste schaben am Haus. Ich rieche Urin und Kot – ein ländliches Ambiente, kein Zweifel. O *Gott*. Das Licht vibriert. Es wird plötzlich größer, der Raum wird von solch unerträglichen Strahlen durchkreuzt, daß ich meine Augen schließen muß. Aber das Licht ist hier und Schluß.

Rosalie hat sich immer noch nicht gerührt. Erstaunlich.

Ich ziehe das blaue Laken über ihre Brüste und küsse die verschwitzte Stirn meiner Braut. Sie seufzt, während ihre Finger im Schlaf das Kissen kneten und ein Murmeln über ihre Lippen krabbelt: »... liebdichmax.«

»Ich liebe dich auch«, flüstere ich zurück, während ich mich auf das Messingteleskop zu bewege.

Das Teleskop *sieht* ganz normal aus. Ich klopfe mit dem Knöchel des Zeigefingers auf Zylinder und Objektiv und stelle mir wie selbstverständlich vor, ich sei das Kind in *Mr. Wizard*. Was würde Don Herbert sagen? ›*Ein Sturm zieht auf, Max. Ein gewaltiges Gewitter. Messing leitet ausgezeichnet ...*‹

Klar, richtig. Wenn ein Blitz ...

Oder ...

Ich spähte aus dem Fenster. »Oder?«

... *oder wieder das Gebet dieses verrückten Beckman.*

Mein Oberschenkelknochen beginnt zu pochen. Das Lymphkarzinom ist strenger als jedes Gewissen. Ich entscheide mich, der Blitz-Hypothese zu folgen, suche aber noch einmal den Wald ab, um mich gegen alle Eventualitäten zu wappnen. Zweige rascheln. Eine Brise weht durch die offenen Fenster und trägt den Geruch von Urin und Kot hinein. Blätter schütteln sich im Glanz des Mondes. Ich murmele: »Bist du da, Beckman?« und stelle mir vor, wie der alte Mann hinter einem Busch hervorspringt, berauscht von Thora und Kabbala, seine Fäuste schüttelt und zwischen den Bäumen herumhüpft. Dann schaue ich durch das Okular des Teleskops.

Wir sind jetzt seit zwölf Stunden auf dem Bahnhof, seit dem frühen Morgen. Deine Tante Zadie, ich, Opa. Dazu überwie-

gend Leute aus der Nachbarschaft. Ich frage einen jungen Soldaten, warum es für uns nichts zu essen gibt, nicht mal Wasser. So ein gutaussehender Junge, Mäxchen, die grauesten Augen, die du dir vorstellen kannst. Er sagt, daß wir geduldig bleiben sollen. Er sagt: »Die Köche haben einen wahren Festschmaus vorbereitet. Unser Lager ist klein. Aber wenn du trotzdem in die Irre gehst, folge einfach der Straße zum Himmel.« Was für ein hübscher Gedanke. Der junge Soldat lächelt ...

Ich höre Mutters Stimme, und das Teleskop entwirft die dazugehörigen Bilder: ihre Erinnerungen, infiziert mit dem Glauben an einen Sohn, einen erfundenen Sohn. Bilder, die sich aus Geschichten zusammensetzen und den Fotos, die sie an den Wänden arrangiert hatte – Vergangenheiten, die in Zinnrahmen eingefaßt und eingefangen waren, Bilder, die in körnigen Gelb- und Brauntönen aufgenommen worden waren, Fremde, die zu mir gehörten, ohne Brooklyn jemals besucht zu haben – ein Sohn, der die toten Gesichter und die erloschenen Leben verkettete, ein Versuch, ihre Alpträume zu erklären, ihr Weinen, ihre Unnahbarkeit.

... Manchmal kommen Züge nachts irgendwo an. Uns wird befohlen, uns zu sputen und einzusteigen. Ich höre die Wachen schreien: »Ihr wollt doch nicht das Abendessen verpassen! Seid ihr gar nicht so hungrig? Seid ihr gar nicht so durstig?«

Ich klettere in einen der Wagen, als ich bemerke, daß ein kleines Mädchen auf der Plattform kauert und in die Hose macht. Man hatte uns nicht erlaubt, eine Toilette zu benutzen ...

Ein Soldat steht neben dem Kind. Der junge Mann, der mit meiner Mutter gesprochen hat. Beide stehen im Scheinwerferlicht einer über ihnen angebrachten Lampe. Ich sehe ihn seine Pistole in die Tasche stecken und geistesabwesend das Gewehr von der Schulter nehmen. Alles verharrt, alles schweigt. Dampf steigt von dem langen Zug auf, während die letzten Passagiere ins Dunkel treten. Nur der Soldat und das Kind bleiben zurück. Es sieht zu ihm auf. Das Mädchen mag sechs, vielleicht sieben sein, ich weiß es nicht. Schwarze Strähnen umspinnen seine tränennassen Wangen. Es zittert. Der Soldat hebt das Gewehr, der Lauf funkelt im Licht, als der Gewehrkolben in seinen Schädel gerammt wird. Der Zug beginnt, an ihnen vorbeizufahren. Arme und Hände ragen zwischen den Brettern der Verschläge aus den Güterwaggons hervor. Das Kind liegt in einem Lichtkreis, seine Gliedmaßen gekrümmt, das Gesicht von Blut benetzt. Jetzt stößt der junge Soldat den Körper mit seiner Stiefelspitze an.

Dieses Arschloch grinst. Er *grinst*.

Ob er den Abend genossen hat? Werden er und seine psychotischen Freunde nachher ein Bierchen zischen und Erfahrungen über die nettesten Kinderverstümmelungstechniken austauschen?

Auch nach sechs verschlissenen Analytikern in neunzehn Jahren als Couchsüchtiger verstehe ich noch nicht den Wahnsinn, der im Leben meiner Mutter zur Normalität geronnen war.

Eine gebückte Gestalt rennt über die Dächer der geschlossenen Waggons. Er – nein, nein, *sie*, es ist eine Frau – sinkt auf ein Knie, dreht sich um und zielt mit einer Pistole auf zwei Soldaten, die sich an ihre Fersen geheftet haben. Scheinwerferlichter ziehen an ihnen vorbei, der dichte Qualm der Lokomotive. Beide Hände halten die Pistole ruhig, die Arme sind ganz ausgestreckt, erstarrt, dann der zeitgleiche Rückstoß und das kurze Aufblitzen. Eine der Zugwachen fällt auf der Stelle, der andere gerät ins Taumeln und torkelt rückwärts. All dies ist zu sehen, aber nicht zu hören. Der junge Soldat auf der Plattform hebt sein Gewehr in Augenhöhe. Die Frau feuert erneut. Einmal, zweimal. Dem Jungen wird das Genick in Fetzen geschossen. Ungefähr ein Dutzend Wachsoldaten hetzt jetzt über die Dächer des fahrenden Zugs auf die Frau zu. Gewehre schleudern Flammenlanzen, die die Schatten zerreißen.

Sie ist getroffen worden.

Ihr Bein ...

Sofort fühle ich Schmerzen in meinem linken Oberschenkel. Ich beginne, alles in Frage zu stellen. Von wegen mehrere Lymphome ... Krebs wäre doch nicht so verdammt empfindlich.

Ihr Bein ...

Unsere Wunden sind identisch. Was immer ich an Heiligabend durchgemacht haben mag, es stimmt mit dem überein, was ich gerade sehe: ihr Blut, der herausstehende Knochen. Sieht sie mich nicht sogar an? Gelbe Lichter schimmern über ihr. Ich rücke meine Brille gerade. Meine Augen konzentrieren sich.

Das Gesicht.

Die Frau kriecht bis zum äußersten Rand des Güterwaggons, zögert einen Moment und kippt dann in die Nacht.

Ich wende mich von meinem Teleskop ab, atme tief durch. Dann schweift mein Blick durch das Wohnzimmer, über die vom Mond erhellten Koffer, die fein säuberlich zusammengelegten Kleider auf dem Eichenfußboden. *Beckman, du Arsch.* Unser Bett ist leer, die Laken zerwühlt.

Kein Zweifel, die Frau war Rose.

Bäume säumen die Landstraße, überspannt von einem rosafarbenen frühmorgendlichen Himmel. Ich lenke den Cherokee in Richtung Stadt. Eine Ledertasche, in der sich Teleskop und Stativ befinden, steht aufrecht auf dem Beifahrersitz, vom Gurt gesichert. Ich habe Strategien entworfen, wie ich Beckman entlarven, aber meine Mordgelüste im Zaum halten kann. Doch jeder schöne Plan endet damit, daß ich diesen Kerl erwürge und plärre: »*Du Dieb! Wo ist sie? Wo ist meine Rosalie?*« Ich werde ihn nicht bei der Polizei anzeigen. Was hätte ich auch gegen ihn vorbringen sollen? Daß ein besessener Chasside meine Frau in den Zweiten Weltkrieg gebetet hat ...?

Ja, ja, sicher, klar. Der Film beginnt um elf.

Die Sonne wandert weit jenseits der Wälder, sie säumt die Straße wie ein scheuer Begleiter, goldfarben zwischen taunassen Zweigen und Blättern.

Meine Schmerzen sind verschwunden. Vollständig, einfach so ... *paff* und WEG waren sie! Ich versuche gefaßt zu bleiben. Mutter sagte immer: »Wenn Gottes Wunder dich zu sehr in Wallung bringen, wird er seine Meinung revidieren.« (Die Rätsel himmlischer Gerechtigkeit.) Endlich wieder schmerzfrei zu sein, ist dennoch wunderbar, ein wahrer Segen.

Mutter mißtraute dem, was man Wunder nennt. Ereignisse von unbeschwerter Note waren für sie nur Verschnaufpausen bis zur nächsten Katastrophe, Heiterkeit gar der Verrat an den Geistern der Alten und Verstorbenen: Sie konnte es sich nie verzeihen, Treblinka entkommen zu sein.

Ich wuchs mit ihrem Weinen auf, durchlitt ihr ganz privates Grauen mit, wußte stets, wann ich Mutter zusammengekauert neben meinem Bett finden würde, die Knie an die Brust gezogen, sich wiegend, immer wieder selbst wiegend, ihre magere, zarte Gestalt kaum unter dem Baumwollkleid zu erahnen.

Die Träume änderten sich nie, es blieb immer dasselbe einsame Gelände, dieselbe einsame Qual. Wahre Träume, in denen sie ein deutscher Soldat vergewaltigt und Tante Zadie murmelnd erklärt: »... Laß ihn. Willst du nicht am Leben bleiben, Chesia? Gott machte dich nicht grundlos schön. Komm schon, fordere ihn heraus – *laß ihn machen* ...«

Als sie mit mir schwanger wurde, versteckte der Deutsche sie im hinteren Teil seines Wäschelasters und fuhr in einen vier Kilometer westlich gelegenen Ort, Wolka Okranglik. Es war der Tag, bevor das Widerstandskomitee das Lager in Brand setzte. Dreihundertfünfzig Insassen schafften es über den Stacheldrahtzaun.

Mein Analytiker sagt, Treblinka entkommen zu sein, bedeute nicht automatisch auch, überlebt zu haben. Leben und Überleben seien nicht notwendigerweise das gleiche.

Vielleicht stimmt das. Aber trauert ein Sohn um einen verlorenen Elternteil ohne erhöhten Puls? Ich weiß, daß sie, sähe sie mich an, nur jenen Soldaten erblicken würde – und all die Monate ihrer Haft.

In der Nacht, als Mutter sich umbrachte – ein ganzes Leben liegt nun schon dazwischen – hatte ich mich in Village Gate geprügelt. Ihr Bruder Abe hatte angerufen und mir ihre Notiz vorgelesen: *Max, es tut mir leid. Opa war der Überzeugung, daß unsere Seelen sich nicht mehr an uns selbst erinnern können, wenn wir einmal gestorben sind. Ich hoffe, er behält recht. Ich liebe dich.*

Cohen und Cohen vernachlässigten die Erblichkeit. Ich *werde* von einem Zombie-Nazi beherrscht. Mutter erwähnte, daß Vater starb, noch während er sie nach Wolka Okranglik fuhr.

»Wir haben geschlossen.«

»Beckman, mach die gottverdammte Tür auf!«

»Ich habe ein Gewehr.«

Himmel, und wenn schon. Ich starre ihn an, eine Hand über der Augenbraue, das Gesicht gegen die Vordertür des Ladens gedrückt, die Tasche mit dem Teleskop über der linken Schulter. Beckman duckt sich mit gebeugten Knien und fuchtelt mit einer .357 Smith & Wesson. Sein Gehabe erinnert an Dirty Harry, nur die Yarmulke, der Tallis, der kastanienbraune Plaid und der alte *Kocker*-Bademantel stören bei diesem Vergleich.

»Dieser Revolver hat volle Patronen in der Trommel«, sagt er. Er hat auch eine Schüttellähmung. »Verstehst du mein Englisch? Es ist geschlossen, samstags bleibt das Geschäft zu!«

»He, ich bin's doch.«

Der alte Mann schielt zu mir nach draußen. »Wer soll das sein: ›ich‹?«

»Du blinder *Sack*, hol schon deine Brille!«

»Schon gut, warte, ich werde meine Brille aufsetzen ...« Beckman klemmt die .357 unter den Arm. Finger wühlen in der Manteltasche, schließlich gräbt er ein Paar drahtumrandeter Gläser aus. Er hakt sie hinter seine Ohren, durch die weißen, chassidischen Locken hindurch. Sein Blick erhellt sich. »Aah! Kravitz, der Filmstar! Mr. Komiker! Ha!«

»Wo ist meine Frau, Beckman?«

»Der Geburtstagsboy! Ha!«

Was für ein Arschloch.

»Nur die Ruhe! Immer mit der Ruhe!« Er schlurft zur Tür, jeder Schritt quälend langsam, und murmelt: »Was für ein Privileg, von Mr. Hootsy-Tootsy Kravitz besucht zu werden ...«

Ich höre, wie das Schloß knackt, dann gibt es einen metallisch dumpfen Schlag, als der Revolver auf das Holz des Bodens schlägt. Der verrückte Beckman stürzt, zu Boden, als ich den Laden betrete. Ich fange ihn auf, indem ich ihn an der Taille zu fassen bekomme. Die dürren Beine geben nach. Er keucht schwer. Für einen Augenblick sieht er wie ein zerbrechlicher, völlig benommener Vogel aus. Doch das geht rasch vorbei. Er reißt sich von mir los, humpelt und wankt auf dem geradesten Weg in den hinteren Teil des Ladens, einen leisen Monolog hinter sich herziehend: »Mäxchen Kravitz, das Treblinka-Kind der hübschen Chesia, ha! – Aah ...« So verschwindet er hinter einem Velours-Vorhang.

Wunderbar. Beckman ist wahrhaftig übergeschnappt. Aber ausgerechnet jetzt fühle *ich* mich auch wieder nicht ganz gesund. Die Wände scheinen auf mich zu zu kriechen und den Raum zu verkleinern. Antiquitäten füllen sämtliche Ecken mit dunklen Figuren.

Okay. Was an Bizarrem kann er dir noch bieten? Entspann dich, du mußt diese Situation meistern. Beweis dein Geschick im zwischenmenschlichen Umgang!

Ich stelle die Tasche mit dem Teleskop gegen den Ladentisch und gehe ihm nach.

Jenseits des Vorhangs riecht seine in Düsternis getauchte Wohnung nach Wick VapoRub. Zeitungen und Bücher liegen über einen Perserteppich verstreut. Schiefe Stapel drängen sich auf dem Inventar, teure Möbel, zwei Queen Anne-Ohrensessel, ein Mahagoni-Tischchen, ein teilweise restauriertes Chiffonnier von Louis dem Soundsovielten ...

Beckman röchelt: »... schwaches Herz. Die Ärzte sagen, daß ich bald sterbe ...« Er liegt ausgestreckt auf dem Sofa, die Augen geschlossen, Bademantel und Tallis in einem weiten V geöffnet. Er offenbart damit seinen Nacken und die dünnen blauen Venen unter seiner Brusthaut. »Das Teleskop gehörte dem Freund deiner Mutter.« Seine Stimme ist heiser und schwach. »Diesem deutschen Taugenichts, der ihr bei der Flucht geholfen hat.«

»Sprechen wir über Rosalie«, sage ich und tue dies *seeehr* behutsam, Mr. Sanft, der ganz und gar entschlossen ist, den alten Mann nicht über Gebühr aufzuregen. »Nenn mir das Problem. Warum soll meiner Frau geschadet werden? Ganz ehrlich, sie ist die Unschuld in Person. Geht es nicht um etwas, was nur uns beide betrifft?«

Das Pferd so aufzuzäumen hat Klasse. Ich bin Brando in *Der Pate* und heische um Mitleid, in der Hoffnung, auf Vernunft zu stoßen.

»Ich habe ihn ermordet«, sagt er.

»*Bitte?*«

»Chesias Liebhaber ... ihren Nazi mit dem Wäschelaster ...« Beckman setzt sich auf, überkreuzt diese kreidebleichen, an die Zweige eines verkrüppelten Gewächses erinnernden Beine und schlägt den Saum der Robe darüber.

»Ich habe ihn ... totgebetet.«

Der Raum erwärmt sich, der Wick-Geruch kratzt in Rachen und Nase. Innerlich fühle ich mich verängstigt und zerbrechlich. *Seine Gebete töteten einen Wachmann. Habe ich das nicht erwähnt?* Doch, Mutter, doch, gewiß, aber du hast niemals verraten, *welchen* Wachmann.

Ich erinnere mich genau, wie sie die beiden Geschichten miteinander verwoben hatte – die des Deutschen und die des jungen Chassiden ... Aber vielleicht habe ich auch nie richtig hingehört.

»Chesia nannte mich gern ihr goldiges Baby. ›Du bist immer noch ein Baby, Yetzel‹, würde sie auch heute sagen.« Der alte Mann ist im Gestern versunken, er spricht von den Treblinka-Tagen, wie er Mutter angehimmelt und ihren Soldaten gehaßt hat. Er erzählt von den Jahren, die er damit verbracht hat, Frieden mit sich selbst zu schließen. »Und letzten Winter befanden dann drei gerissene Ärzte, daß ich sterben würde, und das machte mich wieder wütend. So zornig. Was hatte ich nicht alles schon aufgegeben: Kinder. *Enkel*kinder. Aber wer durfte statt mir heiraten?« Er erhob sich wackelig vom Sofa, und seine Worte klangen plötzlich fast verschmitzt: »Wir kennen beide die bitteren Seiten der Liebe, nicht wahr, Kravitz?«

»Inzwischen kenne ich sie, ja.«

»Ha, ja natürlich ...«

Beckman ergreift meinen Arm. Wir gehen zu dem Mahagoni-Tisch. Er ist überfrachtet mit Fotografien, fünfzehn, vielleicht sind es zwanzig Messing- und Silberrahmen, die das fluoreszierendes Glühen von der Treppe neben dem Vorhang widerspiegeln.

Er nickt in Richtung der Bilder. »Erkennst du irgend jemanden darauf?«

Die Mixtur aus hellem Licht und dunklen Schatten trübt die Wahrnehmung. Ich neige den Kopf, um die störenden Reflexe abzuschirmen, erkenne aber niemand Vertrautes. Seine Sammlung erinnert mich an die

Fotos, die unsere Wände in Brooklyn geschmückt hatten.

»Los, gib dir Mühe!« drängt Beckman. Er ist offensichtlich irritiert. Seine Finger umspannen einen der Silberrahmen und schütteln ihn in Parkinsonschem Rhythmus. »Schau her, Mr. Showbusiness, *schau her!*«

Wie eine Marionette passe ich mich seinen zittrigen Bewegungen an. Schließlich halte ich selbst das Ding in Händen.

Der alte Mann stiert mich an, als hätte ich ihn geschlagen. »Chesias Nazi-Bürschchen«, flüstert er, während seine Hände fast vibrieren. Und etwas lauter fügt er hinzu: »Es steckt euch im Blut, dir und deinem Papa, ihr seid beide Nazis!«

Richtig. Großer Gott, nimm endlich eine Pille!

Mit unmenschlicher Anstrengung bewahre ich die Kontrolle über mich. Ich entschuldige mich und zügele meine Ungeduld, während ich vorgebe, dieses verdammte Bild zu studieren. Ich will mich nicht von einem Wahnsinnigen provozieren lassen. Aber ist er diese Selbstbeherrschung überhaupt wert? Nein – es sei denn, Rosalie würde dadurch gerettet und wir kämen wieder zusammen.

Er wackelt in Groucho-Manier mit den Augenbrauen. »So ein fröhliches Nazi-Bürschchen!«

Ich ignoriere seine Bemerkung. Es gibt keine neuen Namen, keine, die ich mir nicht schon selbst aufgesagt hätte.

Sogar dieses Foto ist der reine Wahnsinn: ein Haufen aus zehn Gefangenen, zwischen Bäume gestellt, nicht mehr als Skelette in schmutziger Unterwäsche und mit dunklen Mützen auf dem Kopf. Am Bildrand steht in krakeliger Schrift zu lesen, die Tinte ein mattes Braun-Gelb: *Widerstandskomitee, 2. August 1943. Endlich Erfolg!*

Beckman brabbelt nah an meinem Ohr.

Und Jehova fragt: »Was kann ich für dich tun, Yetzel?« Ich antworte: »Herr, Chesias Nazi-Bürschchen sollte unsere

Schmerzen erfahren.« Und Gott sagt: *»Bevorzugst du die geistige oder die körperliche Qual?«* Und ich antworte: *»Bitte von jedem ein bißchen.«*

Sie steht in der ersten Reihe, die zweite von links, ein Bein ist bandagiert mit einem dreckigen, eng gewickelten und verknoteten Tuch. Der Blutfleck darauf von der Größe einer Halbdollarmünze ist längst getrocknet.

Rose? O Rose, bist *du* das?

Die schwarzen Haare kahlgeschoren, die Augen leer, blickt sie unverwandt in die Kamera, papierne Haut auf Porzellanknochen: nur ein weiterer Zombie auf der Flucht.

Hast du überlebt?

»Der Soldat brachte sie ins Lager«, murmelt Beckman und stößt mir kichernd gegen meine Schulter, »aber dort blieb deine Braut nicht.«

Der alte Mann starb vor drei Monaten, sein Herz; das Teleskop traf in der Woche nach der Beerdigung ein. *Der Tod scheint den Jungen nicht zu berühren. Er ist unbarmherzig, mein chassidischer Vernichter.* Eine Notiz seines Anwaltes informierte mich, daß mir ›Posten Nr. 38-5‹ vermacht worden sei. Er hoffe, daß mir Beckmans Aufmerksamkeit die Trauer um ihn erleichtern würde.

Advokatenhumor.

Ich habe das Fernrohr auf den Balkon gestellt. Auf der anderen Straßenseite liegt der Central Park. Seine Farben scheinen den Herbst zu beschwören. Obwohl ich mit Erleichterung in die Stadt zurückgekehrt bin, hatte ich bis jetzt noch nicht das Verlangen, die Wohnung zu verlassen, und der Anrufbeantworter ist voller Nachrichten, die noch auf eine Erwiderung warten.

Heute habe ich, wie üblich, durch das Okular gespäht, das Leben anderer Leute verfolgt und ihre Taten beurteilt. Es ist das, was ich am besten kann.

Morgens lag der Park prächtig vor mir. Die Oktobersonne setzte das Grün in Flammen, selbst der Frost schmolz zu orangerotem und limonenfarbigem Feuer. Ich war unzufrieden mit dem Lichteinfall und den gauklerischen Farben. Blah blah blah. Ich werde immer der methodische Betrachter bleiben, der ewige Beobachter. Einigen Kerkern ist offenbar schwerer zu entrinnen als Treblinka.

Wo ist *mein* Widerstandskomitee, Beckman? Wann trifft der Wäschelaster für mich ein?

Der alte Mann hat geschworen, daß Rosalie nichts von seinem Plan gewußt hat, und wiederholt, was Großvater einst meiner Mutter erzählte: *Seelen vergessen, sie können ihre Erinnerungen nicht festhalten.* Dann hat Beckman noch gestanden: *Die Frau erkannte mich nicht. Und wenn du zu ihr gehen würdest, würde sie sich auch an dich nicht erinnern.*

Ich bin der Erbe der lebenden Toten in zweiter Generation und fühlte mich ausgelaugt von der unfaßbaren verzweifelten Leere, während ich unentwegt immer noch den Zombies auf der Spur bin.

Aber bald wird es damit vorbei sein. Ich kann es schon spüren.

Der Abend ist da.

Ich gehe auf den Balkon. Der Wind, heftig und voller kleiner Sandkörner, tut meinen Händen weh und meinem Gesicht. Beckman ist noch nicht ganz fertig mit seinem Nazi-Bürschchen. Eine kleine Abschiedsfolter. Rosalie starrt von der anderen Seite des Teleskops herüber.

Sie kommt bei Sonnenuntergang, jede Nacht, die Show ist mir sicher: die Verfolgung über die Güterwaggons, das brennende Lager, die Hetzjagd durch den Wald ... Alles Szenen, die sich übereinstimmend wiederholten – bis kürzlich.

Inzwischen sehe ich einen Mann hinter ihr herlaufen. Durch hoch aufgeschossene Büsche, zwischen Kiefern hindurch, die Konturen ungenau, aber trotzdem zu erkennen. Kein Schatten vermag die ungeschickte Gangart zu tarnen.

Der hastende Jäger bin *ich*, daran gibt es nun keinen Zweifel mehr.

Wen kümmert, was Yetzel Beckman sagte. Der Junge hatte nie den Glauben an Jehova. Ein jeder kann alles Beliebige beten. Und heute nacht werde ich endlich bei ihr sein – unser Wiedersehen feiern auf der anderen Seite des Teleskops, auf der anderen Seite des Spiegels – und wenn nicht heute nacht, dann doch hoffentlich morgen. Oder am Tag danach, wann auch immer. Ich habe die Kabbala studiert. Jüdischen Mystizismus, du weißt schon. Dieses Buch sagt, daß unsere Seelen in exakt dem Augenblick zusammengesetzt werden, in dem Gott sie erschafft. Es mahnt uns auch, daß es keine Garantien gibt, daß das Leben vorbei sein kann, noch bevor sich zwei zueinander passende Seelen treffen. Aber wir begreifen intuitiv die Konsequenz dieser bitteren Fügung.

Ich brauche Rose nicht, um mich an Mäxchen Kravitz zu erinnern. Deshalb wird es nicht nötig sein, bei unserer Wiederbegegnung in Ohnmacht zu fallen. Alles, was sie tun muß, ist, sich umzudrehen. Hörst du mich, Rose? Dreh dich einfach nur um und warte auf den, der dir folgt. Auf mich ...

Originaltitel: ›Connecticut Nazi‹ • Copyright © 1996 by Mercury Press, Inc. • Aus: ›The Magazine of Fantasy & Science Fiction‹, Februar 1996 • Aus dem Amerikanischen übersetzt von Manfred Weinland

Felicity Savage

CYBERSCHICKSAL

Kasachstan. Jon und ich stehen auf zerklüfteten Felsen außerhalb der in Mitleidenschaft gezogenen Bubbletown-Siedlung, wohin die Leute verschwanden, die uns zuletzt mitnahmen. Das Sonnenlicht bleicht den Himmel aus. Hoch über unseren Köpfen ziehen Fahrzeuge vorbei, so weit entfernt, daß ich nur Ströme glitzernder Partikel von Horizont zu Horizont irren sehe. Schweiß rinnt die Innenseite meines Whitesuits hinab. Ich hoffe, daß sie den Bürgerkrieg nicht neu entfachen, zumindest so lange nicht, bis wir, Teufel noch mal, aus dieser stinkenden kleinen Republik entkommen sind.

Ich schließe meine Augen und konzentriere mich auf das Schauspiel hinter meinen Lidern, Regenbogenfarben auf schwarzem Grund; sozusagen die Weltraum-Version der hiesigen Flugschneisen. Ich strecke meinen Info-Daumen heraus. *Helft uns hier weg,* schreie ich in meinem unterwegs erlernten Englisch, *bitte, wir müssen es bis zum Nachmittag in die westliche Hemisphäre geschafft haben! Kommt schon, ihr Arschlöcher! Ihr Hosenscheißer!*

Die Fahrzeuge über uns sehen unsere I.D.-Karten aufblitzen und bestätigen, daß wir sicher sind, aber es ändert sich nichts für Jon und mich: die winzigen Punkte strömen weiter. Mit immer noch geschlossenen Augen zupfe ich am Ärmel meines Whitesuits, schäle etwas Haut von meinem Innenarm und stelle das ausgehende Signal auf ständige Wiederholung.

Alles ist offen. Drüben in Bubbletown hacken halbnackte Frauen und Kinder mit krebsblühender Haut auf etwas ein, das aussieht wie roter Staub. Hin und wieder spähen sie mißtrauisch zu uns herüber. Sie haben Lasergewehre über ihren Rücken hängen. Eine mutierte Ratte rennt zwischen den Felsen.

Jon läßt sich auf unseren Koffer sinken und seufzt laut. Sein Schutzanzug schlägt Falten um seinen schlaksigen Körper. Er braucht nichts zu sagen, ich weiß auch so, daß er sich daran erinnert, wie er mich aufgefordert hat, mein Whitesuit in unserer Wohnung in Daqing City zu lassen, damit es mit dem Rest unserer Sachen konfisziert werden kann. Wie ich es haßte, ausgerechnet weggehen zu müssen, als meine Mutter starb. Aber natürlich war es unsere einzige Chance, gleichgültig, ob etwas in mir entzweiging oder nicht. Kein Chinese, nicht mal die NPRC-Kader, würde erwarten, daß eine Tochter einfach abhaut, bevor ihre tote Mutter richtig beweint oder beerdigt werden konnte.

Wie auch immer, die Stadt wird alles veräußern, was Mutter besaß, alles, was Jon und ich besaßen, um vom Erlös die Todessteuer zu begleichen.

Die Regierung benutzt die von ihr auferlegten Steuern, um dich auszubluten und auszusaugen. Sobald ein naher Verwandter von dir stirbt, war's das für dich, dann bist du geliefert. Jon war das egal. Für ihn war es schon Glück, mit mir zusammen irgendwo eingeschneit zu sein, wo er ungestört an seinem Roman weiterschreiben konnte. Ihm war alles recht, solange ich nur bei ihm war.

Kennengelernt haben wir uns, weil ich seine Staatsbürgerschaft brauchte, um nach Amerika reinzukommen. Damals erzählte er mir, daß die Temperaturen in Boston manchmal bis vierzig Grad hochklettern. Nun, wie sollte ich ihm das glauben? Ich bin noch nie irgendwo gewesen, wo kein Schnee auf dem Boden liegt, noch dazu saurer Schnee. Schon kleine Kinder wissen, daß sie sterben würden, käme es ihnen in den

Sinn, ihre Whitesuits auszuziehen. Ich denke nicht, daß ich mich von meinem trennen könnte, immerhin hieße es, aus meinem Trott auszubrechen.

Nacktheit ...

Jon öffnet seine Augen und sagt auf Putonghua, das er, zugegeben, so fließend spricht wie ich: »Xiao. Ich habe gerade von einer Prämie erfahren, die die Vanuwes vor drei Jahren auf meinen Kopf ausgesetzt haben. Du bist doch nicht etwa unter meiner I.D. per Anhalter gereist?«

»Nein.« Ich blicke finster zu ihm hin. Aber unter meiner Vermummung nage ich besorgt an meinen Lippen. Er riskiert es selten, mich zu beleidigen, es sei denn, es ist wirklich ernst. »Wahrscheinlich fahnden sie ganz allgemein nach jedem, der mit deinem Vater in Verbindung gebracht werden kann. Himmel, deine Spur verlor sich doch für sie schon vor sechs Jahren im Weltraum! Und das mit deinem Vater kriegten sie erst vor drei Jahren spitz ...!«

Er schielt hinter seinem Visier hervor. »Xiao, ich habe einige Erkundigungen eingezogen, demnach haben sich die Vanuwes ganz schön ausgebreitet, seit sie sich die Firma meiner Familie einverleiben konnten. Inzwischen sind sie fast überall. Es wäre wirklich nicht gut, wenn sie mich in die Finger bekämen ...«

Scheiße, denke ich, lasse meine Hand unter meinen Ärmel gleiten und trenne Jons I.D. von meinem Signal ab. Ich bete zu Buddha, daß ich nichts wirklich Dummes verbrochen habe.

»Sei nicht so verkrampft. Du bist ihnen wahrscheinlich völlig *egal*.«

»Xiaoling, sie haben meine ganze Familie umgebracht und ...«

»Ich weiß«, unterbreche ich ihn und wiederhole, während ich zum Himmel blicke, die Litanei, die er mir schon Dutzende Male heruntergeleiert hat: »... und Jon Carneira senior würde sich nicht ohne weiteres von jemandem austricksen lassen. Ein so aufrichtiger Mann in einer verlogenen Welt... Armer Idiot! Deshalb brachten ihn die Vanuwes ja um, ihn und seine Angehörigen, und schluckten die Firma!«

»Ich glaube nicht, daß sie aufgeben werden, ehe sie ihren Job vollständig erledigt haben.«

Ich nehme Jon das Heiligenbild, das er von seinem Vater malt, nicht ab. Trotzdem bin ich natürlich bereit zu glauben, daß diese Vanuwe-Rattengesichter den alten Carneira getötet haben – selbst wenn nur aus dem einen Grund, weil er sie *gelinkt* hat. Auch in Daqing gibt es Vanuwes, aber wenige. Meinen Boss bei Kuocorp zum Beispiel. Früher fanden wir öfter Leichen in Anzügen unten in den Abwasserkanälen. Aber Jon scheint mir zu unschuldig, als daß er seinem Vater ein guter Verbündeter hätte sein können. Er hat sein Leben dem Ziel geweiht, einen Roman zu Papier zu bringen.

Papier! Keiner würde es drucken, geschweige denn lesen, noch nicht einmal drüben in Amerika, aber er sagt, daß ihn das nicht kümmert. Er hat glatte braune Haare, keine besonders gute Figur und altmodische Brillengläser, die seine blauen Augen mit der Blässe der Haut verschmelzen lassen. Ich nahm seinen Antrag vor der Vanuwe-Katastrophe an, als ich noch dachte, es würde Mutter und mich binnen ein paar Monaten nach Amerika bringen. Aber schon da war absehbar, daß ihr schwaches Immunsystem ganz zusammenbrechen würde. Eines Tages kam ein entfernter Verwandter von Jon vorbei, der unter einem dicken Stapel von Decknamen in der Weltgeschichte herumreiste, und unterrichtete ihn, was passiert war. Daraufhin legte er jede Absicht, heimzukehren, auf Eis. Für mich war es schon zu spät, wir waren bereits verheiratet, und das einzige, was ich effektiv davon hatte, waren schlaflose Nächte.

Der einzige, all dies erleichternde Charakterzug an ihm ist, soweit ich es beurteilen kann, daß er verrückt nach mir ist und alles in seinen Kräften Stehende für mich tun würde – obwohl ich ihm nie erlaubte, mich zu berühren. (Mutter fragte manchmal, warum wir keine Kinder hätten ... Wenn sie gewußt hätte!) Sogar in unserer Hochzeitsnacht wollte ich nicht das Bett mit ihm teilen, so daß er es mir überließ und selbst auf dem Boden schlief. In geschlossenen Räumen lege ich hin und wieder mein Whitesuit ab, und dann bemerke ich, wie er mir mit seinen Augen folgt, aber er versucht niemals, mich zu bedrängen. Verlang nicht, daß ich es dir erkläre. Ich könnte es nicht. Aber ich kann dir versichern, daß es mir nie ganz ohne bitteren Beigeschmack gelingt, ihm meinen Willen aufzudrängen.

»Wenn die Vanuwes so zielstrebig nach dir suchen, müssen sie ziemlich sicher sein, dich früher oder später auch zu kriegen«, sage ich, nicht unbedingt, weil ich seine Überzeugung teile, sondern eher, um ihn zu provozieren. Ich glaube, daß wir sie in diesem Katz-und-Maus-Spiel schlagen können. Himmel, der Cyberspace ist mein Terrain! Den ganzen Tag in einer Software-Fabrik zu arbeiten, ist so unglaublich langweilig, daß es dich verrückt macht auf das, was du in den Nächten treiben kannst! Und wenn in sexueller Hinsicht nichts läuft, ist es deine verdammte Pflicht, dich in irgend etwas anderem zu profilieren. Ich bin sicher, daß ich mich sogar im Virtuellen Netz durchsetzen könnte. Immerhin kenne ich den künstlichen Daqing-Kosmos in- und auswendig: Die Mädels von Kuocorp und ich, wir hielten uns für die perfekten Punks und benutzten Cyber zum Rumgammeln. Es bot, wenn wir uns wegen des Schnees nicht in den Abwasserkanälen treffen konnten, den idealen Ort, um unseren Ehemännern zu entfliehen. Ich glaube, wir checkten nie so ganz, daß wir in einer Seifenblase lebten.

Eines Morgens um fünf stießen wir auf Tibet, und ich wurde fast ohnmächtig. Die Cyberwelt ähnelt einer riesigen Menschenmenge, die dich Tag und Nacht vollquatscht und sich so penetrant an dich drückt, daß du dich kaum mehr bewegen kannst. Manchmal mag ich nicht glauben, daß Jon in einer so hinterwäldlerischen Gesellschaft aufgewachsen ist. Er erzählte mir, daß er keinen Zutritt erhielt, bevor er zwölf war. Angeblich ist es in Amerika illegal, den Zugangschip vor dem zwölften Lebensjahr zu implantieren. Bei mir zu Hause kriegst du sie verpaßt, sobald du geboren wirst.

Vielleicht ist sogar das der Grund, warum sich die NPRC zur mächtigsten Nation der Welt aufgeschwungen hat, während Amerika jedes Jahr tiefer in Anarchie versinkt.

Mir wäre es selbst dann egal, wenn dort wirklich primitive Verhältnisse und Gewalt herrschen würden – wenn ich nur irgendwie hinkäme, mich von Jon scheiden lassen könnte und frei würde. Frei! Ohne Mutter, die mich immer und immer wieder nach Enkeln fragt. Ohne Schule. Ohne Kuocorp. Ganz ohne all dies!

Ich schaue zu Jon. Seine Schultern hängen herab. Er beißt sich auf die Unterlippe. Seine Hände ringen wie zwei Mäuse miteinander, die in die Ärmel seines Schutzanzugs gelangen wollen.

»Aber vielleicht sind sie deinetwegen gar nicht beunruhigt«, sage ich hart. »Es ist unwahrscheinlich, daß du eine wirkliche Gefahr für sie darstellst.«

Sein Rücken wird gerade, und sein Adamsapfel hüpft auf und ab, während er schluckt. Die Sonne scheint auf seine Nasenspitze. »Du hast keine Ahnung. Ich werde sie aufspüren und mich an ihnen rächen!«

»Himmel«, entfährt es mir angewidert. Er ist so todernst. Ich kehre ihm den Rücken, ich, *Tan Xiaoling Carneira, Frau von Jon Carneira!*

Östlich von Bubbletown stößt ein Fahrzeug vom Himmel herab, wird größer und bremst seine rasende Fahrt mit einem Gegenschub, der eine Staubwolke aufwirbelt.

»Los!«

Ich renne auf das Fahrzeug zu, überlasse Jon die Entscheidung, ob er mir folgen will oder nicht, weil ich von seiner Blödheit echt genervt bin. Ich versuche mir nicht anmerken zu lassen, wie erleichtert ich bin, daß das Gefährt angehalten hat. Insgeheim hatte ich bereits befürchtet, daß wir hier für immer hängenbleiben würden, ganz auf uns gestellt. Ich empfange eine Nachricht. Laserblitze knistern auf der Karosserie des Wagens. Er bockt wie ein ungeduldiges Kind. *Beeilung, Beeilung!* – Gewitter im Cyperkosmos. Ich renne schneller. Jon bewegt sich nur mühsam hinter mir her.

»Ich schreibe an einem Roman«, sagt Mr. Melchisedec P. Assad auf Englisch, während wir uns mit sinnesbetäubendem Getöse in die Luftstraße einfädeln. »Deshalb nehme ich gern Anhalter mit. Ich sammele Material an den Ufern der Welt. Wie die Strandsucher, die dieser Tage entlang der sandigen Küste spazieren oder auf der öligen Promenade ... Ich will mich nicht in Details verlieren, aber ähnlich jenen, die das Strandgut der Gezeiten ernten, so ernte ich die Erfahrungen der menschlichen Rasse.«

Er hat ein dunkles, aufgedunsenes Gesicht. Seine fleischigen Hände liegen auf dem Lenkrad. Dieser Wagen ist das Geilste, was ich je gesehen habe. Der aufgemotzte Sportster der Kasachen hatte schon vollste Bewunderung in mir geweckt: aber dieses Gerät hier ist die Krönung. Es ist schalldicht, so daß du dich tatsächlich unterhalten kannst, und hat selbst auf den Rücksitzen noch genügend Platz, damit du aufstehen und die Beine ausstrecken kannst! Bevor wir überhaupt richtig abgehoben hatten, schenkte uns Assad auch schon Cocktails ein und ignorierte gelassen die Lasereffekte, die die Karosserie umspielten.

»Das ist ja nicht zu glauben«, erwidert Jon mit einem debilen Lächeln. Als ich ihn zum ersten Mal sah – es war während meines letzten Schuljahrs, er saß hinten im Klassenzimmer und schaute mich mit einem Stapel

Papier auf den Knien an – hatte er das gleiche zurückgebliebene Grinsen auf der Visage. »Ich schreibe auch einen Roman!«

»Wirklich? Auf Papier?« Assad dreht sich zu ihm um.

»Ja! Ich fiktionalisiere das Wiederaufkommen des Kommunismus in China.«

»Das ist faszinierend. Auch ich ziehe meine Inspiration aus meinem Studium der Geschichte. Aus alten Mythen und Legenden, authentischen Papierfragmenten, Papyrus, Steinreliefs ...«

»Mr. Assad, wenn Sie wirklich was drauf haben, sollten Sie richtige Romane schreiben«, unterbreche ich ihn schroff. »Die Leute lesen so etwas. Sogar daheim in der kleinen chinesischen Stadt, die ich nicht nennen werde, tauschten wir früher Tintenpatronen aus und benutzten sie für Kritzeleien, obwohl wir eigentlich gerade die Grundlagen der Mikroelektronik üben sollten.«

Ich spreche Putonghua, weil ich nicht weiß, was mein schlechtes Englisch ihn verstehen lassen würde. Er hat interessiert zugehört.

»Bedenken Sie, meine Liebe«, sagt er, »daß ein Buch aus Papier im Grunde kein Stilmittel der Kommunikation ist, sondern eine Kunstform. Hat es Ihnen Ihr Freund hier nie plausibel erklärt?« Ich bin überzeugt, daß er es mir selbst bei einer Bejahung noch einmal erklärt hätte. »Die Worte werden hintereinander gesetzt, es gibt keine Überschneidungen. Man kann sich beim Lesen nur in eine Richtung bewegen, nach vorn, und das Ende ist eine festgeschriebene Sache: Es beugt sich nicht den Wünschen des Lesers!«

»Aber haben Sie denn kein Problem damit, sich einer einzigen Lösung zu verpflichten?« erkundigt sich Jon, zufrieden wie ein Baby. Er hat seine ach so wichtigen Vanuwes-Verfolger vollkommen vergessen.

Ich stehe auf und tue nichts dagegen, daß sie sich gegenseitig immer wieder unterbrechen, mitunter so leidenschaftlich, daß Assad sogar seine Hände vom Steuer nimmt, um damit zu gestikulieren. Ich ziehe mich zurück, schließe mich in die winzige Hygienekammer ein und starre in den Spiegel. Ich drehe den Wasserhahn auf, befeuchte meine Hände und reibe damit über meine Wangen.

Wie konnte sich Jon jemals in so etwas verlieben? Was findet er an einem Gespenst wie diesem?

Die mein Gesicht umrahmenden schwarzen Haare sind zottelig und zerfranst, wie abgefressen. Die Locken, die sich wie ein steifer Kragen um meinen Nacken schmiegen, sehen aus wie kleine Rattenschwänze. Dann diese Haut, die nie die Sonne gesehen hat. Die kleinen Schlitzaugen. Die Leute sagen, daß ich koreanisch aussehe, und in dem Whitesuit aus Phur-Leinen bin ich fett wie ein Baby in seinen Windeln. Es ist ein Geschenk von Mutter zu meinem fünfzehnten Geburtstag.

O Mutter.

Weil es mich in den Westen treibt, bekommst du nicht einmal ein würdiges Begräbnis als kleine Wiedergutmachung für all die Jahre, die du mir geschenkt hast.

Ich zerre das Whitesuit herunter und hämmere mit den Fäusten gegen die Tür, daß sie in den Angeln bebt. Dann stopfe ich das Bündel in die Kloschüssel und spüle es hinunter. Mit einem lauten gurgelnden Geräusch verschwindet mein Whitesuit, und ich stelle mir vor, wie Phur sich mit Abwasser mischt und auf ein meilengroßes Gelände in Turkistan hinabbewegt.

Wenigstens kann ich jetzt meinen Körper betrachten. Mein Schlüsselbein steht so scharf hervor wie die Furche, die ein Fahrrad mit seinen Metallrädern auf schlammigem Grund hinterläßt. Es wirft Schatten in die Täler meines Rückens. Ich stecke in abgetragener khakifarbener Armeekleidung und einem roten Brokathemd, das ich nicht zurücklassen wollte; es wird von

Sicherheitsnadeln zusammengehalten. Eine dieser Nadeln öffne ich und teile das Hemd. Mein Magen ist eine leere Höhle, ich habe kaum noch Fleisch auf den Knochen. Ich brauche eine Essenspille. Dringend.

Als ich wieder hinaustrete, drehen sich beide Männer nach mir um. Sie mustern mich eindringlich. Mr. Assad hebt seine Augenbrauen und preßt seine dicken Lippen zusammen. Jon schlingt seinen Arm um meine Taille und zieht mich eng an sich, so daß ich zwischen die beiden Vordersitze eingekeilt bin. Mr. Assad lächelt und raunt Jon etwas in einer Sprache zu, von der ich schätze, daß es Französisch ist.

»Melchisedec ist sehr nett«, sagt Jon, nicht auf Putonghua, sondern im Daqing-Dialekt, den kaum jemand versteht. Seine Stimme bleibt unverbindlich. »Er spendiert uns einen Gratisurlaub in Legende. Wir werden bei ihm in seinem Penthouse wohnen und Amerika für ein, zwei Wochen verschieben, einverstanden?«

»Was ist Legende?«

Assad hört das Wort, strahlt mich an und erklärt stolz: »Es wurde von mir erschaffen. Da ich nie geheiratet habe, könnte man auch sagen, daß es mein Kind ist.«

Jon fügt hinzu: »Es ist ein Abenteuerpark. Seine Themen sind die Mythen und Legenden der ganzen Welt. Er liegt auf einer von Menschen entworfenen Insel vor der Küste Eritreas – das ist ein Land in Ostafrika. Es soll das achte Weltwunder sein ...«

Scheiße. Ich fühle mich an die Art und Weise erinnert, mit der mein Boss bei Kuocorp früher die hübschesten Mädchen dazu einlud, in seinem klimakontrollierten hochherrschaftlichen Wohnhaus in Beijing zu übernachten.

»Warum, verdammt noch mal, müssen wir das unbedingt tun?«

»Xiao, ich glaube nicht, daß wir sehr viele Alternativen haben.«

Ich beobachte Assad. Er lenkt sein Fahrzeug geschickt, die Arme um das Steuer geschmiegt, als wäre es ein Mädchen. Dabei lächelt er. Beides, die Cyberwelt-Konsole, die in das Armaturenbrett integriert ist, und die Realraum-Konsole geben Vehikel wieder, die zu beiden Seiten langsam rückwärts an uns vorbeiströmen. Assad gibt Vollgas.

Ich schlinge meine Arme um mich selbst. »Mieser alter Euro!« Ich bin den Tränen nahe.

Jon senkt seine Stimme, und ich merke, daß er Angst vor Käfern, Übersetzern und was sonst noch allem hat – und daß er damit richtig liegt. »Kann sein, daß ich das bin.«

»Er ist hinter deinem armseligen Arsch her?« Ich drehe mich weg und taxiere Jon von oben bis unten. Ich kann mir nicht vorstellen, daß irgend jemand jemals dachte, er wäre –

»Nein!« Er stößt einen explosionsartigen Seufzer aus. »Er hat mich mit der Prämie in Verbindung gebracht, die von den Vanuwes ausgesetzt wurde. Ich hätte das erwarten sollen. Ich hätte nicht so offen zu ihm sein dürfen. Seine Sorte ist immer bereit, sogar die eigene Mutter für ein paar Mäuse ausschlachten zu lassen.«

»Im *Namen* des Herrn!« zische ich und packe Jon an der Schulter. Mr. Assads eine Augenbraue zuckt fragend. Wie verdammt trügerisch dieses feiste, freundliche Gesicht ist. Immer noch im Daqing-Dialekt dränge ich: »Komm schon, da müssen Fallschirme sein, Schleudersitze, irgendwas ...«

»Sei keine Närrin!« Jon redet sonst niemals in diesem Ton mit mir. Ich bin schockiert. »Diese Sorte Leute reist nicht ohne besondere Vorkehrungen, was ihren Schutz angeht! Wir wissen, daß der Wagen absolut lasersicher ist. Wir sitzen in einer Kabine der höchsten Sicherheitsstufe. In jeder Tür wird Sprengstoff stecken, hinter den Kontrollen, in den vermaledeiten Luftumwälzern ...«

Ich erkenne, daß sich das Geschehen draußen verändert hat. Wir stoßen aus dem Luftweg geradewegs in eine dichte Traube von anderen Fahrzeugen hinab. Sie sehen aus wie Sahnewölkchen auf einer Torte, haben stummelartige Flügel und ziehen so nah an uns vorbei, daß sie die gesamte Panoramascheibe ausfüllen, und dann reckt einer dieser Clowns, die auf den Landerampen stehen, sein Buch mit glückseligem Gesicht so schnell zu uns hoch, daß wir den Eindruck haben, genau hineinzufallen.

»Geheimnisse des Tarot!«

Der Duft von Schokoladentoffees weht durch die Luftstraße. Mir läuft das Wasser im Mund zusammen.

»Durchlebe die Leben deiner Vorfahren noch einmal! Neue Bio-Erinnerungstechniken!«

Mag ich diesen Ort oder finde ich ihn zum Kotzen? Ich kann mich nicht recht entscheiden. Dem Informations-Schwall am Eingang ist zu entnehmen gewesen, daß dieser Bereich von Legende so gestaltet ist, daß er wie ein marokkanisches Souk erscheint – was auch immer das sein mag –, so lärmend wie die Kuocorp-Ausgänge am Ende einer Schicht, das kannst du mir glauben. Die Budenbesitzer haben einen harten Broterwerb, und die Schausteller sind wohl noch übler dran.

»Haben Sie einen Hang zu Verbrechen? Ein anerkannter Phrenologe verrät Ihnen alles über ihre Abgründe!«

»Das Ambrosia der griechischen Götter! Für nur einen Bon!«

Und die ganze Zeit sausen Klötze über den Köpfen hinweg, bei denen es sich in Wirklichkeit um mit lachenden und schreienden Menschen gefüllte Fahrzeuge handelt. Aber es sieht aus, als würden sie von einem rothaarigen Riesen herumgeschleudert, der (zumindest das, was ich von den Stiefeln aufwärts überhaupt erkennen kann) verdammt echt aussieht, obwohl er zwanzig Meter groß und im Boden verankert ist.

Auf der anderen Seite des Souk landen die Klötze in einem Wasserbecken. Die Tropfen, die mir ins Gesicht wehen, mögen von dort gekommen sein, oder sie sind von den Hähnchen weggespritzt, die in der Bude da drüben gegrillt werden.

Ich werde bald etwas zum Essen kaufen. Richtiges Essen, keine dieser Pillen. Werde ich es überhaupt verdauen können? Jon könnte es mir sagen, aber er ist nicht da. Fertig, aus, basta!

Ich lasse meine Ohren durchstechen. Meine Ohrläppchen werden glühend heiß, und der Schmuck fühlt sich komisch an meinem Kiefer an – aber irgend etwas muß ich einfach tun, um mitzufeiern.

»Ich lobe mich nicht gern selbst, aber ich bin überzeugt, daß du den Park mögen wirst«, sagte Arschloch Assad nach dem Frühstück zu mir, als wir im Gesellschaftsraum des 90. Stockwerks seines Wolkenkratzers standen und auf die riesige, wabernde und leuchtende Blase hinabblickten, die ganz Legende überzieht. »Viele unserer Förderer nehmen auch regelmäßig unser Angebot in Anspruch. Das ganze ist ein Selbstläufer. Wir müssen kaum Werbung betreiben.«

Jon lächelte krank. Warum zitierte er aus dem Tao? dachte ich und antwortete nicht. Ich konnte letzte Nacht nicht schlafen, obwohl wir in einem Wasserbett lagen. Jon wohl auch nicht. Wir lagen auf dem Rücken und sprachen nicht miteinander. Drüben an der anderen Fensterwand spielten ein afrikanisches Mädchen in violettem Chiffon, ein alter Japaner und ein paar amerikanische Kinder – ebensolche Anhalter und Narren, die Assad gefangen hat wie uns, wer weiß, wozu sie ihm nützlich sind. Das Spiel, das sie spielten, kannte und durchschaute ich jedenfalls nicht. Sie lachten. Ihr werdet auch ausgesaugt und dann ausgespien werden! warnte ich sie in Gedanken, während ich durch die Scheibe auf sie hinabblickte. Weit entfernt über dem Meer konnte ich Eritrea sehen – einem Schatten gleich. Mr. Assad nahm meine Hand in seine eigene, die groß und weich ist. Ich schrak zusammen, doch er wühlte in seiner Hosentasche und steckte mir Gutscheine für Legende zu. Ich habe sie bis jetzt noch nicht gezählt. »Kauf dir etwas Hübsches!« Er klang fast besorgt. »Diese Lumpen sind deiner nicht würdig, mein Liebes.«

»Was ist mit dir und Jon?« fragte ich mißtrauisch. »Was macht ihr beiden?«

Jon nahm mich beiseite. Er war blaß, seine Unterlippe rot zerbissen. »Verschwinde, Xiao!« flüsterte er. »Kapierst du nicht? Du tust ihm leid! Mach dir die Chance nicht kaputt!«

Er hatte recht. Was hatte ich nur im Kopf? »Entschuldigung. Ja ...« Mein Herz schlug dumpf. Nachdem ich mich vor Assad verneigt hatte, ging ich zum Aufzug. Ich konnte Jons Hoffnung spüren, daß ich noch einmal zurückwinken oder ihm einen Kuß zuwerfen oder irgend etwas in dieser Art tun würde. Ich tat ihm den Gefallen nicht, aber als ich wie ein Stein in den vergoldeten Käfig des Aufzugs sank, tadelte ich mich selbst: »Bist du jetzt ganz übergeschnappt, Mädchen? Scheiß auf Amerika! Scheiß auf Jon! Hier bist du frei, jetzt bist du frei, frei!«

Und ich mag diesen Ort, auch wenn es mich ganz krank macht, daß wir ihn Assad zu verdanken haben. Schon verrückt. Assad hatte auch mit meinem Fummel recht. Ich habe ein paar Touristen dabei ertappt, wie sie mir komische Blicke zuwarfen. Offenbar steche ich mit meinem chinesischen Gesicht, meiner Punker-Frisur und der zerschlissenen Kleidung aus der Menge hervor. Sobald ich einen passenden Laden entdecke, werde ich ...

»Die Drei Schicksale lüften deine dunkelsten Geheimnisse! Soeben eingetroffen!« Der glatzköpfige, beinahe nackte Schausteller grinst mir unverschämt entgegen. »Willst du nicht wissen, ob du ihn auch wirklich liebst, Punkie?«

»Ich bin verheiratet«, erwidere ich, bevor ich mich erinnere, daß ich es gar nicht mehr bin.

Ich blicke hoch zu dem von einem Samtvorhang verdeckten Eingang. Ich blinzele in den Cyberkosmos – das Tuch ist echt, aber der Typ vor mir besteht nur aus einer Ansammlung von Rechenvorgängen. Fast verzweifelt mache ich mir bewußt, daß ich etwas von dem Geld ausgeben muß! Ich drücke mich durch eine Schar indischer Touristen und stecke dem Schausteller einen Tausend-Punkte-Gutschein zu.

»Das ist viel Geld, Punkie ...«

»Dann läßt du mich besser nicht draufzahlen, Scherzkeks«, sage ich. Ich werfe kaum einen Blick auf das Wechselgeld, das er mir aushändigt, bevor ich hineingehe.

Der Lärm der Menschenmenge verstummt – wie ausgeknipst.

Mich überkommt Panik. Ich sehe nichts, aber ich kann den Raum um mich herum fühlen. Mehr Raum, als eigentlich in dieser Bude Platz hätte. Mehr Raum, als in diese ganze gottverfluchte Traumblase passen dürfte ...

Langsam gewöhnen sich meine Augen ans Licht. Die Sonne strahlt wie neu. Ich stehe auf einer grünen Klippe unter einem hohen blauen Himmel im Wind. Unter mir murmelt Brandung an den Felsen, und hinter mir verlieren sich wellenförmige Grasdünen in dunstiger Luft. Über alle Hänge verstreut, blühen gelb-weiße Blumen. Die Brise, die mir ins Gesicht weht, riecht und schmeckt salzig. In diesem großartigen Panorama scheint sich, von meinem Haar abgesehen, nichts wirklich zu bewegen. Zwischen meinen Schulterblättern rinnt ein Schweißtropfen herab. Außer der Brandung ist es völlig still.

Mein Rattenschwanz schlägt gegen die Wange, als ich herumfahre und keuchend loslaufen will – aber der Eingang ist weg. Er ist weg ...!

Augen zu.
Cyberkosmos.
Du *Idiotin*, Xiao!

Bunte Netze auf schwarzem Grund haben die Form eines niedrigen, leeren Tunnels, der sich hundert Meter weit erstreckt. Es ist die Bude. Nichts, wovor man sich fürchten müßte. Es ist ja alles nur Illusion. Es gibt nur einen Ausweg. Geradeaus.

Und dann ist man draußen.

Aber du wirst doch jetzt keinen Rückzieher machen, Xiao? Deine Mutter lehrte dich, daß man Risiken begegnen muß, syáujye, nicht die Augen vor ihnen verschließen darf, zumal die Behörden immer nach Loosern Ausschau halten, die sie plattmachen können (und außerhalb des Tunnels lärmt der Schmelztiegel des Souk mit seinen Besuchern, deren ölglänzende Leiber aus Programmen zusammengefügt sind) und das bedeutet, daß du dich den Gegebenheiten stellen mußt, oder, Xiao?

Fingernägel graben sich in Handflächen. Atem stockt. Ich öffne meine Augen.

Eine violette Himmelsschüssel. Wollknäuelartige Wolken ziehen von Horizont zu Horizont.

Ich relaxe, knie nieder: Der Rasen duftet herb. Das ist pures Grün. Ich pflücke eine der weißen Blumen und lege mir ein Blütenblatt auf die Zunge. Natürlich hat es keine Substanz, dennoch verflüchtigt es sich mit einem bitteren Nachgeschmack, der den Speichel auf meinem Gaumen ganz süß werden läßt.

Scheiße, das Meer dort unten ist weit weg.

Ein sandiger Pfad schlängelt sich in die Richtung, von der ich weiß, daß ich sie gehen muß.

Ich fange an zu laufen.

Der Wind flüstert leise im Gras. Der kurvige Pfad ist abschüssig und springt über den Hang der Klippe hinweg. Ich schaue hinunter. Dort ragt ein Erker aus dem rötlichen Stein hervor. Es ist sehr steil, aber ich finde

Stellen, die Halt bieten. Langsam gleite ich nach unten. Meine Hüfte schmerzt wirklich, als ich gegen einen Felsen schlage.

Die Klippe unter meinen Händen, steige ich in einen quadratischen Schacht voller Sonne. Drei Seiten sind senkrechter Fels, die andere ist dem Blick geöffnet. Immer wenn ich mich bewege, zertrete ich Blumen, die das Gras wie eine dicke Schicht aus Samt bedecken.

Dann erblicke ich sie.

Eine ist blond.
Eine ist tot.
Und die dritte ebenso.
Alle drei sind – waren – weiße Mädchen in meinem Alter, vielleicht ein klein wenig älter, und so liegen sie nackt ausgestreckt am Boden des Schachts, am Boden der Grube.

»Frag uns, und wir werden dir antworten«, sagt die Lebendige. Sie hat einen kehligen, wie ich glaube, osteuropäischen Akzent. Sie sitzt in der Mitte, einen Arm um jede der beiden anderen, die ihre Lippen geöffnet und die Augen halb geschlossen haben, als würden sie nur schlafen. Doch schon die Art und Weise, wie ihre Glieder verrenkt sind, verrät mir, daß sie für ihr Begräbnis angezogen werden können. »Du mußt deine Geheimnisse nicht länger für dich behalten.« Ihre Augen werden für einen Augenblick ausdruckslos. »Tan Xiaoling Carneira. Du bist eine Abtrünnige der Republik des Neuen Volkes von China. Du bist achtzehn. Dein Vater verschied, als du drei warst. Deine Mutter starb vor drei Tagen.«

»Was, zum Teufel ...?!« flüstere ich erstaunt. Dann erinnere ich mich. Es ist eine verdammt gute Täuschung – aber mehr auch nicht.

Es sind Cybervisionen. Illusionen. Ich schließe meine Augen.

Die wellenförmig verlaufenden Wände des Tunnels,

Regenbogenfarben auf Schwarz-Rot. Keine blinkenden Bits, die anzeigen, daß irgendein weiterer Chip mit meinem Vorwärtsdrang in Berührung gekommen ist.

Augen auf: drei Mädchen.

Augen zu: nichts.

Auf: »Du bist echt«, sage ich dümmlich. »Du bist echt. Aber du kannst nicht vom Fleck ...«

»Frage, und wir werden dir antworten.« Jetzt redet eine andere. Die auf der linken Seite. Sie ist brünett und ihre Brüste sind ein bißchen üppiger als die der ersten – aber dafür ist sie tot!

»Wer *bist* du?«

Die Blonde sinkt neben ihr mit leeren Augen zusammen; Augen, in denen sich nur noch der Himmel widerspiegelt, die Hand liegt schlaff auf dem Bein des anderen Mädchens.

»Wir sind Scarecrow, Nightmare und Stickjoint. Was möchtest du zu wissen?« Scarecrows Stirn legt sich kurz in Falten. »Deine Mutter starb, als ...«, ihre Stimme verändert sich, so daß ich, wüßte ich es nicht besser, annehmen müßte, ich hörte eine Aufnahme meiner selbst, »... als der Ofen mitten in der Nacht ausfiel ...«

Die Stimme ändert sich: »... aber du nur vor Kälte zitternd, die Knie an die Brust gezogen, liegen bliebst, zu matt, um aufzustehen und ihn instandzusetzen. Als du ihr dann den Morgentee brachtest, lag sie mit ausgebreiteten Armen auf ihrem Bett, erfroren, der Mund noch offen, durch den ihre Seele herausgefahren war.«

Die Dritte fällt ein, der Rotschopf Stickjoint. »O Xiao«, ihre Stimme schwankt, »du und deine Erinnerungen ...« Die Sonne schimmert auf den gekräuselten Locken ihres Haars. »Meine Schwestern ...«, sie blickt auf sie hinab und tätschelt ihnen kameradschaftlich die Schultern, aber weil sie nun mal tot sind, reagieren sie nicht, »... können dich, glaube ich, nicht richtig verstehen. Ich bin die Jüngste und habe wohl die beste Vorstellung davon, was es heißt, in chaotischen Trugbildern zu leben, wie ihr Außenseiter es tut.« Sie taxiert mich mit grünem Blick. »Gestatte ihm, dich zu lieben, Xiaoling! Warum quälst du dich selber?«

Ich werde mir das nicht anhören. Nein, das werde ich nicht. Ich ergreife ihre Hand und streiche mißtrauisch über ihre Haut, die warm und weich ist, aber die alten Narben um ihr Handgelenk sehen aus wie ein Armband. »Wer seid ihr und woher kommt ihr?«

»Das beschäftigt dich?« Sie biegt ihre Finger um meine Hand, aber ich entwinde mich ihr. »Wir sind Drillinge, von Geburt an im Geiste verbunden. Wir haben nur ein einziges gemeinsames Leben. Das ist ein beurkundetes Condi ...«

Sie rollt mit den Augen und sinkt zur Seite. Dafür richtet sich Nightmare auf. Ihre Stimme vibriert vor Erregung. Ihre Augen starren. »Wir wurden in Rumänien geboren. Xiaoling, gib dir niemals Schuld am Tod deiner Mutter. Du hast alles für sie getan, was du konntest – genau wie sie für dich, weil du Fleisch ihres Fleisches bist. Unsere Mutter verhökerte uns an einen Wanderzirkus. Sie hatte wohl Angst vor uns, und wir schnappten fast über, wenn die Leute sich um unsere Käfige herumdrückten, uns beäugten, während wir ihre intimsten Erinnerungen unzusammenhängend, aber laut aufsagten. Sie glaubten, unsere Zungen wären verderbt, und schleiften uns zu einer Kirche. Es war Melchisedec Assads Freundlichkeit, die uns errettete. Er zahlte für uns und brachte uns hierher, wo wir sicher sind. Er ist nicht dafür geschaffen, in dieser Welt zu leben, vielleicht noch weniger als wir, und deshalb versteht er uns auf dieselbe Art und Weise, wie er all die anderen seltsamen, melancholischen Geschöpfe versteht, die ihm hier zu Diensten sind ...«

Dieser bescheuerte Assad rettete sie?

Stickjoint setzt sich auf und lächelt mich an. Mein Herz beruhigt sich. Sie ist stabiler als ihre beiden

Schwestern. Ich schätze, sie ist sogar geistig ganz normal.

»Ja, Melchisedec ist ein guter Mann.« Sie beugt sich zur Seite, und es sieht aus, als pflückte sie eine langstielige pinkfarbene Blume, die sie an ihre Lippen hält. Aber ihre Kehle schwillt an, und ich begreife, daß sie etwas trinkt. Ihre Hand ist gekrümmt, als hielte sie eine Tasse.

Also existiert noch etwas anderes unterhalb der Schwelle der Illusion, auch wenn ich meinen möchte, niemals so wirklich irgendwo gewesen zu sein wie auf dieser sonnigen Klippe; niemals einen so gewaltigen Blizzard erlebt zu haben wie diesen Himmel.

»Wo sind wir jetzt tatsächlich?« versuche ich ihr zu entlocken. »Sitzen wir in einem kleinen schwarzen Zelt? Sag es mir!«

Stickjoint lacht. »Du bist sechs Treppen hochgestiegen, ohne es auch nur zu ahnen – es gibt Gaukeleien, die unsere Intimsphäre schützen. Von draußen ist das Haus sogar vor Cyberblicken sicher. Im Augenblick sitzen meine Schwestern und ich auf unserem Futon, du hockst auf dem Boden. Ich kann den Souk durch das Fenster hinter dir sehen. Wir verfügen über eine Cybervisions-Ausrüstung, eine Küche, einen Jacuzzi – alles sehr nett und bequem.«

Ich grabe meine Finger ins Gras. Die Blumen duften unvergleichlich; ich habe niemals etwas auch nur ähnliches gerochen. Was für eine Kluft zwischen Illusion und Wirklichkeit! Es ist fast unmöglich, die geringste Naht zu erkennen.

Nightmare richtet sich wieder auf und drängt Stickjoints Körper zur Seite. Meine eigene Stimme quillt zwischen ihren Lippen hervor. Daqing-Dialekt. Fast unverständlich, so aufgewühlt bin ich. »Ich liebe ihn. Ja, o Gott, o Gott, ich liebe ihn und lasse ihn trotzdem verrecken, wie ich meine Mutter verrecken ließ! Aber vielleicht ist es noch nicht zu spät. Vielleicht gibt es noch eine Chance. Assad ist harmlos, die Vanuwes sind die wirkliche Gefahr, und Assad hat keine Ahnung, wie Jon vor ihnen geschützt werden kann. Es ist ein entsetzlicher Irrtum. Ich muß zurück – ich muß sofort zurück...!«

Ich komme auf die Füße. Ein Feuerwerk von Erkenntnissen explodiert in meinem Schädel. Ein perverses Wissen, das ich nicht länger leugnen kann, ebensowenig, wie ich meinen Blick von Nightmares blauen Augen zu nehmen vermag, von den leuchtenden Kaskaden, die echtes Haar in falschem Sonnenlicht versprüht. Ich kann meine Augen nicht schließen, um mich in die Cybervision zu flüchten und all dies hier aus meiner sicheren elektronischen Umgebung zu löschen!

Ich taumele rückwärts. Felsen zerbröckeln unter meinen Stiefeln.

Ich falle

durch die Seitenwand

und kämpfe mir meinen Weg durch die Vorhangfalten aus Samt frei.

Ich bin in einer engen, dunklen Gasse zwischen zwei Schaubuden. In meiner Nase kitzelt der Geruch von Schokolade, Olivenöl und gebranntem Zucker, und die Stimmen der Touristen dreschen wie Zimbeln auf jeder Seite meines Kopfes auf mein Gehör. Ich taumele unter dem Druck des Lärms.

Der Schausteller blickt finster unter seinen unwirklich kahlen Augenbrauen die Gasse herunter zu mir und schreit:

»Hey, Punkie!«

Ich mache mich davon, so schnell ich kann.

Denn sie sind jetzt alle um mich herum. Ich erkenne sie aus meinen Augenwinkeln: diese kleinen Batzen Wirklichkeit, klug versteckt in diesem kitschtriefenden, klamaukhaften Mosaik namens Legende.

Der Blick des rothaarigen Riesen, der mit Klötzen

wirft, kreuzt sich mit meinem. Sein Mund klafft auseinander vor Staunen, und der nächste Klotz schlingert in seinem Flug. Ein griechischer Koch läßt ein Huhn fallen, dem er gerade den Kopf abschlagen will. Es flattert davon, während er gebannt zu mir herüberstarrt. Mein Hemd kräuselt sich um meinen Körper. Mutter sparte es sich vom Munde ab. Es ist wunderschön, geradezu festlich, aber gleichzeitig verrät das Rot auch meine Herkunft. Ich kann dem NPRC nicht entkommen, oder? Egal, wie weit ich auch gehe ...

So plastisch und lebensecht wie eine Cybervision sehe ich die Farm vor mir, wo der Stoff für mein Hemd hergestellt wurde: eingebettet in ein Meer aus Baumwolle liegt sie da, im südlichen China. Roboter knien wie Affen aus Metall zwischen den Reihen der Gewächse. Schattenwellen rollen über das Weiß, sobald eine auch nur leichte Brise weht ...

Zurück in der Wirklichkeit: Assads Wolkenkratzer sticht aus jedem anderen Objekt, das über der Stadt thront, hervor. Ich stürme aus dem Torausgang des Souk über die Plaza. Assad ist wahrhaftig, was er zu sein vorgibt: ein exzentrischer, Romane schreibender Billionär mit uneigennützigem Charakter und von einem Hauch Wirklichkeit umgeben.

Aber Jon hat davon keine Ahnung. Die Menschenmassen machen mich ganz kirre. Ich weiche kleinen Kindern wie Slalomstangen aus und stoße dafür mit einer Großmutter zusammen. Jeder Atemzug durchpflügt meine Lungen.

Endlich drinnen, lasse ich mein Patchwork am Handgelenk aufblitzen, das Assad mir zu meiner Sicherheit mitgegeben hat, und werfe mich in den wartenden Aufzug. An der vergoldeten Kabinenwand breche ich zusammen. Musik pfeift in meinen Ohren.

Wenn wir doch erst einmal irgendwo sicher wären ...

»Ich weiß, daß es seltsam klingt, so etwas nach drei Jahren zu sagen«, würde ich ihm lächelnd anvertrauen,

»aber ich will dir dafür danken, daß du immer so geduldig warst, Jon. Hättest du selbst geglaubt, daß das mit uns so lange andauern würde? Oder hast du nur durchgehalten? Es ist, oh, ich bekomme eine Gänsehaut... es muß Liebe sein, Jon...« Und dann werde ich ihn umarmen. Vielleicht sogar küssen. Auf seinen Mund.

Die Fahrstuhltüren gehen zischend auf. Das afrikanische Mädchen kauert auf dem Teppich und bewegt sich auf allen vieren auf mich zu. Ihr Rücken sieht aus wie weggeblasen; ihr violetter Umhang ist mit den Resten ihrer Rippen verschmolzen.

O Gott, o Herr, Allah, Konfuzius, Jesus. Scheiße!

Auf dem ganzen Korridor zum Gesellschaftsraum liegen die Körper von Assads Anhaltern verstreut. Ich bahne mir einen Weg zwischen ihnen hindurch und bemühe mich, nur kein Blut an meine Stiefel zu bekommen – versuche, ruhig zu bleiben.

Wer auch immer dafür verantwortlich ist, er könnte noch hier sein. Mein Herz hämmert wild. Ich zittere. War es Assad? Habe ich mich schon wieder in ihm getäuscht? Verdammt, niemand darf mich so belügen, nicht die Drillinge und der Riese und der griechische Koch und... Sagten sie nicht, er sei in Ordnung, er sei so gut, und daß ich Gefahr aus der ganz falschen Ecke wittern würde?

Allmächtiger...

Jon. Da liegt er halb auf einem eleganten Sofa, das fast gespalten wird von einem Riß, aus dem die Füllung wie ein glitzernder Wasserfall hervorbricht. Blut strömt aus Jons Nase und aus einer schlimmen Wunde, die er offenbar zu stillen versuchte, indem er sein Hemd um die Brust band.

Melchisedec P. Assad liegt lang ausgestreckt neben dem Sofa, tot wie ein Sargnagel; von seinem Gehirn ist kaum noch etwas übrig. Wahrscheinlich gibt es überhaupt keinen hundertprozentig guten Menschen auf der Welt. Aber das ist mir egal, ich versuche, Jon in die

Arme zu nehmen. Er wird weiß wie ein Bogen Papier. Ich zucke zurück und begrabe mein Gesicht in den Händen und bemühe mich um Beherrschung.

»Aaah, Liebling...« Seine Hand drängt gegen meinen Rücken, als versuchte er, mich zu trösten. »Mach, daß du weg kommst. Sie sind noch hier. Sie durchstöbern die Räume...«

»Die Vanuwes?« *Zu spät.* Es ist zu... »Haben sie dich also doch gefunden und...«

»Nein. Nicht sie. Es sind Kopfgeldjäger. Hätte nie geglaubt...«, er lächelt mit der einen Hälfte seines Gesichts, »... nie geglaubt, daß ich einmal einen höheren Rang auf der Kopfgeldliste eines Prämienjägers einnehmen würde als ein Mann wie... Melchisedec!« Er beißt die Zähne zusammen und kämpft gegen den Anstieg der Schmerzen. »Aber sie haben ihn auch getötet...«

»Langsam, langsam! Kopfgeldjäger? Wie sollen die hereingekommen sein? Was war mit den ganzen Vorsichtsmaßnahmen?«

»Sie hatten sich als Bestandteile von Legende getarnt. Melchisedec war einfach zu vertrauensselig. Zu aufgeschlossen gegenüber Fälschungen. Die Gefahr hatte sich geschminkt. Ich habe sie hierher gelockt. Ich bin schuld an seinem Tod.« Er drängt erneut: »Geh fort, Xiao... Geh!«

Ich will ihm sagen, daß ich ihn liebe, und daß er durchhalten soll, schon allein deshalb, weil die Sicherheit irgendwann herausfinden muß, was hier geschieht, und wenn es uns gelingt, auch nur die nächsten paar Minuten am Leben zu bleiben...

In diesem Moment höre ich, wie irgendwo hinter mir ein Tisch umgeworfen wird und jemand mit schroffem amerikanischem Akzent ruft: »Scheiße, die sind alle im östlichen Flügel, Marge. Marge! Wo bist du?«

»Ruhig, King. Ganz ruhig. Hab hier eine nette kleine Beute...« Und ein riesiges, zwei Meter großes Huhn stolziert herbei, mit dem Kopf in meine Richtung pickend. Zuerst entdeckt es mich nicht. Die Frau im Holoanzug scheint Schuldscheine oder Juwelen zu zählen. Doch dann flattert das Huhn aufgeschreckt hoch, und aus seinem Brustgefieder ragt ein Laser wie eine gebrochene Rippe aus Metall hervor.

Grotesk.

»Kindchen, ich würde vorschlagen, daß du deine Hände hochhebst. Ich werde dich auf jeden Fall erschießen, doch zuerst interessiert mich, wer du bist! Ist da sonst noch jemand? Ist die Sicherheit schon unterwegs?«

Ich überlege, ob ich mich auf sie stürzen soll. Irgendwo zwischen Topfpflanzen und Möbeln ist noch der andere. Trotzdem ist es keine Hochnäsigkeit, wenn ich glaube, daß ich schneller als ein Laserstrahl sein könnte. Ich hebe meine Hände.

»Okay, wir machen alles, was du willst!« Jon bettelt so erbarmungswürdig, daß es mir Tränen in die Augen treibt. »Aber tu ihr nichts! Bitte! Du kannst alles haben!«

Der Schnabel bewegt sich. Im Innern des Huhns entlädt sich ein Lachen, als würden in seinem Kropf Steine gemahlen. Eine verdammt gelungene Illusion, denke ich. Selbst die perlenartigen Augen zucken zwischen uns beiden hin und her, als wären wir schmackhafte Insekten, zwischen denen es sich nicht entscheiden kann. »Mmm! Und du würdest uns verraten, wo dein Roman versteckt ist? Sagtest du nicht vorhin, du wolltest eher sterben als mitanzusehen, wie dein Werk zerstört wird? Hast du deine Meinung etwa geändert? Immerhin wissen wir, was es für dich bedeutet ...« Sie lacht noch einmal auf.

»Er ist im Medikamentenschrank über der Badewanne im nördlichen Waschraum.« Jon nimmt meine Hand. Er drückt sie, als wollte er sie nie mehr loslassen.

Ein Eisbär, noch größer als das Huhn – der Kopf flimmert an der Decke –, trampelt über das Sofa. Das Gewicht des Mannes in der perfekten Maske beult das Möbelstück neben mir ein, als er darüber klettert. »Nimm ihn dir, Marge«, fordert er sie auf, während er an ihr vorbei in Richtung des Nordflügels und zu Jons Roman marschiert. »Verlockend, dieser geistreiche kleine Arsch ... Er hat es sich verdient!«

Marge lacht, aber die Silbermündung des Lasers flackert nicht wieder auf, bis der Bär mit einem Stapel loser Blätter zurückkehrt. Sofort zielt Marge, während sie uns weiterhin mit ihrem Huhngesicht anstarrt, nach oben und entzündet immer etwa fünfzig Blätter gleichzeitig, die der Bär zur Decke hochwirft. Ich bohre meine Fingernägel in Jons Hand und spüre, daß er es kaum erträgt, mitanzusehen, wie sechs Jahre Arbeit zerstört wird, aber er kann seine Augen nicht davon wenden, genausowenig wie ich meine Augen von Nightmare lösen konnte, als sie meine Geheimnisse lüftete. Sein Gesicht ist wie versteinert. Blut tropft von der Nase in den Mund, aber das scheint er gar nicht zu bemerken.

»In Ordnung, Mädchen.« Das Huhn pickt in mein Gesicht. Natürlich fühle ich nichts dabei, trotzdem stemme ich mich gegen den klaffenden Riß im Sofa. Marge wiederholt ihr kollerndes Lachen. »Kommst du auch ohne deine kleine punkige Geisha aus, bis wir Boston erreicht haben, Carneira?«

Der Mann im Bär zerrt mich nach oben.

»Das wirst du lächerlicher Gnom auch müssen, darauf kannst du deinen Arsch wetten!«

Weißes, flirrendes Fell umhüllt mich. Ich frage mich, wie lange das Sterben wohl dauern mag. Die Zeit scheint sich zu dehnen, bis Marge ihren Laser in Anschlag gebracht hat. Ich kehre zurück ins Baumwollmeer und schiele in die grelle südliche Hitze (die Samenkapseln sind wie quirlige Lichter in meiner Hand). Zweige verhaken sich in meinen Kleidern, während ich mich vorwärtsschiebe, unbemerkt von den Affen aus Metall in der Ferne, die meinen Sammelsack ergreifen ...

Und die Baumwollflocken brechen wie ein Schauer aus zerbrochenem Glas und Laserstrahlen aus den Fahrstühlen. Echte Sonne strömt durch die zerstörte Wand. Ihr Licht ist schwer, und es hat scharfe Kanten wie halbgefrorenes Orangenkonzentrat. Im ersten Moment glaube ich, tot zu sein; dann begreife ich, daß es die Sicherheit ist, die viel zu spät kommt, um Assad oder auch nur Jons Roman zu retten (wie kann ich an Jons Roman denken, während ich wie eine Zielscheibe im Kreuzfeuers stehe und sterbe?). Es ist zu spät. Der Bär und das Huhn krümmen sich ruckartig zusammen, als wären es flackernde, durchlöcherte Gespenster mit rumpelnden Maschinen anstelle von Herzen. Ich höre die Schreie, und etwas versengt mir Rücken und Nacken ...

Es ist vorbei. Sie lassen uns widerwillig ziehen – denn sie wollen lebendige Verbrecher, keine toten. Vermutlich konnten sie uns anhand der Beweislage nicht anhängen, Assad getötet zu haben. Den Rattengesetzen sei Dank!

Aber armer, alter Assad. Ich denke noch manchmal an ihn. Beispielsweise, wenn ich jemanden sterben sehe und mich zu erinnern versuche, warum Menschen überhaupt erschaffen wurden.

Wenn die Obrigkeit der Rattenwelt dich erst einmal in ihren Klauen hält, läßt sie dich niemals wieder los!

Wir sind auf dem Weg zurück nach China. Nur zwei Deportierte mehr, die von Legende aus verschifft und über Saudi-Arabien nach Kabul, Afghanistan, gebracht wurden. Jon hat dort drei Monate im Hospital verbracht – die Sicherheit kümmerte sich noch an Ort und Stelle um seine Wunden, aber er brauchte Ruhe und

Pflege, um sich wirklich zu erholen. Ich half solange bei den Kindern im Sammellager aus, so daß ich in seiner Nähe sein und auf ihn warten konnte.

Jetzt sind wir auf einem langsamen Frachter unterwegs nach Peking.

Mein Kopf ruht in Jons Schoß, wir machen das Beste aus der Enge hier auf dem kalten Metallboden. Es gibt wenig Raum, weil der Frachter vor Jahren verkleinert wurde, und es wurde abgesprochen, daß Familien mit Kindern den meisten Platz erhalten sollen. Junge Leute wie wir überwiegen jedoch unter den Deportierten. Außer Jon habe ich keinen anderen Nicht-Chinesen entdecken können. Als ein Kind mit krausem Haar über meine Füße stolpert, grinse ich es an, um sein Weinen zu beenden. Dann ziehe ich meine Knie an und drehe mich zur Seite, um es vorbeizulassen. Jon streichelt meine Wange und starrt in die dunklen Höhen des Frachtraums. Ein schwaches Lächeln liegt um seine Lippen. »Woran denkst du gerade?« frage ich.

Das Lächeln wird größer. »Daran, hier zu sein. Mit dir.«

»Ich glaube immer noch, daß es dumm von dir war, mitzukommen«, sage ich streng. »Du bist kein NPRC-Bürger. Keiner wollte dir ans Leder. Die Eritrea-Polizei hätte deine Beschwerde gegen die Vanuwes aufgenommen. Du hättest deine Rache bekommen. Und genügend Schadensersatz, um für den Rest deines Lebens ausgesorgt zu haben. Statt dessen hast du diesen Weg gewählt ...«

Er lächelt kopfschüttelnd. »Vanuwes lassen sich nicht von einer Beschwerde aufhalten.«

Ich muß grinsen. »Jo-on. Ich will, daß du es sagst!«

»Was? Daß ich dich liebe?«

»Ja.«

Er beugt sich nach unten und küßt mich. Ein Mann in der Nähe lächelt müde.

Um uns herum sind fast nur niedergeschlagene, leere, resignierte Gesichter. Ich weiß Bescheid: die Ersparnisse ihres Lebens sind aufgebraucht, daheim wartet nichts als Spott und Bestrafung auf sie. Trotzdem muß man sich an etwas festhalten können. Man muß etwas tun, um aufrechten Hauptes weiterleben zu können. »Warum hast du nicht wenigstens eine Beschwerde eingereicht?«

Er zuckt halb verlegen mit den Schultern. »Als sich der Laserstrahl durch mich hindurchfraß, habe ich begriffen, wie wenig mir Rache bedeutet. Eigentlich hat sie mir nie etwas bedeutet. – Das war der Wendepunkt. Früher lag ich wach und fragte mich, was ich in dieser oder jener Situation tun würde, wenn der Roman einmal auf dem Spiel stünde. Aber nachdem mich der Tod aus einer Lasermündung angegrinst hat, war die Entscheidung plötzlich ganz einfach.«

»Wenn wir zurück sind, werde ich einen Gedenkgottesdienst für Mutter abhalten«, sage ich. »Sie werden ihren Körper schon recycelt haben. Aber das macht nichts.«

Jon nickt. »Das ist eine gute Idee.«

Verlegen schaue ich weg. Eine junge Mutter läßt ihr Baby auf und nieder hüpfen, während sie ihm ihren Atem ins Gesicht singt. Es lächelt über das ganze Gesicht. Ein Zahn schimmert.

»Süßes kleines Ding«, sage ich.

»Selber süßes kleines Ding.« Jon tastet über die Stelle, an der mein Rattenschwanz versengt wurde.

»Nicht«, wehre ich ab, ergreife seine Hand und kann mir nicht verkneifen, so fest zuzudrücken, daß es ihm weh tun muß. »Das kitzelt wie verrückt!«

Er zieht meine Hand nach oben und küßt sie. Ich schließe die Augen, von Liebe überwältigt.

Und der Frachter rumpelt schwerfällig weiter. Anhand des Geräuschs kann man abschätzen, daß wir uns noch tief in der Luftstraße befinden. Wir wälzen uns durch den Strom der Abgase, die der Verkehr nach Westen auspißt, all die japanischen, koreanischen, sibirischen Fahrzeuge, auch die der NPRC-Rattengesichter, die uns das Blut aussaugen, während es sie nach Legende zieht, vielleicht sogar nach Amerika ...

Originaltitel: ›Cyberfate‹ • Copyright © 1995 by Mercury Press, Inc. • Aus: ›The Magazine of Fantasy & Science Fiction‹, September 1995 • Aus dem Amerikanischen übersetzt von Manfred Weinland

---

Douglas Adams

Kultautor & Phantast

Einmal Rupert und zurück
Der fünfte »Per Anhalter durch die Galaxis«-Roman
01/9404

Per Anhalter durch die Galaxis
DER COMIC
01/10100

Douglas Adams
Mark Carwardine
Die Letzten ihrer Art
Eine Reise zu den aussterbenden Tieren unserer Erde
01/8613

Douglas Adams
John Lloyd
Sven Böttcher
Der tiefere Sinn des Labenz
Das Wörterbuch der bisher unbenannten Gegenstände und Gefühle
01/9891

01/9404

Heyne-Taschenbücher

Terry Pratchett

*Kultig, witzig,
geistreich –
»Terry Pratchett ist
der Douglas Adams
der Fantasy.«*
The Guardian

**Der Zauberhut
Die Farben der Magie**
Zwei Scheibenweltromane
23/117

Trucker/Wühler/Flügel
Die Nomen-Trilogie –
ungekürzt!
23/129

Das Licht der Phantasie
06/4583

Das Erbe des Zauberers
06/4584

Die dunkle Seite der Sonne
06/4639

Gevatter Tod
06/4706

Der Zauberhut
06/4715

Pyramiden
06/4764

Wachen! Wachen!
06/4805

Macbest
06/4863

Die Farben der Magie
06/4912

Eric
06/4953

Trucker
06/4970

Wühler
06/4971

Flügel
06/4972

Die Scheibenwelt
2 Romane in einem Band
06/5123

Die Teppichvölker
06/5124

Heyne-Taschenbücher